U0165146

中国高校通用设计教材丛书

包装设计

范凯熹 编著

SH 上海画报出版社

序
21世纪是设计的时代

经过20世纪的蓬勃发展，设计已成为一门融科学技术、经济、艺术于一体的新兴的交叉学科和经济全球化背景下一种巨大的创意产业。设计正以创造性的活动不断推动着人类文明与社会经济的发展，受到许多经济发达国家的高度重视。

随着改革开放的深入和中国经济的强劲发展，中国的设计教育也得到了前所未有的快速发展，并逐步构建起高层次设计人才培养的教育格局。

为了更好地适应社会市场的变化与需求，更好地参与国际竞争，近年来，国内许多高等院校在设计教育的办学理念、目标、体制、教学模式、学科建设、人才培养计划、课程体系、教学内容等方面，不断加强改革创新的力度。而设计教材作为体现教学内容和教学方法的知识载体，在培养创新型设计人才，全面推进素质教育，深化教育教学改革等方面，越来越显现其重要的作用。

优秀的设计教材，必须为教育内容提供广度上的广阔空间，促进教与学的互动启发，进而独立感受、思考，掌握理论和实用的关系，推动传承与创新的实践。

《中国高校通用设计教材丛书》是上海画报出版社的重点项目，编委会特意邀请了国内著名设计院校的专家、学者来撰写这套教材，目的是为了在社会人才需求多样化和国内艺术设计本科教育发展的趋同性以及设计教材同质化现象形成的矛盾中，寻求突破、与时俱进。由于执笔时还未能读到这套丛书，它能否做到融理论性、实用性、前瞻性、权威性与一体，以形成新特色，创立新的品牌，则有待各同道的肯定。

我期望这套颇具创意的设计教材，在中国的设计教育领域发挥出其应有的重要作用。

是为序

'05

2005年2月5日于香港

靳埭强 中国著名设计家 靳与刘设计顾问
铜紫荆星章勋衔
国际平面设计联盟AGI会员
香港正形设计学院校董会主席
汕头大学长江设计学院院长
北京中央美术学院客座教授

目　　录

序
21世纪是设计的时代

经过20世纪的蓬勃发展，设计已成为一门融科学技术、经济、艺术于一体的新兴的交叉学科和经济全球化背景下一种巨大的创意产业。设计正以创造性的活动不断推动着人类文明与社会经济的发展，受到许多经济发达国家的高度重视。

随着改革开放的深入和中国经济的强劲发展，中国的设计教育也得到了前所未有的快速发展，并逐步构建起高层次设计人才培养的教育格局。

为了更好地适应社会市场的变化与需求，更好地参与国际竞争，近年来，国内许多高等院校在设计教育的办学理念、目标、体制、教学模式、学科建设、人才培养计划、课程体系、教学内容等方面，不断加强改革创新的力度。而设计教材作为体现教学内容和教学方法的知识载体，在培养创新型设计人才，全面推进素质教育，深化教育教学改革等方面，越来越显现其重要的作用。

优秀的设计教材，必须为教育内容提供广度上的广阔空间，促进教与学的互动启发，进而独立感受、思考，掌握理论和实用的关系，推动传承与创新的实践。

《中国高校通用设计教材丛书》是上海画报出版社的重点项目，编委会特意邀请了国内著名设计院校的专家、学者来撰写这套教材，目的是为了在社会人才需求多样化和国内艺术设计本科教育发展的趋同性以及设计教材同质化现象形成的矛盾中，寻求突破、与时俱进。由于执笔时还未能读到这套丛书，它能否做到融理论性、实用性、前瞻性、权威性与一体，以形成新特色，创立新的品牌，则有待各同道的肯定。

我期望这套颇具创意的设计教材，在中国的设计教育领域发挥出其应有的重要作用。

是为序

2005年2月5日于香港

靳埭强 中国著名设计家 靳与刘设计顾问
铜紫荆星章勋衔
国际平面设计联盟AGI会员
香港正形设计学院校董会主席
汕头大学长江设计学院院长
北京中央美术学院客座教授

目　　录

第一章
包装设计概述

图 1

第一节
包装的概念与设计观念

一、包装的定义

包装是商品的附属品，是实现商品价值和使用价值的一个重要手段。作为名词解释时，包装是指产品在流通过程中，为了达到保护产品、方便储运、促进销售等目的，按一定要求所采用的容器、材料及辅助物的总称。在作为动词解释时，包装是指为了达到上述目的而采用一定技术方法等的操作活动。不能把"包装"看成仅仅是把产品包裹起来，也不能简单地把"包装"理解为只是看得见摸得着的实物容器。可以这么说，从有产品的那一天起，就有了包装。包装已成为现代商品生产不可分割的一部分，也成为各商家竞争的强力利器，各厂商纷纷打着"全新包装，全新上市"的口号去吸引消费者，绞尽脑汁，不惜重金，以期改变其产品在消费者心目中的形象，从而也提升企业自身的形象，就像唱片公司为歌星全新打造、全新包装，并以此来改变其在歌迷心中的形象一样。而今，包装已融合在各类商品的开发设计和生产之中，几乎所有的产品都需要通过包装才能成为商品进入流通过程。

包装工业是国民经济的一个重要组成部分，在我国属新兴工业。包装是为商品服务的，它区别于一般的物品容器有两个特点：1.从属性，2.商品性。在现代社会中，包装与商品已融为一体，从社会整体角度来看，商品包装的发展将产生良好的经济效益和社会效益，它从一个侧面反映了一个国家的物质文明和精神文明的发展水平。

对包装的理解与定义，在不同的时期、不同的国家，也不尽相同。

图 2

图 1
"东方之星"包装设计大奖赛 学生组 金奖
上海特产五香豆包装系列
同济大学艺术设计系 吴艺韫
图 2
"东方之星"包装设计大奖赛 专业组 入围奖
"沙洲优黄"12年陈酿包装
上海秦伟平面设计有限公司

以前，很多人都认为，包装就是以转动流通物资为目的，是包裹、捆扎、容装物品的手段和工具，也是包扎与盛装物品时的操作活动。20世纪60年代以来，随着各种自选超市与卖场的普及与发展，使包装由原来的保护产品的安全流通为主，一跃而转向销售员的作用，人们对包装也赋予了新的内涵和使命。包装的重要性，已深被人们认可。

国际上对现代包装的定义是"物品从生产到消费者手中所经历的运输、保管、装卸、使用等过程中为了保持物品的质量、价值、使用方便、促进物品的销售而对物品施加的技术或状态"。因此，世界各国对包装所作的定义，都是围绕着包装的基本职能来论述的。例如美国的包装定义：包装是产品的运出和销售所作的准备行为；英国的包装定义：包装是为货物的运输和销售所做的艺术、科学和技术上的准备工作。

我国对于包装的定义，在《现代汉语大词典》里诠释为：

1. 把东西打捆成包或装入箱等容器的动作或过程；

2. 包装商品的东西,即起覆盖作用的外表、封套或容器;特指储藏或运输商品时用的保护性的单元。

我国在1983年国家标准中，对包装的定义是："为在流通中保护产品、方便储运、促进销售，并按一定的技术方法所采用的容器、材料和辅助物的过程中施加一定技术方法等操作活动。在其他版本的教材中，也有对包装定义为："为了保证商品的原有状及质量在运输、流动、交易、贮存及使用时不受到损

害和影响，而对商品所采取的一系列技术手段叫包装。"虽然每个国家和地区对包装的定义略有差异，但都是以包装的功能为核心内容的。

显然不论从包装的定义还是人们日常生活的习惯性的意识，包装本身就含有"一次性"、"附属"等含义。所以无论怎样讲，包装物应该是"宾"，被包装物才是"主"。从而产生着一种判定：1.包装的功能自古至今基本没变；2.绝大部分包装总是一次性的，用完就变为垃圾；3.包装的价值总是低于被包装的物品。其实，换个角度想，一杯茶水的价值不一定高于盛水的杯子；一个煤气罐的价值不一定低于一罐煤气的价值；一个装了酒的景泰蓝坛子，其价值绝对高于一坛酒。虽然他们三者不属于商业意义上的包装，但却能说明重复包装的意义——凡能重复使用的包装容器，它本身不仅是一个附属于商品的包装物，同时还是一个独立于商品之外的器皿或商品，它有高于包装价值之外的其他价值或功能。

二、包装设计的观念

学习包装设计，完成设计作品的过程，自然而然地会陷入一种思考，会从中感悟到一些设计以外的事物。大家会从自己亲身的设计体验中深切体会到：现代包装设计正是一门以文化生活观念为基础，以现代设计创意和手段为导向的，高雅艺术、高新技术与市场发展高度结合的产物。它可分为三个基本层面：

1. 包装设计是一种文化心理状态，所以也可以认为是文化的意识层。它处于核心和领导地位，是设计系

统各要素一切活动的基础和依据。

2. 包装设计包含了设计技术要素的物质载体，它具有物质性、基础性、易变性的特点。

3. 包装设计要有市场意识，包装设计部门、设计师在包装设计产品时，必须充分熟悉交换商品的场所以及消费者在使用包装产品中的消费行为等。

数码科技的发展，生产力的提高和文化的进步，带来对包装设计文化的冲击和技术更新，主要就表现在生产和生活观念、价值观念、消费观念、思维观念、审美观念、道德伦理观念、民族心理观念等方面。它是设计文化结构中最为稳定的部分，也是设计文化的灵魂，它存在于人的内心，并发展变化，最终会直接或间接地在市场需求层面上得到表现。并由此规定自己的发展和规律、吸收和改造或排斥异质文化与技术要素，左右设计文化与技术的发展趋势。

三、包装设计的原则与特征

包装设计的范围包括五个方面：1.包装的创意构思、2.容器造型设计、3.结构设计、4.装潢设计、5.包装制作。五个方面互相联系、互相交叉，不能截然分开。

包装设计中最重要的一关是"创意构思"，创意构思是设计的灵魂。创意构思也就是设计者应该在画面上"表现什么"以及"如何表现"。许多优秀的包装设计很重要的一点，就是能在构思上有所突破和创新。这就如同漫画创作一样，创意奇妙的漫画，往往只需寥寥数笔，即能达到令人深思回味、妙趣

横生、捧腹大笑的幽默效果。

包装设计是为商品服务的，内在的商品和消费者的需求是第一位的，而包装则是从属的，是第二位的。因此，设计构思的创意应紧紧围绕内容对形式的要求来进行，不仅要在艺术上表现出产品的个性特色、设计者或消费群体的个性特色，使包装新颖别致，感染力强，能吸引消费者；而且应尽可能地反映商品的内在品质及其在功能上的优越性。

包装装潢设计的主要工作对象是商品的销售包装，它在提高商品价值和竞争能力，扩大市场增加等销售方面起着极为重要的作用。随着商品经济的发展，包装装潢设计从原来的商品附属物，发展到与商品具有同等价值意义，有时甚至比商品还重要。

我国对包装设计的传统原则是："科学、经济、牢固、美观、适销"。这个传统原则是围绕包装的基本功能提出来的，是对包装设计整体上的要求。在这个传统原则下，作为侧重于传达功能和促销功能的包装装潢设计，还应符合以下四项基本要求：1．引人注目、2．易于辨认、3．具有好感、4．恰如其分。

以上四个方面都是促进商品销售必不可少的，它们之间互相制约，时有矛盾。协调好四者之间关系，便是成功之作。

包装装潢设计具有艺术和实用的两重性。实用性是第一位的，艺术性寓于实用性之中，这是实用美术的共性特征。包装装潢设计以促进商品销售为主要目的，在艺术性与实用性的关系上还有一些鲜明的个性特征：1．艺术性与商业性、2．艺术性与科学性、3．艺术性与功能性、4．艺术性与时效性。

求新、求美、求变是人们共同的心理，用通俗的话来说，就是具有追求新鲜感的心理。人们在看惯了现代风格形式的包装之后，又会对富有传统风格的包装感到兴趣（图 1）。可见如何把握消费者心理已成为现代商品包装及装潢设计的特点之一。

图1

四、包装设计的学习范围

包装是一门新的综合性学科，生产、科研和日常生活都离不开它。包装涉及的范围十分广泛，与多种科学有关。包装与物理学、生物学、化学、力学、美学、心理学、动力学、电子学、经济学、法学等等都有密切的联系，可以说包装学是一门综合性的应用学科。包装从经济、技术、科学、文化等方面反映了一个国家的发达程度。在国际市场上，包装好坏关系到一个国家产品的声誉。包装技术的现代化，成了国际商品竞争的重要内容。随着我国社会主义商品经济的不断发展和人民生活水平的日益改善，包装在国民经济中的地位将显得越来越重要。

包装的研究领域极其广泛，与很多因素有联系。例如，对包装及装潢

图1

喜庆包装。港澳同胞一向欢迎具有吉祥含义的包装及装潢，"福、禄、寿、禧"等都是他们百看不厌的好形式。

进行部分改进，就将涉及到结构设计、美术设计、造型设计、文字设计、摄影制版、印刷、包装材料与方法的选择等。这样就形成一个包装学习体系，而且这个体系又与很多部门相联系，一个单位难以解决问题。因此，急需建立综合性的包装工业体系，为包装生产和研究提供一个可靠的基地。目前，包装设计工作的学习范围应包括以下内容：

1、包装设计政策、法规、规范和包装标准化的学习；

2、包装装潢艺术创意的学习；

3、包装材料、容器结构和外观造型的学习；

4、包装文化和市场消费心理的学习；

5、包装印刷工艺技术方法的学习；

6、包装运输、储存、流通的学习；

7、包装设计的制作硬件与软件的学习；

8、包装设计的历史与基本理论的学习。

包装设计构成的物质层是最活跃的，它变动、交流、方便、频繁。同时，包装设计文化的变化发展总是在它的身上得到体现。如现在国门敞开，在学习国外的先进科技、文化和技术时，外来产品的渗入正扮演着这场文化冲击的先导者；在市场上，产品包装更新换代，层出不穷，同类产品之间的竞争格外激烈。而不同的设计观念会带来不同的行为方式和社会结果，认识到新环境所强加于我们的新要求，并掌握符合这样新要求的新思想、新观念和新手段，这正是设计观念的新高度。文化、技术、市场这三者互相依存，互相结合，互相渗透，并

融合和反映在每一个具体的包装设计活动和设计作品中。

学习包装设计工作，大家会感到生活中充满着设计，一个杯子，一个把手，一条道路……有时，设计师仿佛更像一个发明家，带给人们方便、实用和美丽。一个称职的好的设计师应该把"艺术感"控制在一个非常恰当的程度上，效果"恰到好处"才是成功的设计。虽然在简单快乐的设计中，要经历"痛苦"的过程，才能得以实现，但从中却可以学到设计以外的东西，在简单和不简单中体会更多的事情。

第二节
包装的功能与作用

包装是实现商品价值和使用价值的重要手段之一，是商品生产和消费者之间的桥梁。在生产过程中，包装是最后一道工序，在流通过程中，包装对保护商品、宣传商品以及对商品的储存、运输、销售、使用都起着重要作用。但在日常生活中，人们对包装只有一个概念性的认识，而对包装的意义和作用却不一定了解。"包装"这个词可以作为名词解释，也可以作为动词解释。

当前，包装材料、包装技术和包装机械等方面发展很快，而新型的工业产品对包装的要求也越来越高。在这种形势下，如何在包装设计中应用新材料、新技术、新工艺，不断提高产品的包装水平和竞销能力，是摆在广大包装工作者面前的一项十分艰巨的工作。

包装的基本功能是保护商品和促进商品销售。从包装自身的生产领域

到最后随同商品进入的消费领域，其间要经历许多不同的环节。包装为适应各个环节的不同需要，就必须具备多种多样的功能。设想一下，某一产品，在媒体里，把它描绘得无比神奇，不管是功能作用，还是外观质量，让人听了都蠢蠢欲动，恨不得马上一亲芳泽，可谓"一旦拥有，别无所求"。可当你一拿到东西时，跳出你视野的是一个包装粗陋，溢着浓浓的"土"味与"腻"味，色彩让人看一眼就目眩的东西，你会对其产品产生信任感吗？恐怕你第一想到就是，是不是媒体搞错了，广告宣传得那么好，还没打开，就开始失望了呢？如今，很多聪明的厂商与策划公司，都把包装列为企业的3P（position市场、product产品、package包装）策略之一。把包装容入CI之中，在推销产品的同时，也提升了自身的企业形象。正如人们常说的那样："包装是沉默的商品推销员"。为此，好的包装应能使商品能迅速安全地送到用户，降低商品的保管成本，降低商品的运输成本，简化商品的库存管理。

从总体来看，包装的主要功能有以下五个方面：

图1

图 2

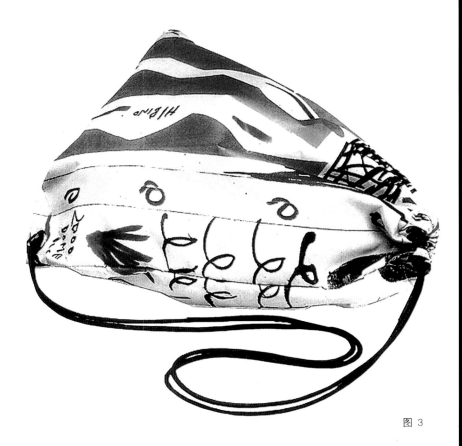

图 3

一、容纳功能

容纳功能是包装最实在的功能，即容纳、包扎商品的作用，它是商品存在的空间。俗话说"人要衣裳，商品要包装"。在实际生活中，人和社会虽然需要的不是包装本身，而是包装的商品。一件裸露的商品，虽然能暴露无遗地看到其本来的面貌，但它也需要有包裹、容纳、捆扎、盛装物品的操作工具、材料、手段和活动。（图1、2、3、4）

二、保护功能

保护功能是包装的主要目的和最基本的功能，即使商品不受各种外力的损坏。一件商品，要经多次流通，才能走进商场或其他场所，最终到消费者手中。这期间，需要经过装卸、运输、库存、陈列、销售等环节。在储运和销售过程中，经

过包装的商品，主要会受到两种不同性质的损伤：一种是自然条件变化而产生的损伤，另一种是人为因素所造成的损伤。前者是因温度、湿度和其他自然条件急剧变化而引起的(如变质、变形、性能的降低甚至丧失等)。后者主要是在运输和装卸过程中，因撞击、潮湿、光线、气体、细菌、振动、冲击、装卸不慎、堆放层数过多、仓库保管不善等原因，而造成的损伤或事故，因此，也有人把后一类损伤叫做"可避免的事故"。因此，作为一个包装设计师，在开始设计之前，首先要想到包装的结构与材料，保证商品在流通过程中的安全。

包装应具有减少这两种事故的作用。运输过程中发生的损伤及原因后果，还有微生物、虫害、光照、大气污染、静电干扰、高频电流所引起的损伤。这些因素在包装设计

图 1
酒包装。玻璃容器，可盛装液体，密封防蒸发。
图 2
虾仁塑料袋包装。它能防腐坏并可见食品本身。
图 3
布袋包装。它能装载织物，柔软温馨可再利用。
图 4
"优酪乳"包装。它在运输过程中不易破碎变形，密封不易受污染。

图 4

5

图1

图2

图5

时，也应针对产品的具体情况和其特性予以认真考虑。（图1、2）

三、传达功能

在"销品茂"（Shoping Mall）与各种大中小型超市如雨后春笋般发展的今天，直接面向消费者传达商品信息的是产品自身的包装。好的包装，其视觉传达功能能直接吸引消费者的视线，让消费者产生强烈的购买欲，从而达到促销的目的。（图3、4）

四、方便功能

所谓方便功能就是指商品的包装是否方便于使用、携带、存放等。洗衣机、电冰箱、电视机等家用电器产品，总要把包装拆除之后才能使

用。而牙膏、化妆品之类的日用品的内包装容器则必须与商品一起使用，直到用完为止。这两种包装虽然性能不同，但都要求它们的结构形式便于开启、搬运存放和使用。一个好的包装作品，应该以人为本，站在消费者的角度考虑，这样会拉近商品与消费者之间的关系，增加消费者的购买欲和对商品的信

图4

任度，也促进消费者与企业之间沟通。（图5）

概括地说，消费者都希望包装结构能提供下述方便性：

1、使用方便(不需要专用工具，并能考虑厨房和居室可容纳的尺寸、形状和重量)；

2、储运方便(应考虑集装箱的尺寸和仓库的面积)；

图3

3、销售方便(要便于商店摆放和货架存放，包装容器能周转使用)。

五、销售功能

包装的销售功能也叫商业功能，是包装的保护功能、方便功能的进一步延伸。包装要实现其销售功能必须要通过装潢艺术的特有语言来吸引顾客，使其在瞬间就能引起顾客的注意，从而达到宣传、介绍、推销商品的目的。以前，人们常说"酒香不怕巷子深"，只要产品质量好，就不愁卖不出去。在市场竞争日益激烈的今天，包装的作用与重要性也为厂商深谙，人们已感觉到"酒香也怕巷子深"。如何让自己的产品得以畅销，如何让自己的

产品从琳琅满目的货架中跳出，不要重演"一等产品、二等包装、三等价格"的悲剧，只靠产品自身的质量与媒体的轰炸，是远远不够的。通常能吸引消费者购买欲望的包装应具有以下销售功能：

1、轻便的包装材料，方便可靠的包装容器；（图6）

2、通俗鲜明的文字，协调清晰的画面；（图7）

3、别具一格的造型，引人入胜的色彩；（图8）

4、精美的商标，简单易懂的说明书和信誉卡；（图9）

5、力求透过包装上的图案，就可窥见被包装物全貌之效果。（图10）

上述包装的五大主要功能是互相关联又互相制约的。不同的商品对包装功能的要求有不同的侧重，包装

图6

图8

设计应根据各种商品的具体要求进行科学合理的优化抉择。

图7

图10

图9

图1

酒包装。防光照，不易变形变质。

图2

食品包装。纸质包装，色彩鲜艳，防潮防震。

图3

月饼包装。色彩鲜艳，感觉喜庆，让消费者有购买的冲动。

图4

酒包装。精致大气，吸引消费者目光，适合节日送礼。

图5

易拉罐包装。很多人购买易拉罐装的饮料时，都喜欢其开盖时的那一声"啪"带来的快感。

图6

轻便的包装材料，方便可靠的包装容器。

图7

日本方便炒饭包装。鲜明的文字，协调的画面。

图8

日本商品包装。独特的造型，引人入胜的色彩。

图9

酒包装。精美的商标，简结的说明书和信誉卡。

图10

日本糖果包装。它力求透过包装上的图案，就可窥见被包装物全貌之效果。

第三节
包装的分类

商品种类繁多，形态各异，五花八门，其功能作用、外观内容也各有千秋。各种不同的商品和商品本身不同的要求，需要有各种不同的包装。内容决定形式，包装也不例外。在日常生活中，人们从不同的角度去看待包装，于是产生了不同的包装分类。为了区别商品与设计上的方便，我们对包装进行如下分类：

一、按包装形态分类

可以分为：包装箱、包装桶、包装瓶、包装罐、包装杯、包装盆、包装袋、包装篮等。（图1）

四、按包装技术分类

可以分为：真空包装、充气包装、冷冻包装、收缩包装、贴体包装、组合包装等。

五、按产品性质分类

1. 销售包装

销售包装又称商业包装，可分为内销包装、外销包装、礼品包装、经济包装等。销售包装是直接面向消费的，因此，在设计时，要有一个准确的定位（关于包装设计的定位，在后面有详细介绍），符合商品的诉求对象，力求简洁大方，方便实用，而又能体现商品性。

2. 储运包装

储运包装又称工业包装，也就是以

图2

小包装也称个体包装或内包装。它是与产品最亲密接触的包装，它是产品走向市场的第一道保护层。小包装一般都陈列在商场或超市的货架上，最终连产品一起卖给消费者。因此我们设计时，更要体现商品性，以吸引消费者。（图2）

图1

二、按商品内容分类

可以分为：日用品包装、食品包装、烟酒包装、化妆品包装、医药包装、文体包装、工艺品包装、化学品包装、五金家电包装、纺织品包装、儿童玩具包装、土特产包装等。

三、按包装材料分类

不同的商品，考虑到它的运输过程与展示效果等，所以使用材料也不尽相同。如纸包装、金属包装、纸箱包装、玻璃包装、木包装、陶瓷包装、塑料包装、棉麻包装、布包装、草席包装、纸塑复合材料包装等。

商品的储存或运输为目的的包装。它主要在厂家与分销商、卖场之间流通，便于产品的搬运与计数。在设计时，并不是重点，只要注明产品的数量和发货到货日期、时间、地点等，也就可以了。

3. 军需品包装

军需品的包装，也可以说是特殊用品包装，由于在设计时很少遇到，所以在这里也不作详细介绍，也不是本书的重点。

六、按包装体量分类

1. 小包装

2. 中包装

中包装主要是为了增强对商品的保护，便于计数而对商品进行组装或套装。比如一箱啤酒是6瓶，一捆是10瓶；一条香烟是10包等等。（图3、4）

3. 大包装

大包装也称外包装、运输包装。因为它的主要作用也是增加商品在运输中的安全，且又便于装卸与计数。大包装的设计，相对小包装也较简单多了。一般在设计时，也就是标明产品的型号、规格、尺寸、颜色、数量、出厂日期等。再加上一些视觉符号，诸如小心轻放、防潮、防火、堆压极限、有毒等等。

此外，还有从包装功能、包装结构、包装风格、包装工艺技术、包装目的、运输工具、包装商品、包装用户等各种角度进行分类。如按包装功能分：可分为国内包装、出口包装与特殊包装等；按包装目的分：可分为防水包装、防潮包装、防绣包装、除氧包装、缓冲包装、真空包装、冷冻包装、低压包装等；按运输工具分：可分为卡车装载包装、火车装载包装、船舶装载包装、航空装载包装等；按包装商品分：可分为食品包装、电器包装、机械包装、杂品包装等；如按所装商品形状分类，又可分为液体包装、粉末包装、颗粒包装和应用食品包装等；按用户分：可分为民用包装、军用包装、外销包装等；按销售方式分：可分为零售包装、批发包装等。

虽然包装的分类形式与方法纷繁，试图从某一角度上进行分类是相当困难的。但概括起来讲，从商品流通和商品本体上分类，则把包装分为运输包装和销售包装两大类：

1、运输包装是指产品在流通过程中保护商品不受损伤，安全可靠地到达用户手中的一种纯防护性的包装。主要以满足运输、装卸、储存需要为目的，起着保护商品、方便管理、提高物流效率等作用。运输包装一般不直接接触商品，而是由许多小包装集装而成，通常不随同商品出售给消费者。

2、销售包装主要以满足销售需要为目的，为了保护产品，提高产品的销售功能，而对包装的形态、结构加以

装潢美化，唤起消费者购买欲望，起着保护、美化、宣传商品，促进销售和方便使用等作用。销售包装通常随同商品一起出售给消费者，是消费者挑选商品时认识商

图 3

品、了解商品的一个依据，对商品起着有效的促销作用。

随着消费的发展，近年来有不少商品包装既是运输包装，又是销售包装，两者兼而有之。这类包装，应首先满足运输包装的功能要求，然后再扩展销售包装的功能要求。

第四节
包装设计的发展因素

包装形态的发展过程也是包装设计的发展历程，每一个时期的包装都有其鲜明的时代烙印。包装形态的发展，也反映出了人类文明与科技的发展。新产品的产生、消费形态的改变、商业流通的发展、新材料的涌现、制作工艺和技术的改进、市场营销的发展等都会促进新的包装形态的出现。甚至人们的生活观念、审美情趣的改变也会对包装形态产生影响。充分了解包装新形态的发展因素，对于在设计中准确把握设计的理念和形态，着眼于包装设计发展的未来是很有帮助的。

一、新产品技术需求的因素

图 1
各种不同形态的包装
图 2
小包装。它可单独出售或集体出售，小巧易携带。
图 3
天然矿泉水包装，中包装。它主要是为了增强对商品的保护、便于计数而对商品进行组装或套装。
图 4
啤酒包装 中包装

图 4

随着人类文明的进步，新产品不断出现，有些新产品所涉及的是人类以前尚未涉及到的新领域，比如说微电子、超导体、生物基因制品、纳米产品等。这些新产品对包装设计本身也提出了新的挑战，如何保护、保存这些产品，如何让它们安全地进人流通领域，又如何能在商业销售中取得成功，这些新的课题促进了包装结构、新材料、视觉传达等方面的不断更新与进步，从而适应新产品和新时代的需要。

随着产品自身技术的进步，同样对包装形态提出了新的要求。我们举一个医疗包装的例子，献血用的采血袋，为了保持血液的新鲜，血液中的活性细胞需要"呼吸"，所以，包装材料采用了具有透气性的盐化聚乙烯塑料袋，这种材料柔软，易加工，与输血管的接触性也很好，不像玻璃瓶那样易碎，而且透明度好，卫生检验也很便利，是理想的医疗容器。如果我们仔细看空的血袋，会发现里面有透明的液体，并夹杂着气泡，这是防止血液凝固，并提供血液中红血球所需营养成分的保存液，它提供了血液保存的环境。这种塑料采血袋包装从1980年开始使用，替代了以往的玻璃瓶，普遍应用于血液的保存。

但是，血液中的血浆、血小板、红血球这三种主要成分的保存环境是不相同的。在同一血液里，血小板的寿命最短，在20℃～24℃的室温下只能保存72小时，红血球在4℃～6℃的冷库中能保存21天，血浆则最好在-20℃的冷藏环境中保存，如果能将它们分类保存的话，是最理想的。最近，人们采用了新的包装方法，在血袋外接上三个子血袋，利用分

图1

离设备，按照相对密度的不同将血浆、血小板和红血球分离并分装到不同的子血袋中。由于这种新技术的出现，在采血过程中就可以实现"成分献血"，比如说，采血过程中只采集血小板，其它成分再返回到献血者的体内。用这种方法，在一个献血者体内，一次可以正常采集到的血小板相当于以前10～20人血液中的血小板采集量。

二、消费形态发展的因素

包装设计是为消费者服务的，从消费者使用、喜好的角度考虑是包装设计最基本的出发点。因此，消费形态的变化对包装设计产生着重要的影响。进入科技信息飞速发展的今天，生活形态和消费形态都发生了很大的变化。从20世纪包装的发展来看，像POP式包装、便携式包装、易拉罐包装、压力喷雾包装、真空包装等形态的出现，无一不是消费需求所导致的结果。如今网络时代已宣告来临，互联网给人们的生活带来了极大的方便，网上交易、网上购物等新的消费形态也渐

渐被越来越多的人所接受。随着网络的普及和相关硬件技术的进步，包装设计随之而来也必将面临更大的改变。

随着人们生活节奏的加快，时间和效率成为最重要的因素，在商品包装上更加要求体现出便利性、简洁性。尤其是食品类，大量的半成品、冷冻食品、熟食制成品、微波食品涌现出来，以适应人们生活节奏的变化。包装设计也随之在结构、材料、功能上配合着这种变化。现在，随着微波炉的家庭普及，微波食品也越来越多，这促使冷冻食品和蒸煮食品的形态日趋多样化。使用便利、可以直接适合微波加热的各种包装材料不断出现。这种包装材料目前主要采用了透气性的特殊乙烯材料，在食品加热时，蒸汽在包装内压力上升，由于具有透气性而不至于爆裂。在国外，微波食品包装上都明显标注有可直接微波加热的标记。此外，还出现了可以将点心烤得焦黄的包装材料。（图1）

在欧美和日本等一些发达国家，自动售货机遍布大街小巷和地铁车站。我国这些年也开始发展自动售货，将来必将非常普及，包装设计为了适应自动售货的特点，也会相应地在形态结构上进行变化。种种消费形态的变化，都会给包装设计提出新的课题和挑战。

三、流通发展的因素

流通手段的现代化可以使世界逐渐地"变小"，如今，人们可以在北京的商场里，买到来自世界各地的商品，如从美国来的牛肉、法国来的水果、挪威来的三文鱼等。这些

都依赖于流通领域的高效率和先进的包装运输水平。贸易的国际化是现代社会经济发展的特点，包装设计行业也要适应这种国际发展的趋势。特别是我国加入WTO以后，流通水平要适应国际现代贸易的需要，包装设计在其中起着举足轻重的作用。包装要使商品在流通中不受气温、干湿、挤压、振荡、光照、腐蚀等影响，还要适应现代标准化的集装、存储、运输等，以提高效率。这些都需要设计人员拿出更加严谨科学的设计方案，包装材料和包装结构的应用，更要科学合理。

其实，人们不断在利用科技手段来适应新的流通需要，针对每一种商品的特征，都有许多通过经验积累和研究所得来的方法。比如，在新鲜水果的流通过程中，人们就总结出了很好的保鲜手段。水果从收获到我们的嘴中是一个有生命的过程，人们为了防止水果在流通过程中老化而让其保持新鲜，想过很多办法，其中之一就是把从植物本身产生的乙烯、乙醛、乙醇等有害物质去除掉。具体方法是在水果包装中放置可以吸收这些气体的物质。不同品种的水果，它们产生出的有害气体的量也不同。植物同动物一样，要吸收酸素，呼出二氧化碳，正由于此，也使生命逐渐老化。人们在相对密封的包装箱中，放置能产生二氧化碳的物质，使包装内的二氧化碳的浓度上升，酸素的浓度下降，从而导致水果不能够正常呼吸。动物在这种情况下一般会窒息死亡，但植物只是减少了呼吸而已，它可以继续生长，但是寿命却得到了延长。利用植物的这种特性可以有效地保持水果的新鲜度。包

装设计不断地利用新材料、新技术来满足流通的需要，也正是流通的发展促使了包装设计形态的发展。

四、市场营销发展的因素

市场营销是立足于消费心理基础上的销售科学。在激烈的市场竞争中，由于技术的进步和市场的逐步规范，消费者仅从产品质量上已经不容易分出高低，在这种情况下，拿什么去说服消费者呢？必须找到自己商品的个性所在，即与别人的不同之处，或者是创造出这个不同之处，说白了就是要找到商品的卖点。m&m巧克力的卖点是"只溶于口，不溶于手"，这个卖点被放在了产品特性上。还有许多产品把卖点通过包装上的形象传达给消费者，像来自哥伦比亚的咖啡，来自法国的葡萄酒等，一般都会在包装设计中通过使用具有原产地风情的图形将这个信息传递出来。有些产品中使用的特殊原材料、配方或新的加工工艺，一般也会作为包装设计的特点体现出来。

营销策略往往会抓住消费者心理的一些变化，推陈出新。2000年期间，日本频繁发生较强烈的地震，有谣传说近期日本会有大的地震，这使人们联想起关东大地震和几年前阪神大地震的可怕景象。为此，日清公司推出了一种新型的罐装面包装。（图２）

图 2

图 1
日本方便快餐包装。它的包装材料是由纸、导电性材料和耐热性材料三层构成的。
图 2
罐装面包装。一种采用新技术、保存期为10年的金属罐方便面包装。

Packaging
Art
Design

第二章

包装设计简史

图1

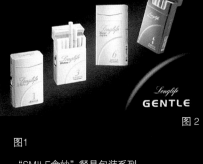

图2

包装，根据其历史演变过程，史学家通常把它分为原始包装、古代包装、近代包装、现代包装等四个阶段。原始包装是指旧石器时代人们利用现存的植物叶子、果壳、葫芦、贝壳等作为盛装、转运食物与用水的容器，实际上并不具备设计的内涵，只能算是包装的萌芽。但是，作为设计的源泉，并非没有现实意义，仿照葫芦造型的酒瓶、药瓶和仍然利用叶子、果壳、贝壳作为容器等等在现代包装设计中并不鲜见。现代包装，是指从19世纪中叶英国工业革命开始以后，以机械化大批量生产和长途安全储运物资与商品，进而推向以迎合市场、引导消费、满足人们对商品包装的物质功能与审美功能需要为中心的包装。这样看来，似乎我们所说的传统包装设计，既不包括原始包装（因为不具设计内涵），也不包括现代包装（因为史学家对现代包装规定了一个固定的时限）。然而，从"传统"二字的本意考察，是指历史沿传下来的思想、文化、道德、风俗、艺术、制度以及行为方式等等；就时间上说，传统就是过去，昨天是传统，今天是现代，明

图1

"SMILE食妙"餐具包装系列
上海应用技术学院艺术设计系学生 晏赵毅

指导老师 王　洪

图2

"东方之星"包装设计大奖赛 专业组 银奖
"长寿"香烟包装系列
台湾王象广告事业有限公司

天是未来，今天的现代将变成明天的传统，传统在时间的流变中不断产生位移，不断扩大时限。据此，我们对"传统包装设计"的理解不应是一成不变的。目前来说，它不仅包括了中外古代包装设计与近代包装设计，而且也包括19世纪中叶至2000年以前的中外包装设计，同时，也不可忘记原始社会处于萌芽状态的包装对于现代包装设计的借鉴作用。

近现代的包装与设计，伴随着工业化大批量生产技术的发展而发展，是商业活动、贸易竞争、文化发展并表达和完成这一进程的结果。本章所记述和反映的正是这一文化主流，但其并不是一本世界包装设计史，它主要谈及欧洲大陆、美国和日本等国的包装简史，对各国或地区及民族的包装的异同并没有作阐述。

第一节
原始与古代的包装

一、原始包装的功能与形态演变

古代埃及人认为，人死后灵魂会从身体中游离出来，在宇宙中徘徊，如果灵魂回来时发现身体不在了，就会永远地离开，因此，必须想办法对遗体进行保存。随着人类文明的进步，丧葬变得细致而复杂起来，人们用石头或砖瓦建筑墓穴，特别是强权统治阶级的诞生，像金字塔那样巨大的墓穴建筑也出现了。人的肉身虽处在豪华的墓穴环境中，但与水、空气、细菌接触后，很快会腐烂。所以人们又想办法，把人的内脏摘出来，并用特制的药水把尸体制成了木乃伊。

木乃伊要经过70天左右的防腐处理，然后用20m～30m长的亚麻布把身体缠起来，并在上面盖上大块的布，像前面一样再一次用布条进行缠裹，这样要反复好几遍。许多布条上写着咒文及死者的名字等内容，被布包裹的脸上还要画上死者的面像。包裹完成的遗体，要用树脂涂抹一遍以起到隔绝空气的作用，最后才放入棺中。

这可能是人类最早运用"包装"的手段来保持物体使之长久的行为，其目的性很强，而且运用了当时人类所能

图1

掌握到的最先进的技术。从此，"包装"行为不断出现在人们的生活、劳动和祭祀等众多领域，并及时结合运用所出现的科技新成果。

在人类漫长的文明进化历程中，每一项科技发明、社会变革、生产力提高以及人们生活方式的进步、环境的变化，都会对包装的功能和形态产生很大的影响与促进。从包装的发展演变过程中，能清晰地看出人类文明进步的足迹，包装设计作为人类文明中的一种文化形态，了解它的发展与演变，对今天的设计工作具有非常现实的意义。

在旧石器时代，人类为了生存的需要，开始制作保护自己和猎取食物的工具，而工具的出现意味着人类对自然界有改造和生产作用，这个以石器进行生产的整个历史时期称为"石器时代"。生活中，人们为了耐火的需要而在编制或木制的包装容器上涂上粘土来烧煮东西，后来发现编织物烧毁后，粘土模型却保存下来，这就是最初的陶器（图1）。陶器的产生标志着人类的物质生活和文化生活进入到一个更高的阶段。

原始社会的后期，农业生产的发展，剩余粮食的增多，在此种情况下发明了酿酒技术。为了适应饮酒的使用要求，产生了青铜器作为酒的包装容器（图2）。农业的发展，饮茶的盛行，产生了许多盛茶的包装容器，如茶杯、茶盏、茶碗、茶壶等。而今，咖啡饮品的流行，则产生了各种各样的玻璃咖啡器具和其他玻璃包装器具等（图3）。

生活的需要是创造的动力，自然是取之不尽的宝藏。生活中日常饮食的需要产生了碗类包装容器，而碗的造型，即是模仿自然中植物南瓜的半型而获得，为了使用方便，造型由原始的平底造型逐渐延续与发展成为今天更科学、更适合使用及工艺制作要求的完美造型。再如陶瓷造型中的冬瓜瓶、胆瓶、葫芦瓶等都是自然形态的写真与变体，也都是以满足生活中实用与审美的需要为动机。直到科学发达的今天，我们仍然以生活的需要为根据，以自然为师，创造着人类文化。因

此，包装容器设计与生活的关系是相互依存并发展的，它的创作源泉来自生活的体验。

从今天对包装概念的理解来说，包装的原始形态——即为追求美感的容器。容器并不能算做真正意义上的包装，但它具备了包装的一些基本功能，比如，保护被保存物，方便使用和携带等。而且容器的发展历史相当悠久，它对包装的产生也起到了促进的作用。在我国，古代劳动人民用智慧和辛劳创造出了各式各样形态优美的容器，正像马克思说的："动物依照它所属的那一种类的需要程度来创造，而人却善于按照每一种类的需要程度来生产，而且始终是善于用适当的措施来处理对象，因此人是按照美的规律来创造的。"

二、古代的包装容器

1．陶器

我国的陶器起源很早，1962年在江西万年县仙人洞就出土了距今8000多年的陶器。尤其是到了新石器时代晚期，制陶技术已发展到很高的水平，人们用天然赤铁矿颜料和锰化物颜料在陶器上绘制装饰纹样，烧制成精美的彩陶。彩陶的装饰纹样有植物、动物、山水等自然现象，还有人物以及抽象几何图形。图案的造型手法简洁概括，富于韵律感，流畅刚健，装饰性强，充分反映了古代人类对造型语言和形式美的追求与探索。

2．青铜器

我国早在商代的时候，青铜器就已被普遍使用，但主要都是奴隶主和达官贵人们满足其奢华生活的各种

用品，普通的劳动人民则享用不起。青铜器的造型丰富多样，仅作为容器出现的就可分为烹饪器、食器、酒器、水器等。烹饪器主要有：鼎（煮肉的器物）、鬲（音力，煮粥的器物）等。食器主要以簋（音轨）最多，用来盛黍、稷等主食，相当于现在的碗。由于奴隶主的生活中祭祀仪式多，酒器的造型很丰富，主要有爵（饮酒和温酒的器物）、角（饮酒器）、觚（音姑，饮酒器）、觯（音至，饮酒器），还有壶、卣（音又）、觥（音公）、尊等盛酒器以及盉（音禾，调酒器具）等。水器则有鉴和盘等。

青铜器的创造，体现了古代劳动人民对制造工艺和装饰美学法则的掌握。三条足的鼎，形成了极强的稳定感；觚的修长而富有节奏感的造型，像一枝含苞待放的花朵。在装饰上除平面纹样外，还出现了很多立体雕塑装饰，比如，把盖的纽做成鸟形，把觥的盖做成双角兽形等，大大丰富了青铜器的造型。

3．漆器

中国开始以漆作为涂料，相传始于4000多年前的虞夏时代，但是实际使用漆器的时间可能比传说还要早。1976年，在浙江余姚河姆渡遗址中就发现了距今7000年左右的木胎漆碗与漆筒。商周时代，漆器工艺已具有了相当高的水平，1973年，蒿城台西商代墓葬中发现了几十片漆器残片，这些漆器为朱红

图2

图1
陶器容器
图2
青铜容器　商代　青铜提梁卣
图3
玻璃容器　清代　白地套蓝玻璃双耳瓶

图3

底，黑漆花纹，上下交错，构成了多种精美的图案。在以后的历史发展中，漆器一直作为中国传统工艺品的一支奇葩，不断发扬光大。每一个历史时期都会出现新的制作工艺，使得漆器更加绚丽。在中国历代的人物画中，我们常能看到漆器作为道具出现的，如化妆盒、食品盒等。它甚至还对欧洲文化产生了影响，18世纪英国著名家具工艺家汤姆·齐皮特曾根据中国漆器的特点，设计出一种装饰风格独特的家具，风靡一时，在家具史上被称为"齐皮特时代"。

4. 瓷器

中国最具代表性的工艺品首推陶瓷，它几乎成了中国传统文化的象征。陶瓷作为一种容器，在中国历史的发展中，应用面之广、历史之悠久、影响力之大都是其它种类容器无可比拟的。严格地讲，科学意义上的瓷器始于东汉，但从陶器到瓷器，中间大约在战国时期经过了半瓷质陶器的过渡过程。到了东汉时期，瓷质日趋纯正，瓷胎较细，釉色光亮，釉和胎的结合日渐完美。中国的瓷器史基本可以分为青瓷→白瓷→彩瓷三个阶段。直至今日，陶瓷除了工艺品、日用品以外，也是一种常用的具有民族传统风格的包装形式，像白酒、中药的包装等。

除了上述的一些主要形式以外，像金银器、石器、玉器、木器、琉璃等，都曾作为容器使用。

在使用容器方面，不同的文明大致有着相似的经历，但是每一种文明都有其独特的一面，像古埃及人早在公元前3000年前就开始以手工方法熔铸或吹制玻璃器皿来盛装物品；古希腊文明则非常擅长使用石材；古代欧洲有广茂的森林，对木材的使用很擅长，很早就用木板箍桶来酿酒，甚至还能造出像"特洛伊"木马那样巨大的容器。

三、民间的包装材料与形式

古代劳动人民在长期的生产生活中，运用智慧，因地制宜，将形式与功能完美地结合起来，从身边的自然环境中发现了许多天然的包装材料，如木、藤、草、叶、竹、茎等。

相传在战国时期，人们为了在端午节这一天纪念伟大的爱国诗人屈原，创造出了一种独特的食品——粽子，它用清香的箬叶包裹糯米，形状为独特的三角形，外边再用彩线捆扎，非常美观。在蒸煮的过程中，箬叶的天然清香渗透到糯米中，形成了独特美味的食品，这种形式与功能完美结合的食品一直流传到食品种类丰富的今天，仍然受到广大人民的喜爱，由此可见其包装形式的生命力。

在中国古典文学名著《水浒》"鲁智深拳打镇关西"一段中，描写了屠夫镇关西用荷叶来包装切好的肉馅的场面，不过最后还是被鲁智深将整包肉馅甩到脸上。可见民间用天然的荷叶包肉已有很长的历史，这无疑是一种科学有效的保存食物的手段。柳宗元也曾在诗中描写过"青箬裹盐归峒客，绿荷包饭趁墟人"，就是对当时民间包装材料应用的真实写照。

中国有句俗语："不知葫芦里卖的什么药"。同样，用葫芦装药盛酒，在古代曾被普遍应用。葫芦外壳坚硬，保护性好，能起到良好的抗腐防潮作用。外形美观，而且便于携带。现代，葫芦作为包装材料已很少被使用了，但它那为人喜爱的造型特点常被应用到产品包装设计中。

竹、藤、草也普遍被当作包装材料得以应用。它的起源应当早于陶器，但由于这些材料易腐蚀，很难有更早期的实物保存下来。20世纪50～60年代，在浙江吴兴钱山漾的新石器时代遗址中，出土了大量的竹编。太湖周围的环境在原始社会非常适合竹藤的生长，因此，可能是当时竹编的重要生产区。在200多件文物中，有箦、篮、簸箕、谷箩、竹席、农具等很多品种。竹编大都使用加工、刮光过的篾条编出人字纹、梅花纹、菱格纹、十字纹等各种花纹，这表明人们很早就已注意到实用与美观相结合。在明代《野获篇》中载了对易碎品——瓷器的运输过程中所采取的一种绝妙方法："初卖时，每一个器内纳沙土及豆麦少许，数十叠辄牢缚成一片，置之湿地，频洒以水。久之，则豆麦生芽，缠绕胶固，试投辇确之地，不损破者以登车。"这种方法将植物的特性在包装设计上运用到了极至，充满了智慧，令人叫绝。

除了这些，麻、木、皮革等也常被用作包装材料。我国是丝绸的故乡，丝绸自然也被用作包装材料，制成锦袋、锦盒等。

古代劳动人民通过掌握天然材料的特性将之合理、科学地应用于包装设计中，其用材的合理性，制作的巧妙以及装饰造型的美感充分体现了古人在包装设计中所追求的形式与功能的完美统一，对于我们今天的包装设计仍然具有很大的启迪和借鉴作用。

四、古代商业中包装的促销功能

我国在很早就出现了商业活动，大约是在距今五六千年前的原始社会晚期。当生产力发展到一定水平，有了社会分工和产品的剩余后，商业活动就自然而然地产生了。《易·系辞》中就有"包氏没，神农氏作，……始列尘于国，日中为市，致天下之民，聚天下之货，交易而退，各得其所"。"列尘于国"指的是交易场所，"日中为市"是指交易时间，说明当时的商业交换活动比较频繁，并且已有了固定的时间和场所。到了殷商时期（公元前1751年～公元前1122年），货币首次产生并使用，以"贝"为货币，以"朋"为单位。西周时，文王治岐，采取了"关市讥而不征"的免税奖励政策，大大促进了商业的发展，并设立了完善的商业市政机构。春秋时，形成了咸阳、邯郸、大梁、洛阳、临淄等商业大都市，商人的社会地位也得到提高。比如吕不韦用经商挣得的钱买到了秦的卿相职位，还有猗顿贩盐、郭纵铸铁而富比王侯的事例。

商业的发展带来了商业的竞争，商人们为了维护自家产品的信誉而促成了商标和包装等形式的出现和发展。1964年，在陕西咸阳以及后来在河南长葛县出土的西汉铁器，许多上面铸有"川"字，"川"指颍川，群阳城（今天的河南登封县告城镇）。另外，在北京郊区大葆台西汉古墓出土的文物中，有的铁斧上面铸有"渔"字，"渔"指渔阳郡（今天的京郊密云县）。这些可以看作是最早的产品商标的使用。

关于包装的使用，在我国不会晚于战国时期，在《韩非子》中记载了"买椟还珠"的故事，是讲一个不识货的郑国人以高价买去了华丽的装珠匣子，而将珠子还给了商人。这也从侧面说明了当时商业对包装的重视，以及当时的包装对消费者的吸引力。

欧洲的商业文明则是以地中海沿岸展开的，海运的发达促进了商业的发展。比如埃及的玻璃容器和制法就很快传到了欧洲大陆。古代埃及还出现了早期的商品标签。公元前13世纪的葡萄酒罐和壶上，或拴或贴上表示内容的书写文字的标贴。在埃及第18王朝（公元前1567～前1320年）的宫殿内贮藏的酒容器上就贴着注有"上等葡萄酒"、"特级上等葡萄酒"的标记以示区分类别，这可能就是酒贴包装的最早起源。另外，在大英博物馆所藏的古埃及神庙建筑的瓦片上（公元前1450年左右）刻有制造者的名称标记，此类标记还出现在同时期的一些纪念雕刻、手工饰品上，表明了生产者已经开始具备品牌意识。到了古罗马时期，商业的繁荣促使了许多商业宣传手段的出现，在古庞贝城的遗址中，就可以见到许多实际上就是源于古罗马时期的酒馆在招牌上配挂木枝的习惯而得来的。这些都反映了商业的发展对商品促销行为所产生的促进作用。

五、古代造纸印刷技术对包装进步的促进

造纸术是我国古代四大发明之一，据《后汉书·蔡伦传》记载，纸的

图1

图1
"东方之星"包装设计大奖赛 专业组 银奖
"高姿" 弹力活肤包装系列
上海传熙设计工作室

发明者是宦官蔡伦。其实这是一个误记,早在蔡伦生活时代的前一个世纪纸就被发明出来了,这一点虽没有文字记载,但从考古发现中已得到证实。1933年,在新疆罗布淖尔汉发现了公元前2世纪的麻纸,1957年在西安东郊灞桥再次出土了同样的麻纸。蔡伦在造纸术上的贡献主要是采用了破布、旧鱼网等一些低廉成本的原材料,并改进了一些造纸方法,所以说蔡伦是一位造纸工艺和原料的改良者,而不是发明者。

此外,在中国古代四大发明中,造纸术的发明问题在国际学术界争议很大,因为在古埃及的出土文物中,就有公元前13、14世纪时用的一种叫"纸莎草纸"的纸书写的文书,它比蔡伦发明纸的时间要早近1500年。不过我认为,蔡伦造的纸不论是在工艺上,还是在材料上都更加接近现代的造纸技术。所以在这个意义上把蔡伦发明的造纸术作为中国古代主要发明成就之一也是合情合理的。

纸的出现,逐渐替代了以往成本昂贵的绢、锦等包装材料。《汉书·赵皇后传》中就有用纸包装中药的记载。从此,在商业活动中,纸被运用到食品、药品、纺织品、化妆品、染料、火药、盐等物品的包装中。另外,人们在造纸时不断改进,比如加上染料,制成象征吉祥喜庆的红色包装纸;加上蜡制成有防油、防潮功能的包装纸等。

到了19世纪,制纸技术得到了很大进步,使短时间内大量印刷复制成为可能。最早的制纸机是1803年英国伦敦的制纸业者富德林那兄弟(Henryandsealy Fourdriner)从法国人手中买到了专利,并请专家技术人员经过苦心研究和花费了大量金钱才得以制造成功。从1806年的报告看,当时的制纸设备仅添加原料就需要7个人手工操作原料桶,机械重达264磅。到了1837年,由41人操作一台机器减为9人。到1860年,每台高速机年产纸张已达1000吨。现代使用的碎木纸浆原料制纸是从19世纪中叶才开始的,在这之前的原材料是用亚麻、木棉等,通过煮、碎、造浆等步骤完成的,纸质粗糙,因而不适宜彩色印刷。

印刷术最早也是由中国发明的,随着造纸术的发明,早在东汉时期就出现了印刷的早期形式——拓印。现在留存下来不少单张的石刻拓印,应被看成是早期的印刷品。印刷术的发展是由雕版印刷的发明开始的。隋唐时期,雕版印刷技术已经相当高超,比如现存最早的雕版印刷品之一,敦煌发现的公元868年刻印的《金刚经》,版面工整,图文并茂,印制精美,体现了印刷技术与版面设计的结合。

到了宋代,我国雕版印刷达到了高峰,许多地方形成了大规模的刻印中心,这时期出版印刷了大量典籍。由于商业的发展,还出现了木版刻印的世界上最早的纸币——交子。

印刷术自然也被运用到包装设计之中,比如在包装纸上印上商号、宣传语和吉祥图案已相当普遍。由于纸质不能长久保存,所以我国现存最早的印刷品包装资料是北宋时期山东济南刘家针铺的包装纸,具四寸见方,铜版印刷,中间是一个兔子的图形标记,上方横写着"认门前白兔为记",下半部有广告语"收买上等钢条,造功夫细针,不误宅院使用,客转为贩,别有加"等字样。图形鲜明,文字简洁易记,已经具备了现代包装的基本功能,尤其是体现出了明确的促销功能。

由于贸易和战争,尤其是十字军的东征使中国的印刷技术传到了欧洲。公元1243年,欧洲出现了雕版印刷品,即德国的"圣克利斯托尔非"画像,这比我国雕版印刷晚了约600年。1450年前后,德国人谷腾堡开始使用铅活字印刷,这比我国毕升发明的泥活字印刷也晚了400多年。欧洲文字由于字母数量不多的特点,印刷改革也就容易得多。活字印刷术一经出现,很快便在欧洲各个国家传播开来并得到广泛应用,对欧洲资本主义经济发展起到了非常重要的促进作用。

19世纪初期,包装技术迅速结合了进入全盛时期的印刷技术,包装发展的多样化需求及与材料的关系姑且不提,包装上品牌宣传印刷的要求被摆在眼前,玻璃瓶、陶瓷罐、金属容器、纸板盒、包装纸等都需要在外部表示出品牌形象,以起到引人注意、传达商业意图、提高产品附加值的作用。许多现象谁也没有预想到,比如,精美的彩色印刷刚开始应用于纸盒包装时,在美国,某洗涤剂厂在其产品上使用了精美的彩色插图。有的人收集了这样的包装,对其关心的程度超过了对商品本身的关注。由于印刷提供了表达的丰富性,商品的情报和信息传达变得更加自由、直接。包装上的信息传达功能取代了以前必须掌握商品知识的推销人员,也使零售业的普及成为可能。的确，在现代，地方土特产商品与超级市场里的商品相比，商品的流通性方面就欠缺了许多。

第二节
近代包装设计

一、19世纪中叶至20世纪初的包装设计（1850~1919）

19世纪商品包装的发展速度还是较快的。头30年，低价位的印刷业大大刺激了包装工业，使包装产品的成本较低；但是，后50年真正改变它的是廉价彩印的到来，它使简陋的铁皮盒子，有标签的瓶子和简单的纸盒变成了绚丽多彩的精美包装。当然也有一些商品没有被新的包装所影响，例如装姜汁和啤酒的粗陶罐子，它们保持着原有的形制，直到19世纪30年代被淘汰。

在19世纪初，一种装碳酸饮料的玻璃瓶被开发。人工生产的矿泉水自18世纪70年代就有人制造厂。碳酸类饮料较容易挥发，因此，瓶塞的问题就十分重要。1814年，发明了一种尖口瓶，它以发明者哈米尔顿（Hamiltan）的名字命名，这种瓶子必须平放。此后这种瓶子一直使用了近6年而没有改进。直到1872年，英国人用一种新的方法淘汰了尖口瓶，其办法是通过泡沫饮料的压力将一只玻璃弹子紧压在瓶口。同年，一种带螺口的瓶塞被发明，对瓶塞的生产产生了一次革命，它装置简单、使用方便，在全世界流行了一百多年。

玻璃可以塑造成精巧的造型并加以各种装饰（图1、2、3），出于竞争，

玻璃厂家争相创造最佳效果。在美国，威士忌玻璃酒瓶的制作自19世纪20年代就成为一种艺术。例如，在瓶子上铸造乔治·华盛顿的造像。在英国，最受时间考验，也是最受人钟爱的玻璃瓶子大概要属罗斯（Rose）公司的酸果汁瓶了，它大概是在19世纪60年代设计出的，一直持续到1987年，今天它已被塑料瓶取代。19世纪初在英国，人们开始用马口铁做罐子，密封好用来盛装食品，这样，罐头食品诞生了。当时英国海军的远征和南极探险大量使用该食品。但罐装食品被英国公众接受得很慢，

图1

图2

图3

图1
精美的玻璃瓶包装容器。传统的玻璃容器的主要优势在于购买者可以看到里面的东西，如果它们色彩斑斓又有异国情调，则会更加诱惑人们。
图2
各种瓶口设计。它们不仅增加了瓶子造型的各种功用，而且使用简单方便。
图3
造型奇特的瓶口设计。它增加了瓶子本身的趣味性，同时有很好的密封作用。

图1

图3

甚至到了20世纪20年代它还仍然没被大多数人所接受。

在美国，金属罐装食品的方法从1837年以后开始采用，这时玻璃罐子对许多食品来说，已经变得太昂贵了。在美国内战期间，罐头得以广泛食用，甚至走向家庭。到19世纪80年代，罐头厂已遍及美国，并且大量出口，比如罐装的鱼、水果、蔬菜、炼乳，还有一种个性化

较强、带有钥匙启子的腌牛肉罐头。（图1、2、3）

在19世纪上半叶，一些日用百货中，铁皮盒子仍在扮演重要角色，尤其用于装饼干。饼干生产的机械化进程在19世纪50年代使饼干业的发展得以突飞猛进，甚至供过于求，这时，铁皮盒子发挥了巨大作用，它使易碎的饼干能够长期保存并便于出口。1868年，发明了印铁技术，色彩艳丽的颜色可以直接印在铁皮上。随后石版印刷的发明，又使印铁技术更上一层楼，盒子的造型设计也趋向多样。到20世纪初，它可以模仿鸟巢、动物、甚至是一排书籍的造型。（图4、5）

饼干盒子的成功经验启发了其他厂家，芥茉、可可和烟草公司都如法炮制。在主要食用面包的美国，铁皮盒子的使用很有限，直到19世纪80年代，美国人的饼干还是装在木盒或木桶中。

品种繁多的纸盒和包装纸迎合了廉价包装的要求。在19世纪50年代，有些纸厂制造了成品纸袋，

它们逐渐开始在零售包装中扮演主要角色。第一台制纸袋机是由美国宾夕伐尼亚州的弗朗西斯·沃尔于1852年发明的。直到1873年，这个想法被来访的英国人艾丽莎·罗宾逊注意到，该项技术才传到英国。到了1902年，罗宾逊已拥有17台制纸袋机，并继续雇用400人用手工制作纸袋。

制造纸盒的技术于19世纪早些时候为英国、法国和美国人所掌握。市场上需求范围较大，从小药盒到大帽盒，在英国，19世纪50年代

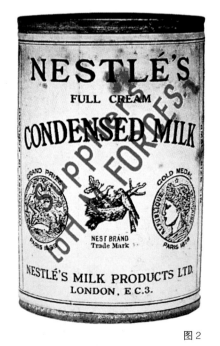

图2

图4

图5

彩和异国情调的名称，诸如甜蜜花儿、金秋、晚星、主教之火等等。这些商标名称赋予产品不同凡响的魅力。

在此以后，实业家们再也不以厂家为自己促销了，他们提出品牌战略，并广而告之。厂家为包装贴上了商标，将自己的名字置于其上，为其产品选择了品名，根据需要，还可以将其质量保证和其他诸如产品优势、产品说明附加在上面。至此，商品包装已具有许多现代包装的特征。

这些全新的、事先包装好的产品，将某种制约强加在消费者身上。因为，以往人们想看到和品尝到产品是可能的，但是现在它却经过详细检验后被密封。不过，既然产品已被包好，那么就更加要求在包装设计上下功夫，用包装本身去说服顾客，吸引顾客去购买。包装设计讲求一目了然。一个色彩丰富、鲜亮夺目、令人兴奋的形象，不仅可以吸引顾客而且还能给产品一种整洁和新鲜的感觉。另外，厂家们开启一整套设想来润饰他们的品牌，以增加人们对品牌的信赖感。

19世纪70年代，在英国，商标法问世。商标法的出现，保护了消费者的合法权益，保障了商标的真实可信性。另外一种防止欺诈的方法是由厂家自己推出的，

末，罗宾逊公司可以生产300多种不同种类的盒子。几年后，由于圣诞礼品时尚的兴起，一种新的圣诞礼品——巧克力的需求量大增。1868年，弗莱和凯德伯利糕点公司相继推出了一系列装潢精美的纸盒巧克力，来向英国公众展示。当然，最终以纸盒替代包装纸还是经历了一个较为漫长的过程。值得注意的是，今天的情况又出现倒置的趋向，在包装上常常用图案设计讲究、印刷效果精良、纸张质地上乘的包装纸把纸盒再行包装，这大概是当今时尚吧。（图6）

在19世纪后20年，品牌产品开始出现。在此之前，厂家或公司大都以厂名冠以产品的名称。这样，当某个厂家生产出系列产品时，很容易在推销时带来麻烦。因此，促使更多的产品区别于厂家的名称，而以全新的品牌来命名。一些烟草公司是首批实施这项创新的。例如，在19世纪80年代，威尔斯(Wms)为他们的香烟列出了许多富有浪漫色

图6

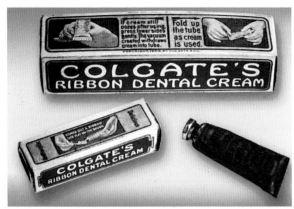

图1

他们在包装上印有诸如"无此标记者即为伪造"等字样。

在19世纪末，包装机械问世。机械代替手工，极大地提高了效率，更主要的是卫生可靠，产品不被手接触。尤其对于香烟，几乎发生了一次革命。1881年，美国弗吉尼亚的吉姆斯·彭萨克首先获得了专利，用机器来代替人工卷烟。其后几年这种机械得到了充分改进，使它具有了商业用途，这时一便士5支的香烟问世了。

19世纪末，真空铁皮罐头的开发有了长足的进展，在罐子的造型和开启部分也有了较大的创新。其中，最有创造性的进步是这时的罐子是圆筒状，其盖子内部装有一个切片，可以通过转动盖子刺穿隔绝空气的金属薄片而开启。这时，还有一种很有潜力的金属包装——可以卷折的金属软管被广泛采用。（图1）

即使到了19世纪末，商业包装的基本特性诸如品牌化、个性化以及色彩的绚丽也还是很淡化的。在那时玻璃瓶是用来包装香水、调味汁和酒类等高级商品的。其中有些瓶子贴有用手印刷的纸标签。石制的瓶子通常装些药膏、各种廉价的液体、甚至鞋油、

干燥产品诸如茶叶、烟草，由杂货商们用纸包装。用木头或铁皮制造盒子的工艺仍处于幼稚阶段，铁盒子主要用来装鼻烟。

1896年，一种吸引顾客注意力的促销办法产生了，其办法是在包装上增加一个流行人物。当时，"黄孩子"已被用于饼干、糖果和雪茄烟的包装上，它取自于《纽约世界》上的一部连环画中的人物。1902年，强力麦片的制造者推出了他们自己的"推销员"——阳光吉姆。自那以后，人物促销就成了促销浮世绘的一部分，从米老鼠到鬼家伙(qhostbusters)，从绿巨人到超人。也许在20世纪最为人熟识的面孔要属K·G·吉列的那张脸了，他的画像出现在销往全世界的，数以百万计的剃须刀的包装上。一幅值得信赖的绅士的画像，一张和蔼可亲的面孔，可以给购买者一种信赖。在英国，这种情况也不少，例如，约翰·欧凯(John Oaking)和桑斯(Sons)公司将著名的威灵顿(Weilington)爵士的形象确定为他们的商标，该形象赋予了它们的一系列产品以较高的声誉。

虽然行销革新势头来自英国和美国，但是在设计风格上，最有戏剧性的变化是发生在20世纪初的法国，那次被人们称作"新艺术"的运动以诉诸感官之线条为特征和风格，通常用彩色蜡笔描绘长着卷发的美丽少女和盘根错节的花卉图案。这次运动的代表人物是阿尔帕斯·穆萨(Alphonse Mucha)，一个

旅居巴黎的匈牙利人。

在19世纪末20世纪初，新艺术运动对包装设计与风格产生了巨大影响。它冲破了过去30年中设计领域的旧框框。今天看来，这些包装仍然像它们刚刚创作时那样诱人。另外一些有包装的产品，例如克罗格(Kellogg)烤玉米片(始于1898年)以一种更柔的方式吸取了这种风格。（图2）

图2

在技术领域，也有着对包装材料的不断探索。开启包装的新方法——拉索，被看作是20世纪人类最具实用的发明之一。在喷撒方法上的进步（例如爽身粉的喷雾口），以及关闭和重封方面的更好方法，都是对包装技术永无止境的追求与探索。

正是在这个时期，两种重要的新型材料在包装行业中问世了：一种是1910年英美生产的铝箔；另一种是1912年瑞士化学家发明的玻璃纸。它们带来了包装设计新的革命。

图3

二、20世纪初第一次世界大战后的
包装设计（1919～1940）

第一次世界大战带来的变化，将世界摇撼到一个新的时代。妇女在商业世界中更多地参与，家庭仆人逐渐消失，休闲时间增加，这些社会变迁刺激了新的包装设计观念的产生。当然，就其旧有品牌的包装设计来说，在40年代或更长的时间内，都没有本质上的变化。公众对旧有品牌有了信赖感，对厂家来讲，他们也很乐于让这种持续性来说明商品的内容、质量稳定不变。但是，当新的品牌到来时，他们都趋于采取现代设计风格。例如，用新艺术形式体现的产品，其魅力会优于用传统风格包装的类似产品。这种新设计，对于商品内容而言，会更新颖，更新鲜，更新奇。

这种新的设计观念的出现，导致了包装设计领域合理化进程的开始，其结果是，市场更注重包装的设计。已经确立起来的老品牌，也开始慢慢地在包装设计上现代化，这种变化常常是不易察觉的。一个市场心理学家在1936年说："大多数

厂家都有一种夸张的想法，那就是全部的希望都寄托在许多年中与它们公司息息相关的包装设计上。"

新艺术运动的设计在上个世纪末已经开始了，到20世纪20年代，一种不同凡响的风格逐渐展开，更清晰、更洁净且光挺的设计受到了新的、打破陈规的这一风格的启示。人们称它为艺术加工。

包装设计风格受到艺术加工运动影响的首先是梳洗用品和化妆品(这同受到新艺术运动影响时一样)。这是因为，一方面化妆品包装总是随最新的设计时尚而变化，而且在某种程度上与高级有关，另一原因是许多有竞争力的品牌每年都有新的产品投放市场。（图3）

除设计之外，在这个时期的包装技术领域，也有了重大突破，尤其是在塑料工艺上。实际上，对于合成材料的不断探索贯穿于整个19世纪。1869年，纽约的海亚特兄弟发现一种由樟脑和纤维质硝酸盐制成的不易碎的材料，他们把它称作赛璐珞(Celluloid)。1907年，比利时籍的美国化学家列奥·贝伊克兰德发明了第一块真正的合成塑料，他把它称作酚醛塑料。在20世纪30年代，这种材料应用得最多，它常常是绿色或是暗色调的红色、蓝色和黑色。包装业的进一步开发和优化，使得塑料包装容器得以更广泛的使用，尤其是梳洗用具，例如刮胡子刀盒及化妆盒。在20世纪30年代，餐具、照明设备、电话乃至咖啡研磨机也都是包装在这种现代材料中的。

另外，一种在20世纪30年代得以广泛应用的材料是玻璃纸。起初，

图1

"高露洁"金属软管包装。这种包装早在19世纪40年代的美国就使用着，当时被用来装绘画颜料，但直到1892年，将牙膏装入管中的想法才得以出现。"高露洁"在那时采用了这种办法并很快被大众所接受。

图2

香水包装。它在品牌设计中体现了时代风格，并深深地打上了新艺术运动的烙印。那些变化无常的化妆品、香水和梳洗用品沉湎于色彩鲜艳的新艺术中。

图3

香水包装。强烈地配以鲜明色彩的几何图形是它的特质。随着这种令人兴奋的新风格席卷设计世界，使包装设计变得更为大胆，它革除了早期包装设计过于讲究和过分装饰的风格。

图4

"东方之星"包装设计大奖赛 专业组 入围奖
"乐事"薯片包装系列
上海彩池包装设计有限公司

图4

这种透明玻璃纸被用来包装一块块的糖果。后来，又用于包装各种盒子，例如烟盒、饼干盒等。在英国，第一个用玻璃纸包装的香烟品牌是1932年制造的"克莱文"。

在这一时期，铝制包装容器也得到了大开发，铝材的优势在于它的柔软性、诱人的光泽及轻微的重量，它只有铁皮重量的三分之一，但不幸的是它的价格却是铁皮价格的3倍。能够较好使用铝皮的，是吉布斯(Gibbs)牙粉，它完全依靠铝的光泽来赋予产品新的营销魅力。固体牙膏和牙粉流行了一段时间后，到20世纪30年代，装在铝制软管里的牙膏开始占领市场。许多其他的产品也越来越多地使用可卷折铝制软管材料，比如，日用品中的刮胡膏、面膏、手膏、胶水、鞋油；食品类的肉酱、奶酪和炼乳等（图1）。当然，这些食品只在欧洲大陆和美国受到欢迎，守旧的英国人的口味还不能完全接受从软管中挤出来的东西。

蜡纸盒自从1900年起用来盛装膏状物的产品，到了20世纪30年代，它的用途拓宽了，包括蜂蜜、糖、樱桃和冰淇淋等都用此种包装。一种更简便实用的方法是，使用蜡纸盒来装牛奶，它在当时被称为"纸瓶子"。

玻璃瓶子在"带回家"啤酒市场中受到冲击，一种优于瓶子的平顶罐子(易拉罐的前辈)问世了。这种罐儿，易于堆放，占用空间小，比瓶子填充速度快。1934年，美国罐装公司用"凯格林德"(Keglined)这个商标申请了专利。第二年，美国开始出售罐装啤酒，它很快在消费者中赢得了成功，当时禁酒法律刚刚

被废除，它因此越发红火。

罐装啤酒也有它的局限，酿造商们不得不添置昂贵的机器来充装这些新式罐子；另外，要打开它也必须要有一种特殊的起子。1935年，大陆罐装公司发明一种罐子，即圆锥顶罐子，它模仿了玻璃瓶，优点在于它可以使用现有的充装机械，其盖子用冠状盖密封，而且用一只普通的起子就可以将它打开。这种罐子首先应用欧洲市场。但是，锥形顶罐子也有它的弱点，它的造型同金属上光剂的瓶形极为相似，这一点引起消费者极大的反感。

三、20世纪40至50年代的包装设计 （1940～1959）

第一次世界大战结束21年后，欧洲再次被卷入战争。由于战争的影响，20世纪40年代，出现了一段克俭时期，食品配给制出台了。自然资源需要控制，包装材料的使用也受到严格限制，尤其在欧洲。在英国，节省原材料的一切可能措施都被采取了——罐头和瓶子上的标签尺码缩减了，以往罐装出售的商品改用纸盒包装，软木塞代替了金属瓶盖，产品的过度包装不见了。有些东西开始无包装出售。尚可买到的巧克力条完全去掉了银箔，有一段时间，它们的包装纸甚至被薄薄的透明纸取代。随着材料的日渐匮乏，纸盒和铁皮的质量降低了；印刷油墨被节约使用，这使得大家许多熟识的包装设计被限制成一个符号，颜色也减少了。

在第二次世界大战期间和稍后一个时期，食品给养从美国和英联邦国家运到英国。让幸存的英国人记忆

犹新的是，大多数食品是罐装的，包括奶粉和干鸡蛋，它们被用来补充匮乏的战时食品。

在20世纪40年代初，一种新型包装首先出现在美国——喷雾罐。它的优点在于可以将液体喷撒成一片均匀的雾气，方向和剂量都可以控制。喷雾器的原理是利用气压将其内装之物压出阀门。这样复杂的包装是昂贵的，但这个因素可以由产品使用时所带来的节省和方便来抵消。在太平洋战争中，美国人首先使用喷雾器。战后的50年代，喷雾器投入家用，有家具上光剂、空气

图1

清新剂、刮胡水、发胶和杀虫剂。

丝网印刷在包装领域的运用可追溯到上个世纪早期。丝网印刷主要是在平滑的表面印刷图形，当然，为它申报专利就比较晚了，直到1907年才在美国申报。这一点可以说明，在过去的日子里丝网印在包装领域从未有过重大影响。20世纪30年代，用它在奶瓶上印制单色字体和图形。20世纪40年代末的美国和

英国，在玻璃容器上作永久性标记的方法有所改进，其方法是，通过丝网印的方法来使用玻璃釉。这种技术使回收后的瓶子仍可保留其印刷图案，省去了洗净和重贴纸标签的繁琐过程。这一点对啤酒业来说意义也特别重大，到后来，又使软饮料瓶派上了用场。

20世纪50年代，在美国杂货店出售的大部分商品几乎是事先包装好的。甚至饼干也以二分之一磅为单位包装起来。这一时期，自选商店迅速取代了传统的杂货店，到1965年，95％的日用百货贸易成为自选式。这一进程，在英国速度比较缓慢一些；在欧洲，时间就更迟一些。

自选时代的到来，人们需要一套全新的包装设计来适应。自20世纪30年代以来，出现了不少设计合理的趋向。比如，重清晰、少繁琐的风格。由于顾客现在是自己识别商品，而且可以用手去拿货架上的商品（过去主要是靠询问），所以，包装设计的重点就落在迅速识别这一特征上了。已经确立起来的品牌必须强调并体现出它们最易识别的特征——着重强调大家熟悉的颜色、主题和中心字体，使商品更加醒目（图 2）。自选时代的核心是货架竞争，这意味着每件商品都必须从它的"邻居"中脱颖而出，并且推荐、销售自己，否则就会默默地消亡。这种势头自20世纪50年代开始，逐渐呈加剧状。

在这一切进入高潮期时，电视广告诞生了。电视的流行在20世纪50年代迅速增长。在美国，电视拥有量由这几年间的300万台增长到5000万台。虽然，在欧洲电视发展得稍慢，但最终还是走入家庭并对各个阶层产生了很强的冲击力。这种家庭娱乐新形式的出现，给快速食品、方便食品的产生与发展提供了条件，从而也给人们带来更多的休闲和看电视的时间。电视的收视率越高，电视广告的影响越大，反过来，快速食品销路也更广，销售额也更大。于是，电视晚餐应运而生———一桌丰盛的美食，它们是速成的、方便的、冷冻的，放在一次性薄盘中，半小时之内就可以做好。

为长时间保鲜而冷冻食品的方法很早就有，但把冷冻食品零售的想法却是20纪20代的事。一个名叫克拉伦斯·博滋埃的美国人，在他做渔业生意时发现，冷冻的鱼在几个月后解冻时仍然是新鲜的。此后，他创立了博滋埃海鲜公司，他的贡献在于，冷冻一系列易腐食品，将它们以零售包装，出售给有冷冻条件的零售商们。1928年，美国波斯塔姆公司(后称大食品公司)获得了博滋埃的产品生产权。

冷冻食品的包装，在当时是以纸盒外包蜡纸为主要形式，所装东西用一片隔湿膜热封起来。在20世纪50年代早期，人们试用了两种当时视为先进的包装方法：一种是用一块纤维板主体同金属边构成的合成容器；另一种是用金属薄片同薄膜制成压合薄片，以此为材料制成包装。这两

图3

图1

铝制软罐包装。许多产品也越来越多地使用可卷折铝制软管材料。

图2

巧克力粉包装。已经确立起来的品牌，必须强调并体现出它们最易识别的特征——着重强调大家熟悉的颜色、主题和中心字体，使商品更加醒目。

图3

"东方之星"包装设计大奖赛 专业组 入围奖

精饼屋礼盒

上海奕鑫纸塑包装制品有限公司

图2

种方法的成功是有限而短暂的，因为，到了20世纪60年代，聚乙烯的优势已日趋明显。使用塑料方面，其进展在整个世界是十分缓慢的。到20世纪50年代，具有可塑性的塑料包装出现了。对于设计者来说这种可塑材料，赋予造型以无止境的创造性，为创新提供了广阔天地。对于消费者来说，可挤压的塑料瓶给他们以极大满足，它可以用来包装各种各样的产品，从爽身粉到新型的洗涤剂。正是造型与可挤压性的结合，使许多产品获得了成功。比如，英国的吉夫"挤压柠檬"除了其创新价值外，还具有以下优点：可装入定量的柠檬汁，避免浪费，能够保留剩下的果汁供以后饮用。

随塑料瓶而来的，是可挤压的塑料软管（图 1）。没有什么可以阻止塑料的发展，但对于下一代而言，塑料包装的发展，将是聚乙烯的改进。

四、商业流通促进包装产业化的形成

随着人类科技的进步，特别是欧洲工业革命以后，商业的流通手段得到了很大的发展，远洋运输、铁路运输的出现，以至后来的公路、航空运输的发展，使商品流通的范围扩大到全世界。在这种情形下，包装必须形成产业化才能配合商品流通的需要以及销售方式的日渐变化。

英国的Lipton茶包装被公认为是现代包装的先驱。中国的茶是17世纪后半叶传入英国的，一经传入就立刻成为王公贵族、上层社会及有钱人的奢侈品，饮用来自中国的红茶成了高贵

时尚。但由于中国路途遥远、不易运输，有人就建议在英国的领地印度种植茶叶。1823年，人们偶然在印度东北部发现了自然生长的茶，这样，印度的茶通过东印度公司被大量运回英国，茶的价格变得便宜了，普通大众也有能力购买。当时，伦敦的茶商为了促使普通公众前来购买，想尽了各种办法。

Lipton茶商借鉴了当时市场上火腿、腌肉、黄油、蛋等分块包装而便于

图2

销售的经验。在当时，每磅茶要三个先令，这对于一周只有2镑左右收入的一般家庭来说，还是显得有些昂贵。于是，他们将茶分为一磅、半磅、1/4磅的袋分装，并统一使用经过精心设计的包装袋。包装上突出了Lipton的商标，并且使用了"从茶园直接到茶瓶"的广告语。这种包装方便了消费者购买，并树立了良好的品牌形象，很快便得到消费者的认同而取得了销售成功。在1900年以前，大部分茶还是散装出售，但在1900～1914年间，英国

食品杂货店中的大部分商品就再没有散装出售了，基本上都有了自己的包装。

1860年，美国人爱默生写了《生活指南》一书，这是一本较早谈到有关商品包装的书籍。在这部书里，他讲到，当时的商人们已经注意到在运输过程中，存在着货物的破损问题，于是产生了以保护商品安全为功能的包装。

19世纪末，美国贯穿东西的铁路运输带动了整个铁路沿线的商业发展，铁路也成为美国东部与西部之间商业流通的主要手段。1871年，美国人琼斯申请了瓦楞纸的发明专利。

瓦楞纸重量轻、成本低，具有良好的保护性，成型简便，而且可折叠，仓储运输成本都很低。20世纪初期，瓦楞纸包装撼动了传统的木箱包装业的霸主地位，木箱行业被迫联合铁路部门，对瓦楞纸箱的使用制定了苛刻的限制条件，于是在生死存亡的关头，瓦楞纸箱生产厂家团结一致诉诸法律，经过艰苦的诉讼，最终赢得了胜利。这就是包装发展史上著名的洛杉矶"普赖德哈姆案件"，它对包装产业的健康发展起到了良好的促进作用。

工业革命以后，机器化的大生产逐步取代了传统的手工作坊式生产，包装机械的应用使包装更加标准化和规范化，各国还相继制定了包装工业标准，以便于包装在生产流通各环节的操作。现在的包装产业在各工业化国家中已发展成为集包装材料、包装机械、包装生产和包装设计为一体的包装产业。目前在美国，包装业已成为第三大产业，在国民经济中所占的比重也在逐年增加。

五、市场竞争促进包装形态的不断
　　发展

产业化包装发展的历史，既是包装材料及制造工艺的发展史，也是包装形态不断适应市场竞争而变化的历史。主要的包装材料如金属、纸板、玻璃、塑料等，能有今天丰富多姿的形态，是历经了不断演变过程的。

1．金属材料包装的发展

用金属罐作为包装的想法在200年以前就诞生了。在1795年，拿破仑为了军队远征的需要，出重金悬赏能够想出长时间保存食品方法的人。自那以后，金属包装的开发不断继续，制造业和食品的保存方法在19世纪进入了快速发展期。1810年，杜兰德发明了用金属罐保存食品的方法。起初，由于生产工艺和成本的限制，金属包装并没有迅速普及。到了美国内战期间，出于军队的需求和人们为了储存食品以备战乱的需要，金属罐头才得以广泛使用。

由于工艺的进步，金属材料应用的范围也在扩大。1841年，美国肖像画家佩洛罗德用挤压法制造金属管装颜料。这种技术随后开始大量运用，到了1892年，"高露洁"将牙膏首次装入金属软管，并很快被消费者接受。

1868年，彩色印铁技术得以发明，金属材料包装的形象焕然一新。随着石版印刷技术的发展，印铁技术也更上一层楼。在1810年时，一个工人一天约能生产60只左右的马口铁罐，1846年，恩利·埃坡士发明了一天生产600罐的机器，1870年，英国建立了最早的金属罐生产工厂，开始大机器化生产。现在，

最先进的加工厂达到一天生产近100万罐的产量，仅欧洲就有年产320亿罐以上的生产能力。

铝制包装的出现是金属包装技术上的又一大飞跃，它柔软性好、重量轻，只有铁皮的1／3，光泽度也好。在20世纪30年代，许多日用品和食品都开始采用铝制软管作包装，像牙膏、面膏、胶水、鞋油、酱、奶酪、炼乳等。1963年易拉罐铝罐诞生，由于其使用的便捷性、成本的经济性而大大地促进了罐装啤酒和饮料业的发展（图2）。1943年由沙利文在美国取得了空气喷雾罐装置的专利，它结合物理学和力学原理，为人们的生活带来了极大的方便。此外，随着技术工艺的不断进步，金属包装在成型上越发多姿多彩，应用领域也不断扩大。

2．纸板包装的发展

在19世纪初期，杂货商们在零售中经常给食品掺假或短斤少两，因而常常引起民愤。一个名叫约翰·霍尼曼的厂商，把混合茶在出厂时就包装好，并在包装上印上他的名字和厂址，避免了上述问题的发生。这是厂家包装问世的开始。

厂家直接包装的出现可以说是商业中的一场革命，它奏响了现代商业的序曲。厂家与消费者处于直接接触中，避免了买卖双方的磨擦。但最初的推广是十分艰难的，杂货商们不愿零售这种商品，这种事先包装好的商品，降低了可从零售中获取的更多利润。在杂货店为重要销

图1

图1
牙膏包装。它随塑料瓶而来的，是可挤压的塑料软管。

图2
罐装饮料包装。1963年，易拉罐铝罐诞生，由于其使用的便捷性、成本的经济性而大大地促进了罐装啤酒和饮料的发展。

图3
"君豪"米酒包装
上海应用技术学院艺术设计系学生　扬定钧
指导老师　汤义勇

图3

售渠道的时代，纸盒的需求量逐渐上升，以纸盒替代包装纸，关键是要降低纸盒的成本和保证足够的生产量。人们意识到，一个完整的盒子可以通过剪切和折叠一张卡纸而制成。它既方便快捷又在成型前可以平放而少占空间。这种方法在1850年最早出现于美国，商业发展的趋势决定了它在包装业中注定要扮演重要的角色，尤其是卷烟业兴起以后。

19世纪中叶，英法等国和美国市场上的纸盒包装就已普及了。纸盒包装成本低，制作工艺相对简单，而且包装上可以印刷精美的图案，宣传效果好。瓦楞纸的出现，也使纸质包装的应用领域扩大到运输用的外包装中。在发展过程中，人们逐渐克服了纸包装防油、防潮性差的特点，生产出适合商品特性的特种纸张。1897年，美国开始出现经过涂蜡处理的饼干纸板箱包装。20世纪50年代，瑞典的一家公司运用与塑料复合制成的纸来包装牛奶，包装呈三角形，造型新颖，饮用方便。随后，英国在此基础上把包装形态改成方砖形，这种包装很快取代了传统的玻璃瓶，而且还被用来包装果汁、饮料等其他液态产品。（图1）

纸板包装在成型上非常简便。在形态上随着市场的需求而变化，及时易行。比如，包装上使用天窗，便于携带的手提式结构，像硬盒翻盖包装等。尤其随着售卖方式的改革，纸包装形态也出现了很大变化。比如，更适合于超市销售的POP式包装、快餐包装、个性化的

专卖店产品包装等。

2000年全国人均纸张消费26公斤（上海人均已达100公斤），仅及世界人均消费水平的一半，远低于发达国家年人均200～300公斤的水平。改革开放以来，国内纸张消费需求日趋旺盛。20世纪90年代，我国纸张消费量以年均12%的速度递增，去年达到约3500万吨，仅次于美国，居世界第二位。根据规划，到2005年，我国纸张消费量将达到3800～4000万吨，2015年可望增至6000～6500万吨。我国纸张产品市场蕴藏着巨大潜力。

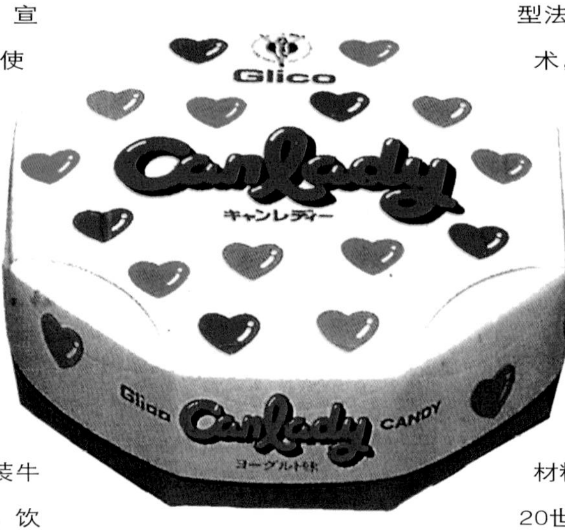

图1

3. 玻璃包装的发展

玻璃起源于埃及，早在公元前16世纪，古埃及人就发明了以石英石为原料，用热压法生产玻璃容器的方法。公元前1世纪，罗马人发明了吹制玻璃的方法，并创造出厂"浮雕玻璃工艺"。这种吹制技术在汉代从罗马传入了我国，到了明代，我国已经能大量生产玻璃器皿。玻璃瓶则早在公元300年就在罗马普通人的家庭中得到使用。1809年，阿珀特发明了用玻璃瓶保存食品的

方法，此后到19世纪后半叶，在商店、杂货店中出售的许多商品都使用玻璃瓶作为包装，如从1884年开始，牛乳开始使用玻璃瓶进行灌装生产。玻璃瓶作为酒的包装，尤其是葡萄酒的包装已有很长的历史。1903年，欧文斯成功研制出了全自动玻璃制造机械，使廉价的瓶装啤酒的大规模生产成为可能。20世纪后新技术不断出现，钢化玻璃、浮雕工艺、喷砂工艺、彩绘工艺等为酒类、化妆品、食品等的包装容器带来了更美观的形态。

1936年，在法国塑料薄膜的热成型法成为肉类食品的热收缩包装技术，后来结合了抽真空技术，延长了肉类食品的保质期。塑料成型技术的进步，凭借其成本优势，不易碎等特点，逐渐取代了许多玻璃瓶包装。此外，原先的金属可挤压软管也逐渐被塑料软管取代。1945年，发泡聚氨酯开发出来并被大量应用于包装中，当做缓冲材料。此后，塑料材料不断改进。20世纪90年代以来，尽管塑料包装材料一直是个严重的环境问题，但从近年来发表的数据看，塑料在包装工业中仍是需求增长最快的材料之一。

21世纪初，随着世界经济的日益增长，高科技不断发展，产品日新月异，包括日用品包装、食品包装、工业包装等，都有了更高的要求。另一方面，随着环保呼声日烈，在满足包装功能的前提下，尽量减少垃圾的产生量，从而呈现出包装薄膜、容器、片材向轻量化、薄壁化发展的趋势。特别是聚乙烯、聚丙

烯的开发进一步提高了软包装结构的许多性能，如韧度、透明性、阻渗性、耐热性和抗穿刺性能等，并可降低热封温度、改进加工工艺、提高包装生产线速度等。聚乙烯食品包装膜的特点之一是可以控制氧气、二氧化碳以及水蒸汽的渗透率，大大延长了食品的货架寿命。

被誉为明日塑料之星的塑料共混物、塑料合金、无机材料填充增强的复合材料，在20世纪发展的基础上，通过基础研究和应用研究两方面的共同努力，生产和加工技术将获得进一步提高和完善，产品性能得到改进和形成系列化，功能方面也将取得更大的进展，对提高塑料包装质量、附加值、环保性能以及开发新产品等方面将产生更大的影响。进入21世纪，为满足经济发展、人们生活及市场的需求，同时又要适应环保要求，世界各国一方面加强研究、开发，选用环境适性塑料包装材料和技术的同时，也积极研究如何加强对其废弃物的综合治理对策和措施，从技术上保证了塑料工业健康顺利地发展，展示了塑料包装的美好前景。

六、包装设计中的经典

在包装设计的发展过程中，有许多令人难以忘记的包装，它们以其长久的生命力、科学性、审美性，成为包装设计发展史上的一个个闪亮的设计经典，下面列举一些具有代表性的例子。

1.铝制易拉罐

前面曾提到过，人们用金属作包装已有很长历史了。1940年，欧美开始发售用不锈钢罐装的啤酒，同一时期铝罐的出现也成为制罐技术的飞跃。1963年，易拉罐在美国得以发明，它继承了以往罐形的造型设计特点，在顶部设计了易拉环。这是一次开启方式的革命，给人们带来了极大的方便和享受，因而很快得到普遍应用。到了1980年，欧美市场基本上全都采用了这种铝罐作为啤酒和碳酸饮料的包装形式。随着设计和生产技术的进步，铝罐趋向轻量化，从最初的60克降到了1970年的21～15克左右。

2. "HEINZ"食品包装

1860年，年仅16岁的恩里·海因兹就开始从事包装贩卖业。他把在美国宾夕法尼亚州的自家院子里种植的芥末料装在玻璃瓶中进行销售。到了1886年时，以他自己名字命名的品牌"HEINZ"番茄酱就已经越过了大西洋，开始在英国伦敦销售。1905年，他在伦敦设立"HEINZ"食品加工工厂并开始生产。"HEINZ"的包装形象具有很强的识别力，自从1880年最初的包装标签使用以来，直到今天一直保持了其包装上的楔形图形标记和基本版面设计，它和商品本身一道，迅速成为"HEINZ"公司的形象，并成为世界知名的品牌，为世界各地的家庭所熟悉。当时的标签上还标注了广告宣传语"57个种类"，而实际上不仅57个品种，这是只恩里·海因兹脑海中自认为的种类数目而已。现在，"HEINZ"制品已经达到300种以上。它的长盛不衰，与其长期一贯的产品形象给人们造成的认知度以及树立起的品牌形象，必然是密不可分的。

3. "TOBLERONE"巧克力包装

图2

图1
纸板包装。它在发展过程中，人们逐渐克服了纸包装防油、防潮性差的特点，生产出适合商品特性的特种纸张。

图2
"东方之星"包装设计大奖赛 专业组 铜奖
"幽香"茶包装系列
上海金汇通礼盒包装有限公司

"TOBLERONE"是一个世界知名的巧克力品牌，它诞生在一个瑞士糕点制作世家，其独特的包装设计是非常有名的。作为一个成功的巧克力品牌，其所拥有的知识产权不仅是"TOBLERONE"商标，还包括了其独特的三角形包装盒。这个形状的灵感来自于瑞士雪山山顶三角形的形状。"TOBLERONE"的包装设计从1908年开始直到现在，从结构和设计上一直没有什么大的改变，只是随着新产品的增加，对底色略加调整以示区别。因此，它的设计成功之处在于给消费者以强烈、持久的印象，这样做使得新产品的广告宣传费用也大大降低，它完全可以借助其品牌自身的魅力来赢得市场。根据英国的调查，94%的消费者仅凭包装的三角形形状就可知道是"TOBLERONE"的产品。

4. 喷雾压力罐

喷雾压力技术于1929年在挪威得以发明，1940年应用在包装技术上并在美国市场取得了成功。它的优点在于其人性化的设计，突出了使用上的便利性。它可以将液体均匀地呈雾状喷洒出来，方向和压力大小都很容易控制。喷雾压力罐的原理是利用气压将内容物压出阀门。二战以后，它作为全新的包装技术得以广泛应用，从空气清新剂到哮喘用吸氧器，从发胶到杀虫剂、喷漆、家具上光剂等。喷雾压力罐的制作材料以金属为主，美国市场上75%是用铁皮制成，欧洲则偏好铝材料，因为铝材伸展性好，容易加工成任意形状。现在，仅英国就有每年15亿只的产量。后来随着塑料材料和复合材料技术的成

熟，喷雾罐也逐渐开始采用这些更经济的材料。

5. "可口可乐"玻璃瓶

可口可乐的玻璃瓶以其优美的曲线形态为世界各地的人们熟知。早期的可口可乐包装，由于不断被轻易仿冒而倍受困扰。1900年，公司决心重新进行造型设计，但一直没有令人满意的方案。在1913年公司的创意概念记录中这样写道："可口可乐的瓶型，必须做到即使是在黑暗中，仅凭手的触摸就可认出来。

图1

白天即使仅仅看到瓶的一个局部，也要让人马上知道这是可口可乐的瓶"。（图1）

从前曾听到一种说法，说可口可乐的配方是不可泄露的高度商业机密，可是，后来了解到的情况却是可口可乐的配方至今仍没有申请专利，因为配方的比例是不好申请保护的。比方说，可口可乐的配方中含有1%的咖啡因，别人如果加入1.1%的比例就不该算侵权，因为比例不一样了，可是实际上口感却没什么变化。其实，

对可口可乐最重要的不是配方，可口可乐现在在全世界各地进行生产，配方很容易搞到。关键问题是，别人按同样配方生产出来的饮料只要不叫可口可乐就卖不掉，这就是品牌形象的力量。

6. "KIWI"鞋擦式鞋油包装

"KIWI"鞋油的包装设计始于1906年，它以红白相间的线条和无翼鸟的标识形象而成为闻名世界的包装。现在这种产品在130多个国家销售。在19世纪，穿着高档的富裕阶层随时都想让自己的衣着笔挺，一尘不染，于是便于携带的鞋擦式鞋油便随之诞生了。进入20世纪，其制作方法不断改善，在包装的开启和使用上更加便利。在第一次世界大战期间，"KIWI"鞋油取得了销售的成功，成了军官们随身携带的必需品。到了第二次世界大战时，军官们仍然喜爱使用KIWI鞋油。战后，退伍的军人们依然保持了使用"KIWI"鞋油的习惯，于是这种产品逐渐成为平民百姓的用品，一直流传至今。"KIWI"鞋油的设计成功，一是使用和携带上的无与伦比的方便性，二是设计上的色彩组合和"无翼鸟"标识长期建立起来的品牌信誉。这两点是包装设计成功的关键。

7. 三角纸盒(四面体纸盒)的设计

三角锥型纸盒最早源于瑞典在1952年9月生产的奶酪包装，后来被用做牛奶的包装而很快得以应用开来。研究人员发现了合成材料中加入聚乙稀薄膜的纸板有很强的密封性和无菌化的效果，使经过灭菌处理后的液体，保存期的延长成为可能。在形态设计上这种包装运用了最大

限度节省包装原料的设计理念，使造型简洁而且独特，它所具有的四个面无论用哪一个面进行放置，包装都会处在一个最稳定和最佳的受力状态。这一点是其他包装形态所不具备的，使它成为包装设计史上成功的设计之一。现在，每年约有460亿升液体商品在780亿只这种包装盒中进行保存和销售。

8. 纸制鸡蛋盒包装

纸制鸡蛋盒包装的原型是于1930年左右设计完成的，它使用了廉价纸浆作为原材料，从那时起便成为鸡蛋包装的主要形式。在1950年左右，塑料材料包装的普及使纸制包装盒受到了威胁。但由于公众环境保护意识的增强，塑料制品在制造、回收、处理过程中，会排出有害气体，而且废弃物会造成环境破坏，因而纸制包装盒至今仍然存在，而且应用范围也在逐渐扩大。将来，塑料包装盒也许会全部退出市场，但纸制盒仍会长盛不衰。纸浆可以用再回收的纸张制造，成本低，而且是环保材料。该鸡蛋盒包装独特的质感与鸡蛋的形状有机地结合，给人以亲和的视觉印象和手感，这些都是使纸盒包装成为无公害包装和具有亲和力包装的典型特点。

在包装设计的发展过程中，凝结着人类智慧的包装设计精品还有许多，举不胜举，它们都是包装设计作为一种文化现象而值得品评的闪光点，它们不但为包装设计的发展开辟了新的天地，也为从事包装设计的人员提供了学习的典范。随着人类的进步，凝结人类文明的包装设计精品仍会不断涌现。

第三节
现代包装设计

一、20世纪60至70年代的包装设计
（1960～1979）

20世纪60年代至70年代，预兆着宇宙旅行和计算机技术时代的到来。到了这个时代，在美国和欧洲的许多家庭中，不仅有了彩色电视机，而且不少家庭有了电冰箱、冷冻柜和洗衣机，厨房中有全套的食品烹饪机械。汽车也走入家庭，汽车越来越多地用于去超市选购日用品和食品。在超市中，不断扩充的商品品种，使购物日益方便。这些东西有包装在玻璃纸袋中的各种炸薯片，成堆的罐装饮料及选择范围很大的奶制品。

现代生活中添加的另外一种情趣，来自料理餐馆和快餐店。随着出国度假数量的增加，公众的眼光和口味逐渐落到了国外的烹调乐趣上。食品厂家抓住这一新时尚，及时地推出有包装的可在家品尝的异国美味。这些食品以脱水和干燥原料的形式投入市场，或以更为讲究的冷冻形式出现。

随着60年代和70年代的流行时尚，饮食习惯迅速发生变化。包装设计更加追求时新的外观，设计中引入摄影，以摄影图片来表现包装内的东西或产品外形。超市中"自我标签"的产品也争相穿上了这种时髦的外衣。随着70年代末通货膨胀的出现，一种对时尚的理解在深化，于是，一些连锁店出现了更加便宜的商品，这些产品的包装，在设计上都加上了"无需摆架子、省钱"的字样。

图1
可口可乐包装。本着独特的设计理念，设计出了具有优美曲线的瓶型。这种造型的192ml的玻璃瓶直到今天仍在世界各地使用，它不但造型优美，也给消费者带来很强的心理作用。可口可乐公司做过大规模调查：许多消费者都认为，正是由于这种玻璃瓶，才使人们觉得这种饮料具有极好的口感。

图2

图3

图2
"东方之星"包装设计大奖赛 专业组 入围奖
"老曾记"手工麻薯包装设计
台湾自由意念设计 郭玲玲
图3
"东方之星"包装设计大奖赛 专业组 入围奖
"七星"香烟礼盒
台湾豪门彩印有限公司

当所有这些正在发生时，包装技术也长足进步而成为包装艺术。广大消费者或许会觉察到他们所熟悉的玻璃奶瓶正在被不易破碎的塑料瓶和蜡纸盒所取代，还有另外一种不太明显的变化。

不干胶标签正在给包装工业带来一场革命。这要追溯到1935年，一个来自洛杉矶的美国人斯坦顿·阿维利(Stanton·Averl)发现可以从一张裱褙纸上撕下，并贴到另外一个物面上的这种胶带原理。最初，这些粘性标签主要用于商业办公中。当时也有一定量的包装用途，比如在价格标签的使用上。随着自选商店的发展，它有了更大的用途。它以显著的优势同传统的纸标签竞争。由于不干胶标签可以从一个连续转动的裱褙轮上直接转出，它很容易被准确地贴在每一只瓶子上，这给制药业带来了福音。另外，不干胶贴的带胶面可以更方便地贴在不规则的物面上，也可以贴在不同的材料上，它具有省时、无需晾干的优点。

在这一时期，铝箔的使用也有了许多改进。1935年以来，卡纸的奶瓶瓶盖逐渐被铝制瓶盖所代替，到了60年代，铝也用来包装汤粉、咖啡粉、奶酪、黄油和洗衣皂。铝箔片在制药业用途很广，它可以逐个包装药片，起到了极好的药品包装作用。铝制包装还有一个优点，它通过设计，在印刷后会体现出极好的视觉效果。

在20世纪30年代，工业开发了聚乙烯，但那时其价格昂贵，很难用于包装业。后来，在美国杜邦公司的帮助下，认识到把一种更为廉价的材料加入乙烯中，会使聚乙烯的成

本降低。到了60年代，聚乙烯被广泛应用于包装业，尤其是各种形状和规格的塑料瓶。70年代以后的碳酸饮料大部分采用了这种瓶子。这种新材料可用来制成塑料薄膜，包装冷冻食品，代替蜡纸包装面包，包装速度也大大加快。在70年代，聚乙烯提袋几乎取代了纸提袋。

将瓶子成功地封口、打口、再次盖好的研究贯穿整个包装史。到了60年代，雁过留声的瓶盖是那些可以用手拧掉的盖子，这些铝制成的瓶盖无需起子就可以打开。还有一种外旋盖，它也是一种铝制瓶盖，在被拧开时，会将下面的箍裂开，之后还可以重新拧紧盖好。

一些防儿童打开的瓶盖，在20世纪70年代应运而生，它们是用塑料熔制的。它们被广泛用于药品制造业，比如漂白剂一类的有毒物质，通常使用这种盖子。

装牛奶的蜡纸盒，在20世纪30年代就开始使用，但这个时期，一个瑞典公司开发了一种新的纸盒，既精巧又简单，它是由纸和塑料复合而成。标准地讲，它的造型更像一座金字塔。这种三角形的牛奶包装摆放稳定，造型新颖，使用方便，用剪刀将牛奶包装的尖角剪去就可以饮用了。这种包装是由瑞典泰特拉·帕克(TetraPak)公司在50年代早期开发的，当时该公司半升装牛奶十分畅销，在50年代和60年代的一段时期里，这种三角形包装传到英国。后来，以同样材料制造的长方形盒子也受到了消费者的青睐。在70年代，它几乎成为一种流行容器，不仅用来装牛奶，还装软饮料和果汁，它最终取代了重而易碎的玻璃瓶。

另一种持续减少玻璃瓶用量的容器是铁皮罐子。1960年，可口可乐开始以罐子出售，这极大地拓展了可乐的消费，而且许多泡沫饮料厂家也转而使用罐子，并有意识地把罐装饮料和瓶装饮料放在一起出售。喝啤酒的人，最关心的是瓶(或罐)子的开启方法。1962年，在美国，一种新的开启方法——拉环诞生了。同一思路上的想法——拉盖或拉环，于1967年由美国金属盒公司先开发，这一包装业上的革命，促成了消费者对罐装啤酒的全面接受。

二、20世纪80至90年代的包装设计（1980～1999）

到了20世纪80年代，大多数人对于商品包装的理解是：商品，天经地义的应该有包装。人和商品包装的关系甚至比天和地的关系还自然、密切和融洽。人们再也无需对包装加以褒贬了，似乎也无需给消费者任何款项上的优惠了。随着政府各项有关规定的日趋严格、规范，人们不再害怕假冒伪劣了。

不过，在20世纪70年代末和80年代初，人们有了一种捕捉往日包装形象的趋势，这大概不单纯是为了怀旧，恐怕也不足为了再次使设计鹤立于货架之上，也许是为了回到一种心领神会的，纯粹和完整的形象中去。在30年代的英国，曾经有过一段追恋维多利亚时代的怀旧时期，那时身着圈环裙的时髦女士们，纷纷在时新的包装上一展风采。

在20世纪80年代，人们对于身边的问题更加关心，对社会问题倾入更多的关注，这都影响了包装业。广义地说：对环境和生态问题有了世界性的

关注。许多有关酸雨、化学放射物、能源消耗，以及对包装业至关重要的臭氧层中的氯碳化合物(CFC)引起了人们强烈的反响。CFC的一个主要产生源是喷雾剂的使用。当时出现了一种限制使用喷雾剂的趋势，于是手泵喷枪应运而生。

另外，环境问题成为人们日益关注的热点。从20世纪60年代以后，人们开始提出可回收再利用的课题，这对包装业产生了极大的影响。玻璃瓶是可以回收的 (过去已经少用了的瓶子，重新启用，会堆得越来越多)，纸和纸盒是可以回收再利用的 (在过去的一些年里，纸已被塑料排挤)，但大多数塑料包装的处理都无法尽如人意。

垃圾的问题随着经济的发展越来越困扰着人们，它已成为社会一大公害，反垃圾运动不断加剧。从20世纪60年代起，尤其是那些户外商品的包装上，都附加了一个短句：清洁处理，比如炸薯片包装纸、糖果包装和饮料罐。进入80年代，进一步的公益性短句被附加在包装上，例如"孩子们对危险说不"(英国)、"杜绝毒品"(美国)。从整个社会意义上讲，在美国，有一个包装上的成功范例，是把走失的孩子们的头像印在牛奶纸盒的侧面。

从20世纪60年代起，人们越来越注意食品中的原料成分，不断立法，要求厂家在包装上注明特定(产品)原料的成分和比率。从营养学角度讲，厂家还应标出蛋白质、碳水化合物、脂肪和纤维素的含量，并标明卡路里的数据。在进入80年代以后，这类说明文字铺天盖地，诸如"低盐"、"低糖"、"不含人工

图1

色素"等等。随着健康食品第二阶段的到来，即低卡路里食品、低度酒和低焦油香烟的出现。（图１）

这时，条形码也出现在包装上。条形码在20世纪70年代初首先使用于美国，它加快了在超市中的收款速度，有助于零售商对存货保持有效控制。

可挤压式塑料瓶在20世纪50年代就产生了，经30年的改进，进入20世纪80年代，包装业开发了一种塑料瓶。它防碎裂，重量轻，是一种全新的挤压式塑料瓶。随着此包装的出现，产生了可挤压瓶装的调味酱和番茄酱，并得到消费者的极大欢迎。此时，更多的方便食品得到开发，微波炉的推广，使方便食品更为走俏。

20世纪90年代，有人称是高科技时代、信息时代，也有人说是微电子时代、环保时代，等等。这些表述都反映出人类步入20世纪最后10年的时代特征。在包装设计上也必然要留下这个时代的印迹。微电子时代体现着精湛、小巧，设计越来越简洁、明快而丰富，是这个时代流行的新风格。有些设计家们甚至开始探索非形式主义的减少主义设计方式。自20世纪80年代即已开始，到了20世纪90年代，包装设计则更加注重企业形象的表现，为企业产

图1

减肥饼干包装。那些渴望时髦和窈窕身材的妇女，时刻注意着自己的腰围，她们喜欢低糖饮料和减肥食品。到上世纪70年代，卡路里的计算与减肥瘦身计划紧密相联。

图2

猫粮包装

上海应用技术学院艺术设计系学生　杨晟晟

指导老师　吴飞飞

图2

品服务。由于同一企业的产品越来越统一化，在设计上便采取理性主义方式，这几乎成为20世纪90年代一个非常突出的趋向。（图1）

环境保护意识，在进入20世纪90年代以后，得到人类异乎寻常的重视，在环保浪潮的影响下，崇尚"自然、原始、健康"的观念深入人心。在这种理念下，"轻量化"、"小体积"的理想实用包装，不仅局限于能够容纳、保护、促销及成本合理化的需求，而且开始倡导"绿色包装"这一消费市场的新观念，使产品与包装材料向着"无污染"的方向发展。因此，既能节约天然资源，又不破坏生态平衡的环保意识设计，可以称作为包装设计的一种新导向。

三、环保型包装的发展

人类早期，经济的高速发展是以毫无顾忌地掠夺自然资源为手段的。人类也因此得到了报应，环境的恶化、自然灾害频发、气候异常等，这些直接威胁到人类的生存。商品的包装之所以被有些人称作"垃圾文化"，就是因为它造成了大量污染环境的垃圾，人们的忧患意识促使了"环保型"的包装及包装替代材料的研制开发，废旧包装的回收利用得到了发展并形成了新的产业。

"环保型"包装是以能否回收利用为界限的，现在具有回收标记的包装在欧美国家市场上已经占绝大部分。回收标记喻意深长，它由三个箭头首尾相接环绕组成。第一个箭头代表废包装回收；第二个箭头代表回收利用；第三个箭头代表消费者的参与，三个箭头构成了永恒的

生生不息的循环。

1972年联合国发表《人类环境宣言》，拉开了世界"绿色革命"的帷幕。对于包装界而言，"绿色包装"是20世纪最大、最震撼人心的"包装革命"。1975年，德国率先推出有"绿点"(即产品包装的绿色回收)标志的"绿色包装"。绿色环保标识是由绿色箭头和白色箭头组成的圆形图案，双色箭头表示产品或包装是绿色的，可以回收使用，符合生态平衡、环境保护的要求。在此后的十几年中，"绿色包装"迅速在世界各国发展，地域性和各国标准先后问世。1992年6月联合国发表的《环境宣言》引起了各国政要的注意。鉴于"绿色浪潮"的汹涌澎湃，1993年6月，国际标准化组织ISO正式成立了"环保委员会"，着手制订绿色环保标准，经过3年的努力，第一个环保标准ISO14001于1996年1月正式在全球施行。

包装对环境造成的影响有许多方面，与人们生活密切相关的主要有像塑料材料本身对环境造成的危害，过度包装给人们带来的困扰等。现在我国塑料制品的产量名列世界前茅，每年产量达2500多万吨。塑料材料很难自然降解，回收率低，再利用成本高，而且破坏生态环境。被人们称之为"白色垃圾"的塑料袋(聚乙烯)和一次性发泡快餐盒(聚苯乙烯)等包装都成了环境杀手。这些材料一旦被丢弃在自然环境中，不但很难降解，而且会对土壤造成破坏。1999年3月，国家经贸部公布了第一批《淘汰落后生产工艺和产品目录》，塑料饭盒名列第二，限2000年底全部淘汰，以苇

秆、蔗渣、麦草等为材料的纸浆作为替代品。

于是，模塑品应运而生。这种材料可以100%回收，自然降解也只需几周时间，并且在强度、耐热、阻油、防水、消毒、无味等指标上完全达到甚至超过了有关标准。国家的这些方针、政策、法规对我们包装设计人员都具有现实的指导意义。

现代的商品流通和运输网络，可以使商品被安全地输送到世界上的任何地方。贸易全球化使包装产业的重要性也增加了，最大限度地追求效率，最小限度地产生废弃物是包装业所要承担的重要责任。历史上很多商人出于商业目的，采用不正当手段做夸大包装或虚假包装来蒙骗消费者，现在，大多数国家都有了限制过度包装的法律法规。像美国早在1910年就颁布了《卡提斯广告法》，对广告宣传开始了严格的检查制度，以制止不法、夸大的广告宣传。还有许多国家的法律对包装的外形与产品外形尺寸之间的比例做出了明文规定，如果包装超出这个比例将被征收高额的罚金，以此来限制过分包装的现象。我国到目前为止尚没有相关的法规出台，市场上仍不时出现虚假、过分的包装。过分包装所产生的废弃物实际上与由于不牢固的包装所导致商品破损而产生的废弃商品是没有什么本质区别的。2001年上半年，从调查统计来看，仅北京市每天的垃圾量就达1.5万吨，平均每人每天产生1公斤的垃圾。在这些垃圾中，40%来源于各种包装物，在这其中又有80%是由于过度包装而产生的垃圾。

包装业与环境之间的利害关系是明

显的，包装业为了使商品安全地被送到每一个家庭，使用了各种材料，但是这些材料大都是不能随便丢弃的。问题就在于如何减少包装材料的使用量和如何使包装材料再回收，这也促进了包装材料、制造技术、新的包装方式的开发，如有强度但更加轻便的纸板箱的开发，强度高、消耗低的纸材料的开发也不断取得进步。包装业正不断向着削减资源消耗的方向努力。

在新产品的开发过程中，设计师也扮演着重要的角色，在设计阶段必须考虑到包装的寿命，首先要把重点放在保护商品这个前提下，并且最少限度地使用材料。设计师应考虑如何节省耗材和有效使用包装空间，不要过多地包装不必要的"空气"，以达到最佳的包装效率。

设计者还应考虑到自己的"设计作品"的回收问题及再利用问题。一般来说，可再利用的包装都是由于采用了高品质材料，可多次重复使用，如乳制品包装、饮料瓶、啤酒瓶等。但是，由于纸材本身材质的限制，纤维强度在使用中会遭到破坏，只能作为原材料再回收，而且包装回收时，有的材料会影响再利用的效果，尤其是塑料制品。因此，严格的资源分类处理也是很重要的，塑料在回收时再处理的成本是较高的，而且燃烧处理还会产生有害的气体。因此，作为包装设计者就要考虑到设计用材之间的合理组合。最近，含有纤维的纸浆作为包装材料应用多了起来，它可以达到塑料包装的保护性，而且更有利于回收，是很好的塑料替代品。

当然，解决包装的环境污染问题仅靠设计环节是做不到的。要解决这个问题，首先，要依靠国家出台和完善相关的法律、法规，制定严格的"游戏规则"，把解决包装污染上升为国家行为。其次，要注重全民环保意识的培养，因为包装垃圾正是通过每一位消费者的具体行为而产生的，只有每一位公民具有了维护环境的意识和垃圾处理的基本知识，解决包装垃圾的问题才有可能实现。最后，还要靠垃圾回收处理技术的进步，解决这个问题才会有技术保障。在我国，现在对垃圾处理还没有做到分类回收，因此包装材料回收利用率低。垃圾处理大多还是以燃烧和掩埋的方式进行。最近，由于废旧电池对环境造成的严重污染，在大城市许多居民小区都设立了废旧电池回收箱。可是据报道，由于我国对废旧电池回收处理尚没有很好的解决方法，回收来的废旧电池堆积如山却束手无策。由此可以看到，解决包装垃圾问题还需有成熟的回收处理技术作为保障。

将来，材料和资源会越来越缺乏，原材料的价格也会不断地上涨，回收废弃物将成为减少成本的主要手段之一，这对包装设计者、制造厂商，甚至是每一位消费者都提出了新的要求和义务。

图2

图1

低调风格设计在包装设计上能产生一定的变化，出现一种低调的设计风格。它常常是以白色或弱色为背景，并带条纹效果，交替的和渐变的色彩条纹使柔和的底色营造出一种过目不忘的深刻印象。

图2

"U-U"巧克力包装

上海应用技术学院艺术设计系学生　楼雯燕

指导老师　朱国勤

图1

Packaging
Art
Design

第三章
包装设计定位与构思

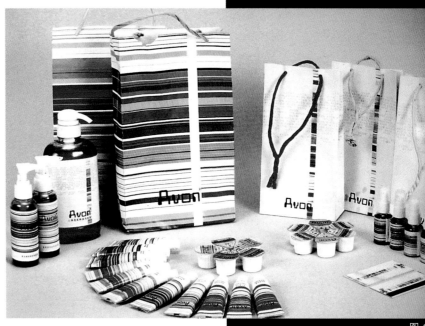

图1

图2

第一节
包装设计定位

一、包装设计定位的意义

包装装潢与包装造型在设计的基本程序上有其共性，但两者在具体设计方法方面由于目的要求不同而各具特点，前者主要围绕平面视觉传达功能效果进行，而后者则主要围绕容器的造型功能及立体视觉传达功能效果进行。包装设计只能是针对一部分消费群体，传达商品中一些有价值的和消费者所需求的信息。它不可能面面俱到地传达商品的全部信息，也不可能让所有的消费者都感到满意。设计定位就是由此而产生的与设计构思紧密联系的一种方法，它强调设计的针对性、目的性、功利性，为设计的构思与表现确立主要内容与方向。

"设计定位"的观念，首次提出于1969年。商品包装通过定位设计取得了显著效果。因此，国外把20世纪70年代的市场销售战略称为"定位"战略。20世纪80年代初，欧美的一些包装设计专家来华作学术交流时，介绍了定位设计的理论和方法。

设计定位的主要意义在于把自己优于其他商品的特点强调出来，把别人没有考虑到的重要方面在自己的包装中突出出来，确立设计的主题和重点。关于设计定位有着各种不同的理解，通俗地讲设计定位就是：我是谁？卖什么？卖给谁？它虽然不是构思的本身，但作为设计构思的前提与依据是具有重要意义的。

作为现代包装设计教育，学生很大程度上就是缺乏产品的定位思想，或者说定位不够准确，我们的学生在作包装设计时，对What、Who、When、Where等都不模糊，唯独对Why的理解不够深入，这也恰恰是作为设计师所应具备的最基本的素质。学生往往不知道为什么会用这样的视觉形象作为设计表达要素，

图1
"东方之星"包装设计大奖赛 学生组 银奖
"AVON"洗发包装系列
上海工程技术大学艺术设计学院 周 颖
图2
"东方之星"包装设计大奖赛 专业组 入围奖
"京剧国粹"中秋礼盒包装系列
广州艺琳纸品包装有限公司 山 村

仅是凭感觉而已，觉得形式美就可以，却忽略了形式是为内容服务的，再好的形式如果不能准确地传达商品内容，那也是失败的设计。在课堂中，常常发现学生是先设计后构思，然后根据设计稿想当然地给它个设计理念，这都完全违背设计规律，不经过大脑思考的设计是永远不适合市场的需要，这种先动手后动脑的做法，是因为学生对设计定位的不准。作为学生，在接到设计稿时，应该迅速地了解What、Who、When、Where，之后就展开Why的构思；因为包装设计的定位思想紧紧地联系着包装设计的构思。设计构思作为一种形象思维，从初稿到定位稿整个思维过程都离不开具体的形象。如何在整理各种要素的基础上选准重点，突出主题，这是设计构思的重要原则。课堂上，学生在选用色彩、文字、形象时没能充分考虑产品的性质，导致设计出来的包装盒不适合产品的个性，例如：学生在作晨光牛奶包装设计，有些同学的设计稿像是做纯净水的包装，而不是作奶制品的包装，这是因为学生对色彩、形象的定位不准，对产品的性质了解得不够深入。

由于学生自身知识结构的特殊性，学生对形态的创造能力略有欠缺，往往有一个学生运用一个形态所取得的效果较好时，就有很多学生去模仿，而不是根据自己的画面、产品的性质等去考虑问题。比如：在课堂上有学生用牛的卡通形象来表达奶制品时，其他学生也用牛的卡通形象，这就造成在设计风格上的单一，也让学生产生依赖性，缺乏独立设计运作的能力。现代商品的

包装设计首先就是要研究消费者，研究消费心理学。在设计前应避免一切盲目性，而应从实际出发，制定设计方案。

二、包装设计前的调研

在设计定位之前，有必要对产品及与产品相关联的一些情况作调研和资料收集等准备工作。调研工作的目的：1. 调查研究影响市场定位的各种因素，确认目标市场的竞争优势，以及竞争者的定位状况；2. 选择自己的竞争优势和适当的定位战略，确定目标顾客对产品的评价标准；3. 准确地传播企业的定位概念，明确目标市场潜在的竞争优势。

1. 事前调研

在设计前，要对原有的商品包装进行销售计划、销售方法、市场信息(消费者的要求，商品价格与包装费的比例)等方面的调查和研究。

2. 市场调研

向消费者调查的内容：某种商品包装的尺寸、重量、形状是否合适，使用携带是否方便，包装材料是否符合卫生要求，是否便于保管，是否能重复使用，用后的包装物是否容易处理等。

向销售商店调查的内容：包括商品的陈列效果，价格标志是否明显，取货搬运是否方便，包装结构是否防盗，有无足够的保护功能等。

向批发单位调查内容：商品标志是否醒目，保管与搬运是否方便，商品的包装单位是否便于成批进货，尺寸、重量、强度是否适宜等。

3. 产品调研

这是对产品本身的调查。包装产品的容器结构是否合理，是否坚固耐

用，比重与包装单位是否符合标准，是否有产品生产许可证等。

4. 包装调研

调查的内容包括商品的包装单位、尺寸、重量、作业方法、包装机械的可用性、流通路线、包装材料、封检材料、标签等，并了解小包装、内包装和外包装是否有保护功能和宣传功能。

5. 调研工作的分工

为了搞好调研工作，应确定各项调研负责部门和负责人。一般把事前调研交给计划部门，把市场调研交给经销部门，把产品调研和包装调研交给技术、生产、供应等部门。

6. 试制和试验样品

对调查结果进行研究，确定合适的包装材料，设计出合理的包装结构和造型，并制出样品进行必要的试验，通过试验、试用或市场考验，最后对包装设计作出决定。

三、收集产品设计资料

以保护商品或内装物为目的的防护包装应该使其本身的强度可靠并能经受住外界的冲击，尤其是精密机械、电器设备、医疗设备、玻璃制品等的包装，须有更高的要求。以外观装饰为重点的包装如化妆品、药品、食品、玩具、生活用品等，则应注重造型的美观性，以艺术手法来提高商品的形象。无论是运输包装还是销售包装，包装设计的目的，都是要在流通过程中克服各种损伤，以保护商品并促进商品销售。但是，要在实际上准确地掌握流通过程中可能出现的问题，进而设计出符合流通状况的合理包装，决不是一件容易的事。因此，在进行包装设计时，就应该采取一定的

方法，遵循一定的顺序，建立必要的组织机构，把这一比较复杂的工作做好。下面着重介绍包装设计定位前要做的一些具体工作。

收集资料是设计定位的准备阶段。现代社会把市场竞争比喻为"商战"是很形象的，作战打仗要取胜，知己知彼是首决条件。包装设计在市场竞争中主要面临两个方面的挑战：一是消费者的选择；二是同类商品的竞争。了解设计对象、竞争对象的有关情况，是设计定位的基础。收集资料就是要达到知己知彼的目的，这是设计定位必须进行的一项准备工作。收集资料要从设计对象和竞争对象两个方面同时展开，具体内容可分产品、市场销售、包装设计三个部分进行。

1．产品

　主要收集有关产品自身的各种资料：

（1）商标牌号（是否名牌或是较有名气）品牌和档次；

（2）商品属性和特点；

（3）用途、功能、性能使用价值；

（4）质量与生命周期（主要是指产品的质量及改进的情况）；

（5）原材料、工艺和技术；

（6）成本、价格和利润；

（7）商品档次、产品纵横向比较情况；

（8）解生产厂家对产品包装的构想与喜好、生产厂家的历史等。

2．市场销售

　主要了解同类产品市场销售的情报资料：

（1）消费对象、销售对象、产品销售地的风土人情；

（2）供需关系；

（3）市场占有率；

（4）销售区域及时节、所在地的风情特点；

（5）销售方式。

3．包装设计

　主要了解同类产品包装及装潢设计的情报资料：

（1）包装容器的材料、大小尺寸、技术与工艺；

（2）包装形式、外形和结构；

（3）表现手法与表现风格；

（4）包装成本；

（5）存在问题。

对于以上信息资料，我们可以采用列表法将我们所能了解到的情况排列出来，从中寻找出需要和可以在设计中能表现的重点，激发我们的创意。其中产品与市场销售方面的资料可以向委托设计方了解和索取，包装设计部分的资料应由设计者亲自参与调查研究。收集资料要尽可能的充分和准确，它直接关系到设计定位的决策和设计表现的实施。

四、包装设计定位的要素决策

定位决策是把收集的全部资料集中起来，围绕包装设计的基本要素进行逐项的对比分析，然后在扬长避短的基础上进行筛选，最后确立应该表现什么和重点突出什么。

设计定位的三个基本要素是品牌、产品、消费者。这三个基本要素在包装设计中都是必须体现的内容，问题是每一个基本要素都包含着大量丰富的信息内容，设计定位在于明确主次关系、确立设计主题与重点。

1．商标牌号定位

第一是商标牌号定位，表明是谁家生产的。商标牌号是商品生产厂家的标志。如果是新设计的商标牌号，其本身就有一个定位设计的问

图 1

图 2

图 1

"东方之星"包装设计大奖赛 学生组 铜奖

"都市攀登者"包装系列

上海工程技术大学服装学院 王 凯 王宇飞

图 2

"东方之星"包装设计大奖赛 学生组 银奖

"阿秀梳妆"精品包装

上海东海学院艺术设计系 张善敏

题。商标牌号的设计定位要求：一是联系商品；二是联系生产厂家；三是应易认易记。

（1）商标牌号要注意与商品属性相一致，不要起一些莫明其妙的名字。"回力牌"球鞋、"美加净"化妆品等这些牌号很能代表商品性质，因此很容易为人们所接受。

（2）牌号突出企业形象，与生产厂家相联系。例如上海冠生园是人们所熟悉的食品厂家，食品的牌号统一以其命名，即使是新产品，也给人以一种可信任感。

（3）商标牌号应使消费者易认易记，设计定位就应考虑运用独特的图形及具有标识性的色彩。如"飞跃牌"商标，正看倒看图形一个样，而且反映了电器产品的属性，因此具有较强的视觉冲击力。

2. 产品定位

第二是产品定位，要反映出是什么产品，是新型产品还是传统产品，有什么特色等等。可分为以下几个方面：

（1）产品品种定位

比如化妆品，究竟是护肤水还是精华素？是口红还是眼影膏？是何种香型的香水？再如奶粉，有全脂、半脱脂、全脱脂、母乳化、氨基酸、多维、速溶等等品种。设计中就需要强调该产品是属于哪一种的，以有助于表明各自产品的特性。产品定位就是要让消费者得到十分明确的而不是模棱两可的信息。有的产品之间区别很小，设计时更应精心构思，务必使其与其他产品区分开来。

（2）产品特色定位：

由于产品的原材料、生产工艺、使用功能、造型、色彩等等各不相同，各自具有一定的特色。就是一些同类产品之间也会有不同的特色，因此在包装设计中就应该强调这些特色，以区别其他同类产品。例如"跳棋彩色铅笔"包装，同类的彩色铅笔包装很多，而该包装的设计者却巧妙地将包装设计成跳棋棋盘，彩色铅笔既是文具，又是下跳棋的棋子，既可实用又可作玩具，与同类产品相比，具有了自己的鲜明特色，构思创意独特，别具一格。

（3）产品使用时间定位

有些产品的使用具有一定的时间性，例如化妆品中有的用于晨妆；有的则在夜间就寝前使用；有的是在晒日光浴时使用，起防护皮肤之作用。再如一些结婚礼品、生日礼品等产品的使用，都具有一定的时间性。因此，画面上就应设法体现出产品使用时间性的概念。

（4）产品档次定位

商品包装要讲究信誉，应当表里如一，这是一条不应违背的设计原则。一般说来，价格反映产品的质量水平。设计者要根据产品价格来考虑包装设计，这就牵涉到产品档次定位的问题。档次定位恰当，可以确切地说明产品的身价。我们不能把低档次产品的包装设计得很华贵，使得生产成本及销售价格提高，从而增加消费者不必要的负担，使人不敢问津；也不能把高档产品的包装设计成低档产品的包装，与产品的身价不相符。但是，低档产品的包装及装潢决不可粗制滥造，高档产品的包装及装潢也不可过分奢侈。

产品定位的内容实际上是多方面的，还有产品的功能定位、产品产地定位、产品地域区别定位、消费者与销售者生活方式定位等等。

3. 消费者定位

消费者定位就是要明确是为谁生产的，销售给谁的，属于什么阶层、群体，是针对国内市场还是国外市场等等。产品的销售对象，是现代包装及装潢设计必须十分重视的一点。忽视消费者的需求也就谈不上适销对路，应当让消费者能感受到这件商品正是为他的需要而生产的。

（1）社会阶层定位：

消费者定位应考虑消费对象是男性还是女性，是儿童、青年还是老年人，以及不同的文化修养、不同的社会地位、不同的民族、不同的生活习惯、不同的经济条件、不同的政治与宗教信仰、不同的心理需求、不同的家庭结构等等。

（2）生理特点的区别定位：

成功的商品包装及装潢设计之所以能打动人心，很重要的一个方面就是利用心理影响。同样的产品，同样的包装及装潢形式，唯一不同的在于色彩的配置，往往也会使消费者产生不同的心理效应，而产生不同的选择对象。比如有些商品确定以儿童为销售对象，但儿童用品一般都是由其父母或长辈购买。因此儿童用品不仅要对儿童有吸引力，还要考虑父母为其孩子选择商品时的心理因素。目前国外在为儿童设计的一些系列商品时，就考虑到父母总是希望通过多种途径使自己的孩子多接受些教育这一心理而投其所好，常常在包装上印一些既富有知识性又富有趣味性的小故事，尽管这些内容与产品并不相干，却能切中父母们关注开发孩子智力的心理。再如，美国有家生产啤酒的罗林罗克公司，1939年创业以来生意一直不错，但进入80年代后销量大幅下降，最后不得不出售给拉拜特家族。公司新掌权人是营销专家约翰·夏佩尔。夏佩尔走马上任后便对公司进行了大刀阔斧的改革，其中一项措施是改变啤酒瓶的造型。他重新设计了一种绿色颈瓶，并漆上显眼的艺术装饰，看上去像是手绘的，在众多啤酒中非常引人注目，使罗林罗克啤酒不像是大众化的产品，有一种高贵品质。这种瓶子与其说是包装物，不如说是一种摆设物更合适，而许多消费者认为这种瓶子里的啤酒更好喝。后来，当罗林罗克啤酒销售量节节上升时，人们询问其中的奥秘，夏佩尔回答说："那个绿色瓶子是确立我们竞争优势的关键。"这就是包装容器的造型及装潢通过消费者的心理因素所产生的效应。

（3）包装文案定位

包装上的一些文字内容十分丰富，对消费者也能产生相当的心理效应，在我国奶粉市场上，进口奶粉占着较大市场份额。相比较可以发现，进口奶粉包装上的文字内容，如食品包装包括品牌、商品名称、制造商、代理商、配料、营养学资料、营养成分含量表、食用方法、保存方法、保质期、净重、食品许可证号、产品标准号、生产日期、厂址、电话、邮编、网址等；还有特别提示，如进口奶粉"力多精"还很明确地指出："用少于或多于指定分量奶粉，会令婴儿得不到适量的营养或导致脱水，未经医生建议切勿改变奶的浓度"。其实，这些资料是唯一一直引导年轻的父母重复购买其产品的动力。特别是那些图形、表格，在中国人眼里，它们代表着权威，代表着一种正式的、专业的、正规的东西，就是这些图表和各种资料，才使年轻的父母们十分信赖这一产品，相信这一产品的品质高人一等。

五、包装设计定位的方法

包装设计定位的方法，是把调查研究得来的、需要传达的信息分为三个方面（即前面所述的三方面的设计定位要素），然后进行定位。在多数情况下，每一件包装及装潢应突出一个重点，要么突出商标牌号，其他内容可放到包装的侧面或背面，要么突出产品或消费者。因为包装画面有限，不可能面面俱到，内容过多易使画面拥挤，不如突出某一方面，效果则更强烈、更好。所谓定位就是重点突出优势方面。当然，根据需要采用结合式定位也是常用的方式，正如我们在"创意构思"中讲过的，在这种情况下仍应有表现（定位）的倾向性。

一般地说，包装设计定位重点选择主要包括商标牌号、商品本身和消费对象三个方面。一些具有著名商标或牌号的产品包装可以用商标牌号作为表现重点，如美国的"可口可乐"；具有较为突出的某种特色的产品或新产品的包装则可以用商品本身作为设计表现重点；而一些具有特定或特殊消费群体的产品包装就可以用消费者作为表现重点。其中以商品本身为重点的表现具有最大的表现天地。总之，不论如何表现，都要以传达明确的商品信息为重点，但是重点不能简单地理解为某种唯一性因素，而是要有一个基本倾向。比如某种名牌商品的外包装上既可以有商标牌号，也可以

图 1

图 2

图 1

"东方之星"包装设计大奖赛 学生组 铜奖

"上海咖啡"包装

上海工程技术大学艺术设计学院 咸 妍 胡继俊

图 2

"东方之星"包装设计大奖赛 学生组 入围奖

"本色"巧克力包装

上海工程技术大学艺术设计学院 殷 洁

同时印有商品本身的形象，但是为了突出这是名牌商品，向消费者迅速传递名牌信息，画面的重点表现倾向应放在突出商标牌号上。下面以商标牌号为例，说明设计定位的方法：

1. 品牌概念定位的方法

品牌是一个复合概念，它由品牌名称、品牌认知、品牌联想、品牌标志、品牌色彩、品牌包装以及商标等要素组成。它是整体产品的一部分，是制造商为其产品规划的商业名称，基本功能是将制造商的产品与竞争企业的同类产品区别开来。

品牌定位，是指建立一个与目标市场有关的品牌形象的过程与结果。品牌定位是勾画品牌形象和所提供价值的行为。品牌定位是市场营销发展的必然产物。品牌定位首先要考虑的是使用与不使用品牌？使用谁的品牌？使用统一品牌还是单独品牌？

美国营销学权威菲利普·构特勒（Philip Kotler）说：品牌就是一个名字、名词、符号或设计，或是上述的总和，其目的是要使自己的产品或服务有别于其他竞争者。商标品牌定位就是要向消费者明确地表现"我是谁"，产品以及企业的标识形象是经过注册，受法律保护的，产品一旦被称为知名品牌，就会给企业带来巨大的无形资产和形象力，给消费者带来的是质量的保障和消费的信心。品牌定位的特点就是在包装设计上突出品牌的视觉形象。

2. 品牌功能定位的方法

品牌的功能定位包括识别功能、保护消费者权益的功能、促销的功能、增值的功能等内容。包装设计不是单纯的画面装饰，而必须是特定产品使用功能的信息传达和审美精神的视觉传达相结合的设计。如果说包装的造型结构主要应该完成一定的物质性功能，那么包装装潢就是着重于完成紧密结合的物质性与精神性功能。

3. 品牌策略定位的方法

包装设计定位是商品竞争的产物。设计就是要研究如何突破竞争对手们已有的包装及装潢形式和水平。如果别人的产品包装突出产地，产地是它的优势因素，那么自己就要突出产品其他方面的优势，特别是竞争对手所不具备的特点。这是工作的着重点，是选择定位的设计策略。

品牌定位策略要在顾客中形成统一明确的认识。品牌定位策略要再从细分市场（Segmenting）、选择目标市场（Targeting）、具体定位（Positioning）等三方面来选择竞争优势和定位战略，准确地传播产品与企业的定位概念。可以采用"针锋相对"式定位，"填空补缺"式定位，"另辟蹊径"式定位等策略。在档次、价格、质量等方面定位适当，不要定位过高或过低或混淆不清。品牌定位要显示出自己的特色，避免因不当宣传在公众心目中造成的误解。定位过高或过低，不符合企业实际情况，会使公众误认为企业只经营高档高价或低档低价的产品，不清楚实际上是否也备有中档产品。

4. 品牌名称定位的方法

品牌名称定位是用文字来表达的商品视觉识别系统中的基本要素之一。品牌名称的定位，可以以企业名称命名，或以动物、花卉名称命名，或根据人名、地名命名，或根据商品制作工艺和商品主要成分命名，或具有感情色彩的吉祥词或褒义词命名，或以杜撰的词语命名，还可以以外文译音命名。

品牌名称定位要易读、易记、好念、上口，品牌名称要读音响亮、含义隽永、清新高雅、不落俗套，充分显示商品品味，有助于建立和保持品牌在消费者心目中的形象，有助于区别同类产品，建立产品个性。并充分注重民族习惯的差异性，体现产品的属性所能给消费者带来的益处，从而通过视觉的刺激，使消费者产生对产品和企业认知的需求，符合大众心理，有一定寓意，能引起消费的联想，能激发消费者的购买动机，使企业形象的树立有一个立足点。比如：康佳、格力、海尔、美的、太阳神、科龙、娃哈哈、黑五类、飘柔、健力宝、999、中国电信、国航等。

5. 品牌图形定位的方法

品牌的图形包括宣传形象、卡通造型、辅助图形等，在包装设计中以发挥主要图形的表现力为主，使消费者在印象中产生图形与产品本身的联想，有利于产品宣传的形象性和生动性的体现。比如万宝路香烟的牛仔形象以及包装上的红色几何辅助图形，日本麒麟啤酒包装上的麒麟形象以及包装上出现的各种卡通形象等。

品牌的图形有时是依靠字体形象来表现的。字体形象由于其可读性和不重复性成为突出品牌个性的主要表现之一，像可口可乐的品牌字体，麦当劳的"M"字母形象，在包装中都构成了形象表现力的最主要部分。

6. 品牌色彩定位的方法

俗话说"色彩之于形象"。商品放在橱窗或货架上，给人有远看色、近看花的感觉，人们对商品包装的第一印象就是色彩。在设计品牌时，通常会制定出几种固定的色彩组合，成为企业产品中的"形象色"，给消费者以强烈的视觉印象。突出品牌的色彩如富士胶卷的绿色、柯达胶卷的中黄、可口可乐的大红色等，都已具备了强烈的视觉吸引力。

第二节
包装设计构思

构思是设计的灵魂，手法是构思的表现。实际的创作与设计不可通通用固定的手法将思维公式化。在实际的创作过程中，我们学会"入而能法，法而能化"。"法"是根本，是基础，"化"是突破，是创新。要勇于打即定的手法与思维定式，让创意无限。创作很多都是由不成熟到成熟的，在这一过程中肯定一些或否定一些，修改一些或补充一些，到最后出来的结果可能会于当初构思不尽相同，也属情理之中的正常现象。在这里我们所谓的手法与构思，是实际创作中的一些归纳与总结。因为只有"法"而后能"化"。

一、包装设计构思与表现的重点

构思与表现也就是考虑表现什么和如何表现的问题。要解决这两个问题，也就是从以下二点去构思：表现重点与表现手法。重点是攻击目标，是突破口；手法是战术，是武器。任何一个环节处理不好的结果都是"为山九仞、功亏一溃"。

所谓重点是指表现内容的集中点与视觉语言的冲击点。包装设计的画面是有限的，这是空间的局限。同时，产品也要在很短的时间内为消费者所认可，这是时间的局限。由于时间与空间的局限，我们不可能在包装上做到脸谱全集——面面俱到，都去表现，也等于什么都没表现。就是要我们在设计时要把握重点，在有限的时间与空间里去打动消费者。

在设计定位基础上，还可依据产品与市场的具体情况进行各种不同的组合，也就是在设计主题中同时包含多方面的内容。例如产品与品牌；产品与消费者；品牌与消费者等。经过组合的设计定位，一定要把握好互相间的有机联系和协调，其中仍然需要有相应的表现重点，避免互相冲突。不管采用什么样的设计定位，关键在于确立表现的重点。没有重点，等于没有内容；重点过多，等于没有重点，两者都失去设计定位的意义。

包装设计要很好地处理好商品、消费、销售三者的关系，从而有利于提高商品的销售。对于一些大的、有很高知名度的企业，我们可以用商标或品牌号作为表现重点；具有自身特色或有某种特殊功能的产品或新产品的包装则可以用产品自身作为重点；一些对使用者针对性强的商品包装可以以消费者作为表现重点。只有重点突出了，才能让消费者在最短时间内了解产品，产生购买欲。总之不论如何表现，都要以传达明确的内容和信息为重点。

在找到了表现重点之后，接着就是从什么角度去表现重点，这是确定表现重点后的深化。例如以商标、

图1

图2

图1
"东方之星"包装设计大奖赛 学生组 入围奖
"佰草集"包装
上海工程技术大学艺术设计学院 李妙杰
图2
"东方之星"包装设计大奖赛 学生组 入围奖
"冠军"灯泡包装系列
上海东海学院艺术设计系 钱 鸣

牌号为表现重点，那么是表现商标、牌号的标志形象，还是表现商标、牌号所具有的某种含义？如果以商品本身为表现重点，那么是表现商品的外在形象，还是表现商品的某种内在属性？表现商品的构成成分，还是表现其功能效用？因为任何事物都有不同的认识角度，但比较集中地从某一个角度去加以表现，这将有益于表现的鲜明性。比如"佳丽檀香皂"的包装设计，其构思创意重点是牌号"佳丽"含义的表现角度，选用唐代工笔仕女图作为"佳丽"含义的表现角度，从而使消费者联想到商品生产的悠久历史和商品本身的高贵及功能的优越，从历史性和功能性的角度传达了商品的特定信息。又如"淘化大同公司花生油"包装装潢的设计，其创意构思的重点是商品本身而不是牌号。花生油的主要特点是以花生为原料，在处理上就以原料花生这一特点为表现角度，非常明确地传达了商品信息。再如江西景德镇青花瓷器餐具的包装设计，其创意构思的重点也是商品本身，但表现角度不是原料成分而是商品的装饰特色方面——青花瓷器的装饰纹样及色彩，商品的信息传达同样也很强烈。而美国"可口可乐"饮料的包装设计，则侧重于从牌号"Coca' Cola"字体的装饰形式的角度表现了其著名品牌这个重点。

二、包装设计构思与表现的手法

包装设计主要就是应想方设法去表现商品（内容物）或其某种特点。因为任何事物都必然具有一定的特殊性及与其他某种事物具有一定的相关性。

我们在找到了表现重点这一"突破口"之后，紧接着的问题就是采取何种手法和形式较为恰当地去加以表现？表现的重点和角度主要是解决"表现什么"？这只是解决了问题的一半，而表现手法和形式是解决"如何表现"的问题。好的表现手法和表现形式是设计的生机所在，能使整个设计"蓬荜生辉"。

包装设计若要表现一种事物，表现某一个对象，就有两种基本方法：一是直接表现对象的一定特征；另一种则是间接地借助于和该对象有关的其他事物来表现该事物。前者称为直接表现或直叙法，后者称为间接表现或借助表现法。

1. 直接表现法

直接表现是指表现重点是内容物本身。包括表现其外观形态或用途、用法等。最常用的方法是采用摄影、绘画、开窗和透明等几种方式来进行表现。摄影、绘画又可以采用写实的手法、归纳的手法及夸张的手法来表现（图1）。归纳的手法是对主体形象加以简化的处理，对于形体特征较为明显的主体，经过归纳概括，使主体形象的主要特征更加清晰。在处理方法上，对主体的形和色都可以进行概括与归纳。

归纳是以简化、概括来求得主体特征的清晰鲜明，而夸张的手法是以变化求得主体的鲜明突出。二者的共同点都是要对主体的形象作一些改变。夸张不但要有所取舍，而且还要有所强调，使主体形象虽然不合理，但却合情，使表现手法富于浪漫的情趣。但应该注意包装装潢中的夸张一般要具有可爱、生动和有趣的特点，而不宜采用丑化的形式。

开窗的形式及部位可以多种多样，

图1

不拘一格。例如有一种童装的包装盒设计，是在儿童图形的服装处进行开窗，使盒内所装服装的纹样、色彩质地等信息显露出来，不仅向消费者传达了内装童装的大部分信息，还与包装一起，起到了装饰作用，成为包装不可分割的一部分。又如礼品酒包装、酒心巧克力及什锦巧克力包装、日用品包装等（图2），都有很好的开窗形式，其开窗的形式各不相同，多姿多彩。

透明包装方式采用透明包装材料（或与不透明包装材料相结合）对商品进行包装，以便向消费者直接展示商品，其效果及作用与开窗式包装基本相同。例如日本的立体声耳机的包装及"不倒鸡玩具"包装，就是两种透明包装的实例。

以上三种直接表现商品的方式除了可以独立运用外，还可以运用一些辅助性方式为其服务，可以起到烘托主体，渲染气氛，从而锦上添花的作用。但应切记，作辅助性烘托主体的形象，在处理中不能够喧宾夺主。辅助方式一般有如下五种：

（1）衬托：这是辅助方式之一，可以使主体得到更充分的表现。例如成套玩具包装（图 3），运用彩色摄影的方式，背景的图形强烈地衬托着商品（玩具），就好象一群可爱逗人的小动物，正在森林的花草丛中快活地玩耍、歌唱，背景所渲染起来的气氛，更使人觉得动物小玩具的亲切动人。又如"宽频带立体声耳机"的包装，其作为衬托的形象则是抽象的平面构成图案，因为"立体声"是无法从视觉上直接表现的，所以通过抽象的平面构成图形造成几何形立体感来表达"立体"这一层意思，再加上波纹状的同心圆，从而完整地体现了"立体声"的意境，说明了商品的功能，衬托了主体并美化、装饰了画面。

（2）对比：这是衬托的一种转化形式，可以叫做反衬，即采取从反面衬托的方式（如大与小、粗与细、密与疏、浓与淡、曲与直、高与低、长与短、软与硬、干与湿、平整与散乱、光洁与粗糙、色彩的对比等等），使主体在反衬对比中得到更为强烈的表现。对比部分可以是具象的，也可以是抽象的。如"露美"系列化妆品的包装，一组淡灰色的细直线条从反面衬托了牌名"露美"两个书写体大字，使其更具书法艺术的感染力。

（3）归纳：

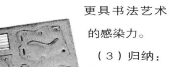

归纳是对主体形象加以简化、概括，以求具有鲜明的改变。这种手法在我国民间剪纸、泥玩具、皮影戏造型和国外卡通艺术中都有许多生动的例子。归纳是简约主义包装设计的表现手法，经过归纳处理后的包装产品，一般具有和谐、简洁、精练的艺术特点。

（4）夸张：夸张是以变化求突出，是对主体形象作一些改变。夸张不但有所取舍，而且还有所强调，使主体形象虽然不合理，但却合情。这种手法在包装设计艺术中有许多生动的例子，其表现手法富有浪漫情趣。包装画面的夸张一般要注意可爱、生动、有趣的特点，而不宜采用丑化的形式。

（5）特写：所谓特写，就是大取大舍，设计中要注意所取局部性，即以局部表现整体的手法，使主体的特点得到更为集中的表现。例如女性化妆品头发油系列包装及冰晶花插系列包装

图 3

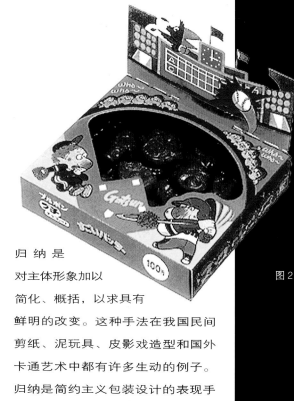

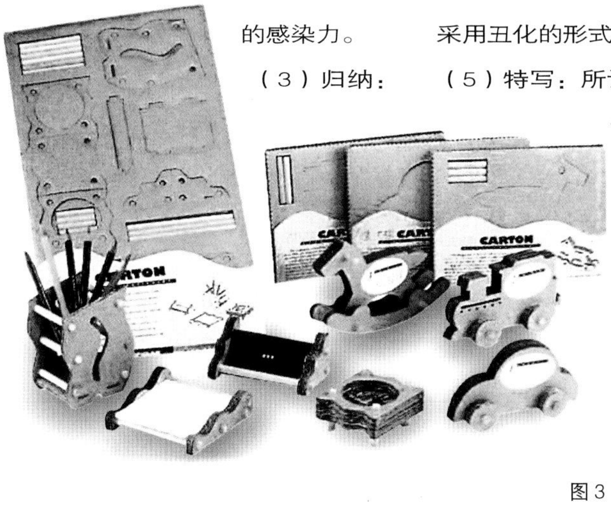

图 2

图 1
绘画形式包装。运用绘画手法对主体形象加以简化夸张，具有更强的感染力。
图 2
开窗形式包装。巧克力包装运用开窗形式使食品更有直观性，更吸引人。包装盒开窗的方式，能够直接向消费者显露出商品的形象、色彩、品种、数量及质地，使消费者从心理上产生对商品放心、信任的感觉。
图 3
组合包装所衬托的形象可以是具象的，也可以是抽象的，处理时注意不要喧宾夺主，衬托可以使主体得到更充分的表现。

等，都是运用"特写"这一手法，直接或间接地表现内容物商品这一主题的。

2. 间接表现法

间接表现是比较内在、含蓄的表现手法。包装画面上不直接展示商品的形象，而采取借助其他与商品相关联的事物（如商品所使用的原料、生产工艺特点、使用对象、使用方式或商品的功能等媒介物）来间接表现该商品。即画面上不出现想表现的对象本身，而借助于其他有关事物来表现该对象。这种手法具有更加宽广的表现，在构思上往往用于表现内容物的某种属性或牌号、意念等。就产品来说，有的东西无法进行直接表现。如香水、酒、洗衣粉等。这就需要用间接表现法来处理。同时许多或以直接表现的产品，为了求得新颖、独特、多变的表现效果，也往往从间接表现上求新、求变。间接表现的手法是比喻、象征、联想、装饰等。

（1）比喻法：比喻是借它物比此物，是由此及彼的手法，所采用的比喻成分必须是大多数人所共同了解的具体事物、具体形象，这就要求设计者具有比较丰富的生活知识和文化修养。

比喻表现手法在我国民间传统艺术中有许多生动的例子，例如喜鹊比喻喜庆、牡丹比喻富贵、荷花比喻清廉、鸳鸯比喻爱情、松鹤比喻长寿等等，而"喜庆"、"富贵"、"清廉"、"爱情"、"长寿"等概念是无法用视觉形态直接表现出来的，但是借助形象化的动、植物等就能得到充分的体现。这是通过表现商品内在的"意"，即表现它精神属性上的某种特征来传达商品信息的一种手法。例

如日本的几种香烟小包装，其中一种是以凤凰的装饰纹样比喻富贵、吉祥；一种是以寿字纹样和"万"字、"吉"字（音意"万事吉"）形象比喻万事大吉、长命百岁；还有一种是以丹顶鹤的特写形象及鹤嘴里衔着的一根松枝比喻长寿的；再一种是以竹梅纹样作衬托，印上一只纸折叠成的仙鹤形象比喻友好情谊，天长日久。

（2）象征法：这是比喻与联想相结合的转化，在表现的含义上更为抽象，在表现的形式上更为凝练。在包装设计，主要体现为大多数人共同认识的基础上用以表达牌号的某种含义和某种商品的抽象属性。象征法与比喻法和联想法相比，更加理性、含蓄。如用长城与黄河象征中华民族，金字塔象征埃及古老文明，枫叶象征加拿大等等。在象征表现中，色彩的象征性的运用也很重要。象征是以某个地区、某个国家或某种事物所特有的形象作为代表。因此，作为象征的媒介形象在做含义的表达上应当具有一种不能加以任何变动的永久性。例如长城、天安门及其门前的华表、黄河、中国传统的石狮图形，都是中国的象征；而金字塔及狮身人面像象征埃及；埃菲尔铁塔象征法国；枫叶象征加拿大；红十字象征生命和健康；红色象征兴奋的、革命的胜利的意念；白鸽与橄榄枝象征和平等等。例如我们所共知的"中华牌绘图铅笔"包装，就是以华表的图形作为商标，象征着"中华"这一含义的。又如曾在我国举行过的第十一届亚洲运动会的会标，就是以象征中国的长城图形变化为英语字母"A"来表达第十一届亚运会在中国举行这一含义（"亚洲"的英

语译法为"ASIAN"，第一个字母为"A"）。

（3）联想法：联想法是借助于某种形象引导观者的认识向一定方向集中，由观者产生的联想来补充画面上所没有直接交代的东西。即借助于某种形象引导消费者的认识向一定的方向集中，由消费者自己头脑中产生的联想来补充包装画面上所没有直接交代的东西。这也是一种由此及彼的表现方法。比如我国的戏剧艺术，演员在表演时舞台上不可能出现真船真马，而通过演员手中的一支船桨、一根马鞭的舞蹈动作，便使观众感受到了行船、走马的情景，这就是联想的运用。人们在观看一件设计作品时，并不只是简单的视觉接受，而总会产生一定的心理活动。一定心理活动的意识，取决于设计的表现，这是联想法应用的心理基础。联想法所借助的媒介形象比比喻形象更为灵活，它可以具象，也可以抽象。各种具体的、抽象的形象都可以引起人们一定的联想，人们可以从具象的鲜花想到幸福，由蝌蚪想到青蛙，由金字塔想到埃及，由落叶想到秋天等等。又可以从抽象的木纹想到山河，由水平线想到天海之际，由绿色想到草原森林，由流水想到逝去的时光等等，都会使人产生种种联想。例如江西樟树制药厂出品的"阿胶"包装，运用中国画的传统表现形式，绘出了张果老倒骑毛驴的情景，就使人联想到阿胶是用驴皮熬制而成，张果老是位仙人，从而起到了向消费者传达商品功效的信息。我们在前而曾提到过的"宽频带立体声耳机"的包装，作为衬托作用的背景——抽象几何图形，

也正是运用间接的手法使消费者产生"立体声"的联想，这是运用联想的间接表现手法，向消费者传达难以直接通过视觉形象来表达意念的例子。也有的包装，本来可以直接在画面上展示商品的形象，但为了追求与众不同的新貌（也就是创新），因而采用间接表现使人产生联想的手法。例如"牡丹牌MD35A型照相机"的包装，即采用了抽象的平面构成图形，使人产生图形→照相机快门→照相机的概念联想，画面简洁，构思巧妙，具有强烈的现代气息，符合商品的属性，与同类产品包装装潢相比，具有明显的自我特色，与众不同，突出了差别性。

运用文字装饰画面进行联想，也是间接表现法之一，但这一定要有相当的基础，比如知名度较高等才行。例如我国的"郎酒"包装，画面上主要突出了一个"郎"字，人们就能从中体会到全国十大名酒之一的郎酒之全部价值。

联想法的特点在于它所赖以表达媒介形象在含义上应该是为人们所公认的，因此是一种既富于生活气息又富于浪漫色彩的表现形式。

（4）装饰法：另外，在间接表现方面，还有不少包装，尤其是一些高档礼品包装、化妆品包装、药品包装等往往不直接采用比喻、联想或象征手法，而以纯装饰性的手法（即无任何含义）进行表现。采用纯装饰性的手法时，也应注意装饰的一定倾向性，用这种性质倾向性来引导观者的感受。例如日本一种消除眼睛疲劳的药水包装及羟氨苄青霉素包装，就是采用纯装饰性的抽象图形作装饰，给人以现代化产

品之感受。又如南朝鲜的一种巧克力包装、日本的"酒"酒包装等，也都是采用纯装饰性手法的范例。

直接表现法和间接法表现除了可以通过以上所述的手法来表现外，还可以互相结合运用。例如前面曾提及过的"宽频带立体声耳机"包装就是直接与间接表现相结合运用的实例。

三、包装设计构思与表现的形式规律

包装设计创意构思，确定了表现手法之后，接下去就要考虑表现形式的问题，这仍然属于如何表现的范围。手法是内在的"战术"问题，而形式是外在的"武器"，是设计表达的具体语言，是具体的视觉传达设计。

表现形式是多种多样的，很难说得清有多少种。由于电子、化学等科技领域内的技术发展，新的表现形式层出不穷。但是，不管表现形式有多少种，在运用之时一定要考虑到期商品的属性（是属于何种性质的商品？是食品类还是药品类？是日用商品还是工具类商品？是文体用品还是玩具类商品？是电子产品还是机械产品？是低档、中档、中高档还是高档商品？销售对象是谁？等等），要运用得恰到好处，才能充分地表现商品，更好地向消费者传达商品的信息。

表现形式通常有：水彩画、水粉画、中国画、喷绘、摄影、书法、版画、烙画、彩绘装裱、天然材料加工、电脑制作等等。另外还有烫印电化铝、压印凹凸的形式，也是经常使用的。这些形式的使用，也都要视商品的属性和档次而定，切

图1

图2

图1
"东方之星"包装设计大奖赛 学生组 入围奖
"康启"健康保健器械包装
上海工程技术大学艺术设计学院 王晨佳
图2
"东方之星"包装设计大奖赛 学生组 入围奖
"兰蓓"植物沐浴系列
上海工程技术大学艺术设计学院 金辰华

图1

图2

图3

不可予以滥用。

包装设计创意构思，要从产品、消费者和销售三个方面加以全面推敲研究，使设计最后达到具有良好的识别性、强大的吸引力和说服力。即：能够具有清晰突出的视觉效果，明朗准确的内容表达和严肃可信的产品质量感受，这是包装设计的最终目的。在回答"表现什么"和"如何表现"这两个问题中，要注意信息传达力和形象感染力这两个方面。

尽管各人有各自的设计创意构思特点，但其中却有一条基本的共同规律，即"千锤百炼、妙手偶得"。这也可以说是任何设计、任何艺术创作的共同规律。我国一些老一辈的包装设计家根据自己长期实践，总结出一条设计创意构思的经验，叫做"先做加法再做减法"。所谓"加法"就是从多方位、多角度来探索各种设计创意构想，同时画出大量的创意构思草图。这样探索的过程也可以说是

"千锤百炼"的过程。有了这一过程作基础，然后才能作"减法"，也就是去粗取精、由表及里、由浅入深，在大量的草图中深入推敲，进行优选。这种"减法"帮助我们从量变到质变，就有可能达到"妙手偶得"的程度。一件优秀的设计，从表面看来也许是一次轻松的偶得机会，实际上都经历了千锤百炼的艰苦设计过程。我们在上面介绍的国外于20世纪70年代开始流行的"定位设计"，实际上也就是在做"加法"的基础上求得正确的设计创意构思定位。这一设计理论与我国老一辈包装设计家的设计经验的一致性，证明了设计有它的共同规律。

四、包装设计构思与表现的形象

在消费日趋个性化，营销手段多样化，现代包装设计从已往的商品保护、美化、促销等基本功能演变为更加侧重设计的表现化。多视角和视觉表现的时代特征，通常是通过品牌、产品和消费者这三个基本因素而体现出来的。在课堂上，为了让学生能找到现代包装设计定位准确的诉求点，可以直接或间接采用以下几种常运用的形象：

1.以商品自身的图象为主体形象

也就是商品再现，通过写实的商品照片直接运用到包装设计上，这样可以更直接地传达商品的信息，也会让消费者更容易理解与接受。（图1）

2.以生产原料为主体形象

这类包装设计主要是突出原料的个

性功能。（图２）

3.以品牌、商标或企业标志为主体形象

这类往往是原有品牌、商标或标志在市场上已经有较大的知名度，只要进一步强化就很容易受到消费者的接受。（图３）

4.以商品用途或产品特有的色彩为主体形象

如茶叶的绿色，巧克力的棕色等。（图４）

5.以产品或原料产地作为主体形象

（图５）

图4

图5

图1
以商品自身的图像为主体形象。它主要是通过写实的商品照片直接运用到包装设计上，可以更直接地传达商品的信息，让消费者更容易理解与接受。

图2
以生产原料为主体形象。这类包装设计主要是突出原料的个性功能。

图3
以品牌、商标或企业标志为主体形象。它往往是原有品牌、商标或标志在市场上已经有较大的知名度，只要进一步强化就很容易受到消费者的接受。

图4
以商品用途或产品特有的色彩为主体形象。如茶叶的绿色、巧克力的棕色等。

图5
以产品或原料产地作为主体形象。

6.以强调商品自身的特点作为主体形象

如果汁可强调它的纯浓和新鲜。（图1）

7.以使用对象为主体形象

如儿童奶粉包装可以用儿童作为主体形象。（图2）

8.以日常生活常见的动物、植物、花卉等作为主体形象

（图3）

9.以特有的底纹肌理或纹样为主体形象

这类包装设计要根据产品本身的性质而进行，如一些中国传统的食品包装就可以运用一些中国传统的纹样，这种设计更具民族特色。（图4）

10.以文字的特殊效果为主体形象

文字是传达信息最直接的方式，也符合不同层次的受众群体。（图5）

图1

图2

图3

图 1
以强调商品自身的特点作为主体形象。如牛奶可强调它的纯白和新鲜。

图 2
以使用对象为主体形象。如儿童奶粉包装可以用儿童作为主体形象。

图 3
以日常生活常见的动物、植物、花卉等作为主体形象。

图 4
以特有的底纹肌理或纹样为主体形象。它根据产品本身的性质而进行，如一些中国传统的食品包装就可以运用一些中国传统的纹样，这种设计更具民族特色。

图 5
以文字的特殊效果为主体形象。它是传达信息最直接的方式，符合不同层次的群体。

图 4

图 5

Packaging
Art
Design

第四章

包装容器造型设计

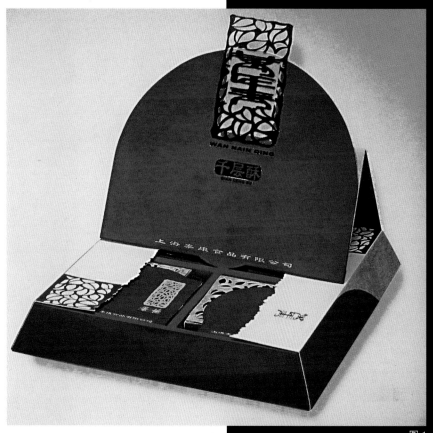

图1

第一节
包装容器设计概述

一、包装容器设计的目的意义

容器是包装不可缺少的组成部分，容器的造型与使用目的有着直接的关联，容器大多用于玻璃、陶瓷、塑料制作的酒、饮料、化妆品的包装。现代的包装容器设计已不是普通意义上的概念了，它是社会中的一个不可忽视的美的组成部分。一件好的包装容器能引起人们心情的愉悦和美的联想，而且能点缀人们的生活，影响人们的观念，促进社会的进步。

由于每一个历史时期文化、科技、审美爱好和社会习俗等不同因素，影响着包装容器设计发展的风格和特色，譬如原始社会产生不了今天的工业产品设计，原始的居住条件和社会背景产生不了今天的室内设计等。

原始时期的造型是以实用为主，装饰仅以朴素的图纹来表现，后来逐渐出现了同样功能的包装容器，但有很多不同形态的造型，丰富了文化生活。另外，同一类型的造型，在不同历史时期有着明显的风格特点。以碗为例：从原始时期的陶钵发展到清代的彩绘碗，这个历史演变过程，包含着每个历史时期材料和工艺技术的改进以及文化的发展、审美爱好的不同和特点。秦代制陶工艺的空前创举，汉代漆艺的艺术成就，唐代造型的雍容、大方、端庄、饱满，宋代造型的挺拔、俏丽的艺术风格等，都表明了文化与科学技术的发展对工艺美术的影响。

图2

图1
"东方之星"包装设计大奖赛 学生组 铜奖
"万年青"千层酥
上海大学美术学院 王 蓓
图2
"东方之星"包装设计大奖赛 专业组 铜奖
"好时"巧克力包装系列
上海九木传盛广告有限公司

包装容器对外观造型的要求是十分高的。容器造型格调的高低,线条优美与否,与产品精神、气质的配合是否恰当,以及使用功能的优势等,包装容器会决定这个产品的销售成败。在人类生活的社会中,为了生活或工作的需要,产生了各式各样的包装容器,它为人类生活提供了方便。其中,有以实用为目的的,有以观赏为目的的,也有既实用又可陈设观赏的。现代包装容器设计的目的是既要适应社会的实用性,又要满足人类社会对美的需要。包装容器设计虽不同于其他艺术可以反映明确的思想内容,但它以其造型的多样变化和艺术性,反映出美的特征和健康的情调。

二、包装容器的分类

一般来讲,所有能够盛装物质的造型都可称为包装容器。从材料上可分为玻璃包装容器、竹木包装容器、陶瓷包装容器、金属包装容

图2

器、塑料包装容器、草包装容器、皮革包装容器、纸包装容器等;从用途上可分为酒水类包装容器、化妆品类包装容器、食品类包装容器、药品类包装容器、化学实验类包装容器等。从形态上可分为瓶、缸、罐、杯、盘、碗、桶、壶、碟、盒等。(图1、2、3、4、5)包装容器包含的面很广,在视觉传达设计专业中研究的是日用品包装容器,其中以食品酒类、化妆品类的包装容器设计为主。

三. 包装容器设计与科学技术的关系

1.包装容器设计与人体工程学的关系

人体工程学是根据人的解剖学、生理学和心理学等特性,了解并掌握人的活动能力及其极限,使生产器具、生活用具、工作环境、起居条件等与人体功能相适应的科学。实际上现代对人体工程学的研究涉及面很广,只要与人类生活有关的各个方面都是研究对象。因此,人们提出现代设计的任务就是造型与人相关功能的最优化,设计是针对人的行为方式与造型环境的相互作用,它的内容既包含理性因素,又包含大量直觉和情感因素。体现在包装容器设计上面就是大小应适合实用和审美要求,触觉舒适,使用方便,符合生理与心理要求等。(图6)

2. 包装容器设计与环境因素

现代的环境需要现代感强的包装容器进行配置。文化品位上的搭配,形状上的吻合,色彩上的和谐等都形成了

图1

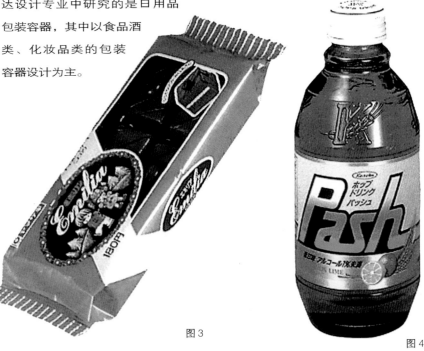

图3

图4

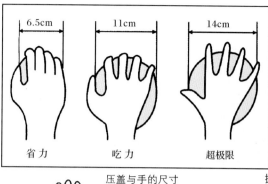

6.5cm　11cm　14cm

省力　吃力　超极限

压盖与手的尺寸

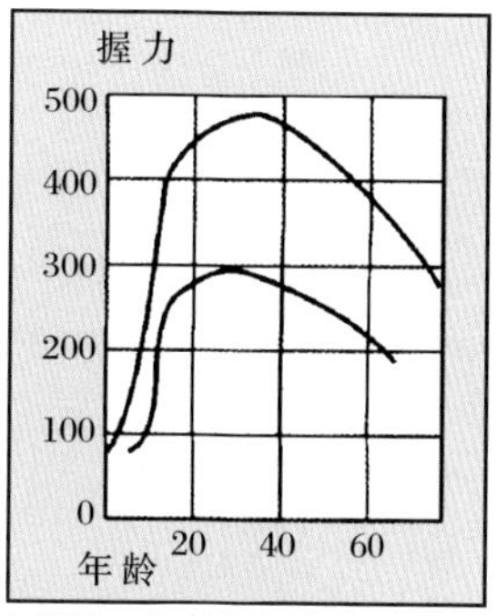

握力

500
400
300
200
100
0

年龄　20　40　60

握力指数—年龄与握力大小的关系

手幅

男（cm）		女（cm）	
大	9.7	大	8.7
中	8.7	中	7.6
小	7.6	小	6.6

成年男女的手幅与手部的测量参数

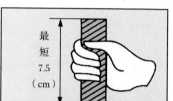

最短
7.5
(cm)

φ最大9（cm）最小2.5（cm）

容器的最佳直径尺寸和长度

图6

图 1　罐装容器

图 2　盒装容器

图 3　袋装容器

图 4　瓶装容器

图 5　提袋装容器

图 6

人体工程学是一门根据人的解剖学、生理学和心理学等特性，了解并掌握人的活动能力及其极限，使生产器具、生活用具、工作环境、起居条件等与人体功能相适应的科学。

包装容器本身与环境的关系，这也给包装容器设计提供了一个目的性或针对性。例如以前农村用的粗瓷大黑碗，试想使用在麦当劳、肯德基的快餐桌上一定是有不伦不类之感觉。所以说现代社会、现代文化对产品有着现代的审美要求。朴素大方是美的，华丽高雅也是美的，关键是与环境配置得当。包装容器与环境应是相互适应的，必须达到一种和谐的美感。另外，还要注意所设计的包装容器是在人的活动范围的哪些部位或区域，要考虑包装容器的视觉效果等因素，以防透视变形与错觉对包装容器效果的影响。

四、包装容器设计的基本要求

1. 包装容器设计的功能要求

功能第一性，功能决定形式，它是包装容器设计的最基本的要求。例如茶

图 5

55

壶的设计首先考虑的是茶壶的使用特点：（1）材料不渗水、易清洗等；（2）有入水的壶口、出水的壶嘴及相应的技术工艺要求；（3）有滤茶功能；（4）有便于操作的把手；（5）有进气孔等。在具备了这些功能的基础上，壶的基本形态已具备，然后还要赋予它一个美好、独特的外观。综合起来有以上五个基本因素。

容纳功能——这是包装容器的首要功能。包装容器应能可靠地容装所规定的被包装产品数量，保证不会出现任何泄漏和渗漏，使被包装产品在运输、装卸、使用过程中不受损坏，且自身满足强度、刚度和稳定性要求。包装容器所用材料对被包装产品也是安全的，两者不发生互相作用。

被包装产品质量功能——这是包装容器结构设计的研究对象，在进行结构设计前必须明确包装容器的性能、构造，包括用途和特性、形状和物态、质量和尺寸、易损性、耐水性、防锈性、抗霉型、污染性、耐久性，以及使用方便性和操作的安全性等。

环保的要求——由于社会的地域性或习俗等原因对于包装容器应有环保的要求。被包装产品、包装容器材料及流通的环境条件，即包装容器的结构应具有宜人性。包装容器的结构和形状不应危害人体，在使用过程中要适应人体的操作和搬运。

2. 包装容器设计的经济要求

包装容器设计必须了解工艺流程及特点要求，使设计适合工艺生产。注意包装容器设计与成本的关系，使设计的包装容器与销售价格相匹配。要以设计的合理性来减少生产、流通中的破损和浪费。

3. 包装容器设计的美感要求

包装容器的结构应适应造型和装潢设计，符合商品的美学要求，满足人类对于形与色的爱好或对于装饰的要求。包装容器设计应具备独特的风格、便利的功能和新颖的包装容器造型，体现外形美和功能美。

包装容器设计在功能得以满足的基础上，将材料质感与加工工艺的美感充分体现于包装容器造型本身。包装容器设计的美感要求，具体体现在包装容器的形态上：

（1）形态的设计要符合功能的需求，符合材料加工的工艺要求；

（2）符合大众的审美水准与情趣，要有地域性的区别和针对性，要有不同层次的文化人群的针对性，要符合美的法则；

（3）不能有丑陋、低俗、不益于社会及不良影响的包装容器造型形态。

第二节
包装容器设计的形式规律

一、变化与统一

在各种艺术创作和设计的过程中，变化与统一是一个普遍的规律。只有变化无统一的设计给人一种无条理杂乱之感，只有统一无变化的设计给人一种呆板无生气之感。在包装容器设计中变化是指造型各部位的多样化，而统一是指造型的整体感。

二、对比与调和

1. 线形对比

在包装容器设计中所谓的线形，主要是指造型的外轮廓线，它构成了造型的形态。线形归纳起来可分曲线与直线两大类，但变化是无穷的。每种线形都可以代表一种情感

因素，正确运用好对比与调和的关系是造型的关键因素。

线型也直接影响产品的功能，例如酒壶壶嘴的线形会直接影响酒的流速与定点。一个功能合理的茶杯口部都有微妙的外倾现象，这些都是为了符合人与物的触觉感受及水流的性质而设计的。

2. 体量对比

造型的体量是指形体各部位的体积在视觉上感到的分量。体量的对比对造型来讲是不可缺少的艺术手段，运用得恰到好处，可以突出形体主要部分的量感和形态特点，使其性格更加鲜明、耐人寻味。

3. 空间对比

每一个实体都需要一个空间位置，这种空间在造型上称为实空间。造型中也有虚空间，它是指造型本身的一些附加件所形成，例如壶的提梁、杯的把手、瓶的耳等。

造型由于采用的提梁、把手、耳等构件的多样化，给整体造型带来不同的感觉和不同的风格，直接影响整体的设计效果。

在设计包装容器时，要考虑实空间与虚空间之间的比例与对比关系，不能喧宾夺主。

4. 质感对比

质感的对比在设计中主要从材料与装饰效果上来体现，它可以使造型效果产生多样性的变化，产生一种美感，可以使精细的部位更突出，效果更鲜明。

新材料的运用，在设计上能强烈体现一种现代感的装饰效果。例如在玻璃造型的主体上，局部采用金属、木质或塑料等，会产生一种材料的对比美感。

5. 色彩对比

在现代设计中材料的优质运用成为重要的一环，材料色彩的运用对包装容器设计的合理性和艺术性的关系也很大。

三、重复与呼应

在系列产品与配套产品中，以重复造型的主要特征来达到配套造型的整体呼应关系。单体包装容器造型为了强调线型的特点或丰富造型结构，也往往采用重复的艺术手段，这是在各种艺术创作中都常见的现象。

四、整体与局部

设计必须要克服为了追求变化而在局部上采用堆砌、拼凑等毫无意义的变化。造型的局部要服从整体的要求，造型局部的变化是为了整体的内容丰富，不能繁琐，不能破坏整体关系的和谐统一。整体是指造型的基本风格特点，造型的局部有各种线角、口部造型和底部结构等，在符合整体风格基调的前提下，将局部处理得精确到位，有个性，使造型的特点更加突出，使局部的处理在整个设计中起到"画龙点睛"的效果。

五、节奏与韵律

在艺术领域里，各门艺术都是相互联系的，音乐中有节奏和韵律，绘画、雕塑中有节奏和韵律，包装容器设计同样需要节奏和韵律的美感因素。那些和谐的点、线、面、比例、均衡、材质、色彩的反复和组织，就潜伏着节奏与韵律的因素。有节奏、有韵律的形态蕴藏着一种美感。造型的节奏和韵律靠对设计中表现形态的诸因素的组织与把握来获得。

六、生动与稳定

包装容器造型的稳定是人们对造型最基本的要求。造型中的稳定有两方面：实际使用的稳定与视觉感觉的稳定，设计要求两者统一，做到：

1、使用的稳定性；

2、视觉上的稳定性；

3、视觉上的生动性。

包装容器要在使用中放置稳定，移动方便，但还不能过于呆板，失之生动。生动是造型中的美感因素。包装容器应该是用之稳定，观之生动。生动的获取主要是在造型的线型变化与整体情调上的吻合处理。

七、比例与尺度

无论从实用功能的角度，还是从审美角度来谈造型，都离不开比例与尺度。比例是指造型的前后左右、主体与附件、整体与局部的尺寸关系，而尺度则是根据人们的生理和使用方式所形成的合理的尺寸范围。

1. 功能要求的比例

生活中的包装容器造型无以数计，各具形态，各有特色，各有比例。它们形成的决定因素，首先是功能的要求。

瓶类造型用来盛流动的物质，如水、酒、油等，造型的口径较小，便于堵盖、封口及控制量。由于所盛物质的性质不同，瓶有大有小，瓶口也大小不同、造型比例不同。不同的包装容器由于不同的功能要求，造型都有各自的特点和比例。

2. 审美所要求的比例

为了满足人类对美的要求，使人类生活更加丰富多彩，设计中必须要考虑到美的因素，把握美的规律与比例。

3. 材料工艺所要求的比例

材料和加工工艺是实现设计意图的关键，抛开材料与加工工艺搞设计

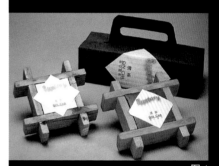

图 1

图 2

图 1

"东方之星"包装设计大奖赛 学生组 入围奖

"清茶"包装

上海工程技术大学服装学院 吴蓓莉 印 蒙

图 2

"东方之星"包装设计大奖赛 学生组 入围奖

"中国京剧"脸谱包装

上海工程技术大学艺术设计学院 徐盈文

图1A

图1B

是绝对不行的。就陶瓷来说，它必须经过高温烧成等工艺过程，原料在高温烧成过程中有一个熔融的阶段，如果造型的比例不合理，就会出现变形现象。

4. 包装容器的尺度关系

日用包装容器的尺度与功能要求的尺寸同人们长期以来使用习惯所形成的大小概念有直接关系。拿酒瓶来说，为了单手使用的方便，酒瓶的直径或厚度不能大于手的拇指与中指展开的距离。而大香槟类酒瓶不同于一般的酒瓶尺度，由于容量较大，使用的方式为右手托住底部凹进处，左手托住瓶身。

八、透视与错视

1. 透视

在包装容器造型设计过程中，经常见到这样一个问题：拿立体造型与图纸

造型相比，尽管立体造型是完全按图纸尺寸完成的，但立体造型总感觉细小，图纸上的造型总感觉宽大。还有小件造型，像球型类造型，本来图纸上最大直径以上部分尺寸与以下部分尺寸完全相等，但由于使用范围大多数是处在人的视平线以下，所以实际视觉上感觉则上大下小，这种现象我们称为"透视变形"。

2. 错视

错视，即人的视觉对物象的一种错误的感觉。在包装容器造型设计中经常会遇到错视现象，要想获得一个线条挺拔的圆柱体的杯子，在处理腹部线条时，就必须处理成稍有外弧的线

图3

条，方能得到直线的感觉。

第三节
包装容器设计的步骤

一、包装容器的设计程序

每套设计方案都伴随着一套设计程序。包装容器设计的程序大致分八个步骤：1、就有关造型和信息等方面进行针对性的调查和资料搜集；2、汇总所调查的资料进行分析；3、推出设计的文字方案；4、材料工艺的选用；5、设计形象稿与设计说明（图1）；6、容量的计算（图2）；7、绘制工艺制作图和产品效果图；8、包装容器的石膏模型制作。（图3）

二、包装容器的容量计算

器皿容量的计算可以根据几何学

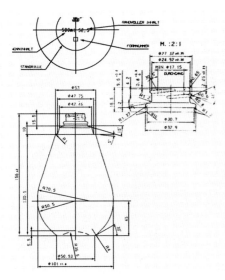

图2

中圆柱体的体积公式来进行。非圆柱体的造型，我们必须根据器皿各个部位不同的尺寸，分别、分段计算，然后，将各个部位的数字相加，求得整体的体积。

根据公式：体积×比重=重量

所以在所盛物质为水的情况下(水的比重为1)，重量=容量。容量单位为ml。

三、包装结构设计的力学原理

包装结构设计中包含了许多力学基本原理，如容器的抗压强度、刚度和稳定性计算；应力集中问题；压力容器的强度计算；金属结构的弯曲、冲压成型中的力学问题等等。

1. 材料的力学性质

容器的力学性质不仅与结构有关，而且还与材料的力学性能密切相差，所以必须研究材料的力学性能。力学性能是通过试验方法来测定，一般通过拉伸与压缩试验来进行测试。

（1）材料拉伸力学性能。当结构设计时，一般要求受力材料在弹性范围内。但当冲压加工等生产过程中则应利用材料塑性变形的特性。

（2）材料其他力学性能。如材料的蠕变性能：即在一定温度与应力下，材料随时间缓慢地发生塑性变形的现象。金属材料在高温下才有蠕变现象，而聚合物在常温下也会发生。应力松弛：即在规定温度与初始变形的条件下，材料的应力随时间而逐渐减小的现象称作应力松弛。材料在交变应力作用下的疲劳极限：即在运输过程中包装件在振动与冲击的反复作用下，在受到的应力远低于屈服极限时，经过一段时间后会遭到破坏。所以在结构设计时要考虑到疲劳极限，减少应力集中，提高产品表面的光洁度等。材料硬度：硬度有多种度量方法，一般是采用压痕法，即表示材料在一个小的体积范围内抵抗塑性变形的能力。材料的断裂韧度：反映材料抵抗裂纹扩展的能力，由试验测试得出。

(3)材料设计指标与应用

强度指标：反映材料抵抗塑性变形的能力指标，如屈服极限、强度极限、疲劳极限、蠕变极限等，是强度计算的主要依据。

刚度指标：反映材料抵抗弹性变形

图1
设计效果与简要说明示意图
图2
容量的计算、绘制工艺制作图和产品效果图
图3
包装容器的石膏模型制作

图4

图5

图4
"东方之星"包装设计大奖赛 学生组 入围奖
"阿米"军事休闲服
上海工程技术大学艺术设计学院 顾宙知
图5
"雷蒙"葡萄酒包装
上海应用技术学院艺术设计系学生 黄冶方
指导老师 汤义勇

的能力的指标，如弹性模量、切变模量等，在涉及构件弹性变形的问题时，如刚度、静不定和稳定问题的计算都要用到这些指标。

塑性指标：表示材料可产生塑性变形量的程度，如断面收缩率等，这是材料冲压成型设计的基础。

韧度指标：反映材料强度和塑性的综合表现，是能量指标。反映材料在变形或断裂过程中吸收能量的能力。是选择材料的一个重要指标。

2.结构的刚度问题

在包装结构设计中要考虑的一个很重要的问题就是结构的刚度问题，包装容器如纸箱、纸盒、金属罐、塑料容器等都必须具有一定的刚度，即结构抵抗变形的能力，这样才能较好地保护好产品和包装结构本身。不同的结构有不同的刚度计算方法，在设计时应根据具体情况加以选择。一般来说，提高构件刚度的方法主要有：选择弹性模量较大的材料，提高材料厚度与抗弯截面模量在结构上增加加强筋(如钢桶、罐、塑料容器等)。

3.结构的稳定性

当细长杆件或薄壁结构(如木箱结构中的立柱、瓦楞纸箱板等)受到压力作用时，即使受到的应力远低于材料的强度极限，也会由于失去平衡而突然快速变形，甚至破坏，这种现象称作失稳。

四、包装容器的工艺制作图和 效果图

包装容器造型的制图是根据制图的统一具体要求，绘出造型的具体形态，然后将比例与尺寸标注出来，作为造型生产制作的依据。

1. 三视图

根据投影的原理画出造型的三视图：即正视图、俯视图、侧视图。在制图中对三视图的安排一般为：正视图放在图纸的主要部位，俯视图放在正视图的上面，侧视图安排在正视图的一侧。根据具体情况，某些造型只需画出正视图和俯视图，部分带有构件的造型也可以单独画出侧视图，位置在正视图的一侧。

2. 线型的运用

为了使图纸规范、清晰、易看易懂，轮廓结构分明，必须使用不同的规范化线型来表示。

（1）粗实线：能用来画造型的可见轮廓线，包括剖面的轮廓线。宽度：0.4～1.4毫米。

（2）细实线：用来画造型明确的转折线、尺寸线、尺寸界线、引出线和剖面线。宽度：粗实线的1／4或更细。

（3）虚线：用来画造型看不见的轮廓线，属于被遮挡但需要表现部分的轮廓线。宽度：粗实线的1／2或更细。

（4）点划线：用来画造型的中心线或轴线。宽度：粗实线的1／4或更细。

（5）波浪线：用来画造型的局部剖面部分视图的分界线。宽度：粗实线的1／2或更细。

3. 剖面图画法

为了更清楚的表现出造型结构及器壁的厚度，必须将造型以中轴线为准，把造型的1／4整齐地剖开去掉，露出剖面。

剖面要用规范的剖面线表示，以便与未剖开部分区别。规范的剖面线有三种：（1）用斜线表示；（2）用圆点表示；（3）用完全涂黑的方法表示。

4. 墨线图画法

首先用铅笔画好草图，然后固定在画板上，再将硫酸纸蒙在原图上，并固定好，不可错位。然后从左到右，由上到下，先画长线，后画短线。同方向的一次画，同样粗细的一次画，先画粗线，后画细线。

5. 尺寸的标注

准确详细的把造型各部位的尺寸标注出来，以便识图与制作使用。根据要求标注尺寸的线都使用细实线。尺寸线两端与尺寸界线的交接处要用箭头表出，以示尺寸范围。尺寸界线要超出尺寸线的箭头处约2～3毫米，尺寸标注线，距离轮廓线要大于5毫米。

尺寸数字写在尺寸线的中间断开处，标注尺寸的方法要求统一。垂直方向的尺寸数字应从下向上写。图纸上所标注的造型的实际尺寸数字，规定是以毫米为长度单位。所以图纸上不需要再标单位名称。圆型的造型，直径数字前标直径符号φ，半径数字前标半径符号R。字母"M"在图中代表比例，在"M"之后第一个数字代表图形的大小，第二个数字代表实际造型的大小。如1：2。表示所画造型的大小是实物的二分之一。图纸中的汉字与数字要求工整、清楚。

6. 工 具

（1）绘图板：1块

（2）铅笔：HB、2H、4H各1支

（3）绘画墨水笔：粗、中、细各1支

（4）直线笔：1支

（5）绘图笔或针管笔1套

（6）圆规：能够换铅笔芯尖和鸭嘴笔的各1个

（7）三角板：大、小各1套

（8）曲线板或蛇尺1个

（9）丁字尺：1把

另外，还要准备绘图纸、橡皮、硫酸纸、绘图用炭素墨水等材料。

7．效果图

效果图的目的是完整、清楚地将设计意图表现出来。它注重表现不同材料质感及材料在设计中运用的效果。绘图方法有手绘法和喷绘法或两者结合使用等。效果图要尽可能表现出成品的材料、质感效果。底色以简单、明了、突出为好，不可杂乱或喧宾夺主。

第四节
包装容器设计的方法

包装容器的造型设计是一门空间艺术，设计者运用各种不同的材料和加工手段在空间创造立体的形象。设计者进行的是一种立体设计，研究的是立体效果，在设计中运用各种艺术手法，以追求包装容器的形体美、材料美和工艺美的目标。包装容器的设计方法可归纳为以下六种：

1．线条法

线条法是包装容器设计中最首要和最基本的方法。设计者面对一张白纸，首先是运用各种线条进行设计。线是造型的最基本的形式要素，正确、合理地运用线，是造型设计的成功与否的关键。线分两种：一种是型体线，一种是装饰线。型体线是指表示正视图、侧视图、仰视图和俯视图的线，是决定容器形状的线；装饰线是指依附于型体的线，带有装饰性，是不影响整个形状的线。例如：一个圆柱形的型体，表面布满了斜线，这个斜线不改变圆柱型体；所以，这个线

就称为装饰线，而决定圆柱型的线就称为型体线。然而，无论是型体线或是装饰线，都表示一定的面，它包括了整个型体的结构和空间；因此，设计者必须对线进行充分的研究，要研究各种线的性质和情调，更应该研究线在造型设计中的有机结合。

根据线的表观力，线条法大致又可分为硬线和软线两种。硬线有垂直、水平及斜线等，垂直线给人以高耸、挺拔、升腾、雄伟之感；水平线给人以平稳、安定、宽广之感；斜线有冲击、前进的动感。软线有曲线、弧线等，曲线富有弹性、优美、活泼、运动之感；弧线给人以圆润饱满的感觉。这些线本身是没有生命的，但经过设计者的巧妙应用，便成为有生命的了。设计者运用线条时应该研究线的形式规律，例如：变化和统一、对比和调和、对称与平衡、韵律与节奏、呼应与连贯等等，这是一切艺术的形式规律，造型艺术均如此。

（1）变化与统一。应注意在变化中求统一，统一中有变化。如CD香水是一个运用垂直线和水平线的瓶型，只在棱角尖部变化为折线，有一种庄严、雄伟之感，像一座纪念碑(图1)；日本资生堂香水瓶也是一个用垂直线和水平线造型的例子，只在瓶子的底部稍有弯曲，其成型

图1

图1
"CD"香水。它是一个运用垂直线和水平线的瓶型，只在棱角尖部变化为折线，有一种庄严、雄伟之感，像一座纪念碑。

图1

具有刚中有柔的统一变化，使产品更具女性用品特点。(图 1)

(2)对比与调和。对比可以使型体更清朗、有力，对比时应注意调和。如法国的小型喷雾香水瓶，整个造型设计成菱形，在瓶身部分也用斜线组成菱形的格子，使型体线和装饰线取得了很好的调和。两种菱形形成了立体与平面、大与小的对比。

(3)对称和平衡。对称有绝对对称和相对对称，绝对对称要求上下左右前后都对称，相对对称指一个面的对称或局部对称。型体不对称的造型要求达到视觉平衡，例如：一护肤霜化妆品的容器，左右斜线长短并不对称，但瓶身左右的高低不同，达到了视觉上的平衡(图 2)。因此平衡如同"秤"一样，支点并不

图2

在中间。

(4)节奏和韵律。节奏是指有规律的反复所产生的美感，韵律是指由起伏变化、抑扬顿挫所产生的美感。如法国"CD"香水瓶造型，全部是软线设计，像一个玻璃器皿，盖子用整块的实心体玻璃制成，两只低垂的角，紧靠着瓶身，感觉十分别致、新颖，柔软而有韧性，充满韵律感。(图 3)

(5)呼应与连贯。呼应可使型体更生动，更富有古趣，连贯主要指气韵连贯和形体连贯。日本PASHA古龙香水瓶型，取正反方向的二条杉弧线设计而成，上下对称，左右呼应，金色盖衬托出淡黄的香水，产品个性强烈，设计大胆。(图 4)

线的千变万化，决定了造型的千变万化，设计者的思路一定要有丰富的立体的想象力，一个正视图的左右两条线如果相同的话，变化它的侧视图、仰视图或俯视图的两条线，可以设计出各种各样的瓶型来。近年来不少容器瓶盖顶面都设计成圆顶，或将盖底线处理成弧线，正视图两条线不对称等等，都是设计者追求新奇的尝试。

针对不同的消费对象，商品容器造型设计的线条也不一样。一般地说男性用品设计以直线、水平线等硬线为主；女性用品设计以曲线、弧

图3

线等软线为主；老年人用的产品线条要稳重，有安定感；儿童用的产品线条要活泼有动感。

2. 雕塑法

图4

造型设计本身就是一种雕塑，设计者往往先确定一个基本型，然后进行型体的切割或组合，我们分析解剖一些容器造型，往往会发现是由多种形体的组合或切割而定。所谓切割而定，是指设计者常说削去几块面、几只角，然后再补贴上几个块面，就是这种方法的体现。基本形大致有球形、正方形、三角形、自然形等，根据这些基本型可以雕塑出各种型体来。以下举一些产品为例：

法国"CD"男香水化妆品瓶型（图5），基本型是一个长圆型体，在四个面削去四块，造成四个平面，弧形面与平面结合，感觉新颖。

"SK-Ⅱ"化妆品造型，瓶盖设计也是采用这种方法，在圆柱型的基础上削去四块，这样使银色电化铝盖的亮度更为强烈、耀眼。（图6）

"SK-Ⅱ"化妆品造型，其瓶型下端在椭圆形的基础上削成菱形，就成为多角型的瓶型，加强了玻璃的折光效。（图7）

雕塑法分为整体雕塑和局部雕塑两种：

（1）整体雕塑。即：把瓶盖和瓶身作为一个整体来造型。国外有些包装容器很像一尊现代雕塑像，讲究整体美，打破瓶盖小而低、瓶身大而高的常规，往往设计成瓶小而盖大，瓶低而盖高的形状，很有时代感。例如："HULA—ROO"化妆品，直统的圆柱型，配以圆型的透明盖，色彩强烈，感觉富丽堂皇，颇为新奇。

（2）局部雕塑。即：在瓶盖或瓶身的某一部位作装饰性雕塑。如：康熙酒，在酒瓶的颈部有两条像龙的雕塑，既装饰了容器的外型，又可作酒瓶的耳环使用。又例：美国"双子星座"化妆品，瓶盖上是一个玄：象征"双子星座"的立体雕塑。法国香水的瓶型，别出心裁地

图6

图1
"资生堂"香水瓶容器
图2
护肤霜化妆品容器
图3
法国"CD"香水瓶造型。它全部是软线设计，像一个玻璃器皿。
图4
"PASHA"古龙香水瓶造型。它取正反方向的二条衫弧线设计而成，产品个性强烈，设计大胆。
图5
法国"CD"男香水瓶容器
图6
"SK-Ⅱ"化妆品造型。它在圆柱型的基础上削去四块，使银色电化铝盖的亮度更为强烈、耀眼。
图7
"SK-Ⅱ"化妆品造型。其瓶型下端在椭圆形的基础上削成菱形，就成为多角型的瓶型，加强了玻璃的折光效。

图5

图7

将两只鸽子做瓶盖，鸽子展翅，栩栩如生，好像刚刚飞停在香水瓶，富有浓厚的诗意。日本"鹤"酒，瓶的四周用干姿百态的鹤的浮雕来装饰，加强了名酒的特定性和酒瓶的专用性。国外有的化妆品瓶的设计，用人体或动物的浮雕来装饰，并加以磨砂处理，十分别致、文雅。

雕塑法在容器设计的模型制作中，尤其被普遍运用，它可以使设计者头脑中的立体想象变成造型实体，它是检验立体想象优劣的好方法。

3. 模拟法

包装容器的型体直接模仿某一器物、动物或人物，以突出商品的特色，吸引消费者，这是一种形象化的模拟法设计。容器型体模仿的形象有以下几种：

（1）牌号形象。容器造型形象与牌号形象相一致。例：苏格兰威士忌酒瓶型，设计成一个铃的形象，因为该酒的牌号就是铃。达到了宣传产品牌号的效果。

（2）品名形象。容器造型形象与产品品名形象相一致。例：无锡"丝素膏"瓶型，设计成蚕茧的形象，让消费者一目了然，与"丝素膏"的品名产生联想。台湾的"花奇珍珠膏"，包装容器，设计成海水珍珠贝壳的形象，瓶与盖采用铰链式结构，在同类产品中较为少见。

（3）品质形象。容器造型形象与产品品质形象相一致，以宣传产品的历史悠久，品质优良或创造技术的独特。例：日本"Spec,ialage"牌威士忌酒的瓶型是模仿古希腊的巴特农神殿内的棱柱而设计的，以表示该酒的名贵感。法国"HARMONY"甜酒的瓶型，设计成

一只吉他的形象，以表示酒的性质温和，喝酒后令人心身愉快。法国许多葡萄酒的瓶型模仿生产酒的木桶罐式而设计，充分表现出妙不可言的造型美、浑厚淳朴的质感和历史的、传统的神秘感。

（4）具象形象。容器造型与产品的使用对象形象相一致。例：洗涤剂塑料容器，设计成两只线团的形象，以表示该产品的用途是洗绒毛线的专用洗涤剂。"白猫"牌洗涤剂瓶型，设计成一只球鞋的形象，以表示该产品是运动鞋的专用洗涤剂。这些容器的设计都具有强烈的商品性。有些包装容器甚至模仿消费者的形象，如有些儿童产品和妇女产品，以模仿儿童、妇女的头像进行设计。

（5）装饰形象。容器造型模仿某一种装饰品，例如：国外有一套酒瓶是以各种动物的形象进行设计的。透明的玻璃瓶盛装各种颜色的酒，好像有色玻璃制作的小动物装饰品，十分有趣。这种设计既有实用价值，而且产品用完容器本身又有装饰价值。模拟法设计要切题、合理，切忌庸俗化，模仿的对象要力求形态美。

4. 光影法

在包装容器设计中，利用光和影可以使物体更具立体感、空间感，更为奇妙。光和影是相辅相成的，没有光也没有影。型体中不同方向凹凸的面是光和影的基础，因此，要使容器具有折光效果和阴影效果，就必须在容器的型体上增加面的数量。面组织得越好，效果就越强烈。面的组织可以是规则的，也可以是不规则的，可以是尖顶的多角型面的组织，也可以是软的圆弧型

图1

面的组织，这要根据商品的性质来决定。如护发品系列的容器设计，就是以光影法为主进行设计的。色彩艳丽的透明膏体，用透明玻璃料包装，白色膏体用高白瓷瓶包装，瓶身全部用波浪曲线作装饰，象征头发的波浪形，在光的照射下，透明的玻璃瓶产生折射效果，波浪形曲线前后交叉，产生无数不同形状的线条和光点，白瓷瓶瓶身通过光的照射，产生有规律的曲线阴影，使整套产品具有较好的节奏感和韵律感(图 1)。又如香水瓶，瓶盖和瓶身布满了整齐的向内凹凸的方格，使型体增加了无数的面，瓶身是透明玻璃，瓶盖是塑料涂金，上下浑然一体，艺术效果强烈，使产品更为透明晶莹。还有洗浴护肤产品造型，用凹凸雕刻成不同深度的波浪以产生阴影，使它赋于水和波浪的

图2

感觉，非常有特色(图 2)。此外，不少食品饮料玻璃容器的设计，有意在瓶颈和瓶底处组织一些凹凸的方格，这也是与产品的性质和使用习惯密切相关的。

5. 肌理法

肌理是指由于材料的配制、组织和构造不同而使人得到触觉感和产生视觉质感，它既具有触觉性质，同时又具有视觉影响，除了自然存在以外，更可以人为创造。同一种材料可以创造出无数不同的肌理来。从宏观来讲，肌理是立体的细部，而从微观来讲，肌理又开辟了另一个奇异的空间世界。肌理简单地说就是材质感，我们平常所说凹凸、雕刻、腐蚀、喷沙等等，就是材料表面处理的一种手段，经过处理使材料具有肌理美。包装容器的设计，很大一部分就是材料和工艺的应用。就设计一个化妆品、饮料、药品和酒的包装容器来讲，至少涉及两种以上的材料，如玻璃、塑料、金属、纸(用于标贴)等，设计者不仅要考虑容器的材料，也要考虑使用何种工艺加工这个材料，使商品达到材料美和工艺美。

"高姿"成套化妆品，玻璃的瓶身和电化铝的银色套盖，都用唯妙处理，留出象征珍珠的部分，光亮和无光面形成鲜明的对比，表示出珍珠的含意，使产品具有古朴、厚淳的质感。日本的威士忌酒包装容器，上半段极为光亮，下半段犹如自然形的色块，把玻璃处理成截然不同的两种肌理，对比强烈，效果极好。日本"禅"香水瓶，黑色玻璃表面加以腐蚀处理，用印金小花色作装饰，整个瓶子虽然少了一点光度，但这正是设计者追求的效果，体现了产品浓厚的民族风格。国外有一些酒瓶设计，瓶身肌理有意制造粗糙感和蒙砂效果，标贴的质感和色彩与瓶身肌理形成对比，整个产品给人以历史悠久的印象。在容器设计中，肌理法的运用一定要造成一种对比，或明暗对比，或光毛对比，或粗细对比，使造型更具特色。

6. 镶嵌法

在容器造型设计中，把不同的材料组合在一个型体中，这是一种新颖的设计方法，我们称它为镶嵌法。这种设计在国内外运用不少，它能充分体现包装容器的工艺美，掩盖和弥补某种材料在加工中的缺陷，使有的产品以小见大。在目前所见到的镶嵌设计中有以下几种：

（1）金属与金属之间的镶嵌。例如：资生堂粉饼盒设计，采用金属电化铝作材料，全黑的光亮的电化铝盖中间镶上一块凹凸的表示牌号和花纹图案的金色金属装饰件，使商品显得格外高贵。

（2）塑料与塑料之间的镶嵌。进口的"SK-Ⅱ"成套化妆品设计，其中高盖的产品采用不同色彩的塑料镶嵌而成，结构新颖，色彩强烈(图 3)。还有国外不少包装，都在盖顶镶一块聚苯乙烯装饰件，用金色电化铝箔烫印商标或吉祥字型，以增加包装盒的光彩。

（3）金属与玻璃之间的镶嵌。如名

图3

图 1
白瓷瓶包装。其瓶身通过光的照射，产生有规律的曲线阴影，使整套产品具有较好的节奏感和韵律感。

图 2
沐浴产品造型。其瓶身上这些波纹不只是装饰花纹，而且在洗浴时，能起到手握产品不易滑落的作用。

图 3
"SK-Ⅱ"唇膏与粉饼盒包装

贵的老凤祥首饰，在扁圆型的玻璃瓶的两侧镶嵌着用真金丝制作的龙凤形象，金碧辉煌，价值昂贵。还有进口化妆品玻璃瓶，梦圆柱形瓶型上下四周镶着缕空的金属电化铝花纹，体现了华丽的欧洲风格。

（4）塑料与玻璃之间的镶嵌。这在香水瓶设计中运用较多，香水瓶由玻璃瓶体、聚胺酯塑料外套和玻璃瓶盖三部分组成，造型别致、美观。

（5）金属与塑料之间的镶嵌。在食品包装设计中，如广东月饼包装，容器盖进行了金属与塑料之间的镶嵌尝试，感觉新颖。

包装设计艺术手法的运用都是以产品为基础的，形式为内容服务。方法的运用不仅与产品本身的功能和效用有着密切的关系，与材料和工艺有着密切的关系；而且与商品的销售战略也有着密切的关系。包装容器的设计方法并不是孤立地运用的，它要求设计者融会贯通地综合运用。设计方法是在造型实践中创造的，它也将随着科学技术的发展而不断发展，新的设计手法也将有所创造。新设备、新材料、新工艺的不断出现，也为设计者提供了更多的表现手段，从而设计出更新的产品来。

第五节
包装容器模型制作方法

一、包装容器石膏、油泥模型制作方法

1. 石膏、油泥模型手工制作法

在造型中有很多异型的设计，常常需要用石膏、油泥模型的手工制作法。

（1）工具的置备

1. 用黄泥制成泥模；

2. 加入石膏粉使溶液达饱和点；　　3. 用棍搅拌成糊状；

4. 石膏模可用木板、金属片或马粪纸做成；　　5. 将石膏注入模内；

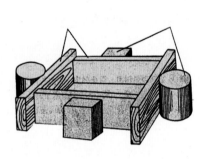
6. 在模内涂上脱模剂（凡士林或石蜡油）；

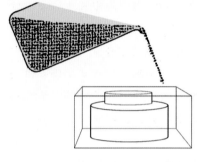
7. 待石膏硬化后即可取出石膏模型。

图1

工具刀：以壁纸刀代替即可，用来切削石膏、油泥等。

有机片：普通有机片即可，在上面用壁纸刀划上经纬线。

内外卡尺：用来测量尺寸。

手锯：截锯石膏、油泥用。

围筒：用油毡纸、铁皮或易卷起的塑料片均可。

水磨砂纸：粗细各准备几张，待石膏、油泥模型干后，用于表面打磨。

乳胶：粘接造型的构件用。

石膏、油泥粉：要求颗粒细，无杂质，用于制作模型或粘接构件用。

（2）制作方法

一般把造型分解制作，然后进行组合(图1)，像图1的造型通常可以分成四个部分，进行分段制作。先根据尺寸用油纸围起直径与③部分相同的围筒，注入石膏、油泥，制作出高度、直径与③部分相同的石膏、油泥柱体(注意尺寸略有宽余为好)，然后，放在有机片上借水磨制出粗型。②部分的制作方法同③部分。①部分的制作是用上述办法做出与①部分相同直径的石膏、油泥圆柱，然后根据厚度的需要用手锯切片，放在有机片上借水磨制出粗型。④部分的制作方法同①部分，待四个部分的粗型制完后可以趁湿用石膏、油泥将各部分粘接，也可以待干燥后用乳胶粘接。然后，待石膏、油泥干透后用细砂纸进行打磨，直到精致即可。图2为包装容器

图2

的石膏模型制作效果。

2. 石膏、油泥模型机轮旋制法

这种方法是常用的一种制模方法，但只局限为同心圆型的造型制作。

（1）工具的置备

机轮、支棒、车刀、围筒

其它：卡尺、直尺、三角尺、铅笔、线绳、铁夹等。石膏、油泥粉要求颗粒细，无杂质。

（2）制作方法

先在机轮轮盘上做出石膏、油泥柱体。根据所要旋制的造型直径尺寸，用油毡卷出圆筒，尺寸要略有余地。用线绳和铁夹固定在轮盘上的同心圆周线上。再将1：1.2的水和石膏、油泥调成浆状，注意流动性要好，以便排出气泡。把浮在上面的污物去掉，然后倒入围筒内，迅速用木条轻轻搅动或轻轻晃动轮盘，以便排出气泡。待石膏、油泥浆凝固还未硬结时，把围筒取下。迅速把柱体旋正，找出同心。然后把柱体的顶部旋平再找出造型的高度和最大直径。注意身体要正，操刀要稳。进刀不可太快，用力要均匀。多用刀尖，少用刀刃，可免跳刀现象。

握刀方法：左手在前、右手在后，将车刀并握在木棒上，木棒前头顶到机器档板上或墙上均可固定，后头夹在腋下，以方便、灵活、省力为好。

最后线型的连续与转折等部位处理要用锯条制成的修刀调整，要求严格，一丝不苟。

二、玻璃、塑料、陶瓷容器手板模型的制作方法

1. 手扳包装容器塑胶模型制作技术的价值

在加工方式上，有传统意义上的包装容器塑胶模型有手扳与激光快速成型两种。手板包装容器模型是用实物表现设计，使设计更具体直观。无论机器设备多先进，手板始终离不开精细的手工处理；先进的软件可以模拟出非常逼真的包装图，但手板不是模拟，而是真实地表现设计。任何缺陷与瑕疵都可以在包装开发的前期得以弥补和改良，使包装在开模之前有一个成熟的设计，降低包装开发的风险。

手板不仅是可视的，而且是可触摸的，可以很直观地以实物的形式把设计师的创意反映出来，目的是检验外观和结构设计。因为手板是可装配的，所以它可直观地反映出结构的合理与否，安装的难易程度，便于及早发现问题，解决问题，以避免直接开模具的风险性。因此，手板制作能避免这种损失，尽量降低开模风险，尽快占领市场，使包装面世时间大大提前。由于手板制作的超前性，可以在模具开发出来之前利用手板作包装的宣传，甚至前期的销售、生产准备工作，及早占领市场。

2. 手扳包装容器塑胶模型制作技术的工艺

手板包装容器模型可加工出精度相对较高的包装样品，应用材料主要有ABS、PC、PP、铝合金、有机玻璃、电木、玻璃、陶瓷等。

手板包装容器模型技术可以有两种用途：

（1）进行小批量的包装样品生产。

（2）改变材质；可以将由石膏、油泥、油泥雕刻的样板通过复模改变到ABS、PC、PP、铝合金、有机玻璃、电木、玻璃、陶瓷等材料。

图1
包装容器石膏油泥模型制作程序
与方法示意图
图2
包装产品的石膏模型制作效果

图3

图4

图3 图4
"东方之星"包装设计大奖赛 作品

（3）表面处理

对手板模型的处理要有多年的积累，具备非常丰富而全面的工艺，包括喷漆（亮光、亚光、金属漆、橡胶漆、珠光漆等）、喷砂、抛光、电镀（真空镀、水镀）、烫金等。

手板包装容器模型的制作，可以求助于有经验的机械加工师傅，在加工前详细地和师傅研讨图纸，圆形的造型可直接用车床车出，非圆造型要由钳工用五金工具手工加工，车、钳加工完成后进行抛光，要求惟妙惟肖、晶莹剔透的玻璃效果，根据设计喷上玻璃瓶色彩或内容物色彩，完成模型之后，进入同用户评定修正阶段，然后，修正图纸，制作更精细的加工三视图。（图1、2）

三、激光快速成型包装容器模型的制作

1.激光快速成型包装容器模型制作的价值

激光快速成型模型制作技术（RT技术）是一种用高新制造技术改造传统制造技术的技术，它包括用硅橡胶、金属粉、环氧树脂粉、低熔点合金等方法，将RP原形准确地复制成包装容器模具，这些简易模具的寿命是50~1000件，适宜包装容器试制阶段。

近年来，发展起来的快速原型制造（RPM）技术可以更快、更容易、

包装容器激光快速成型流程图

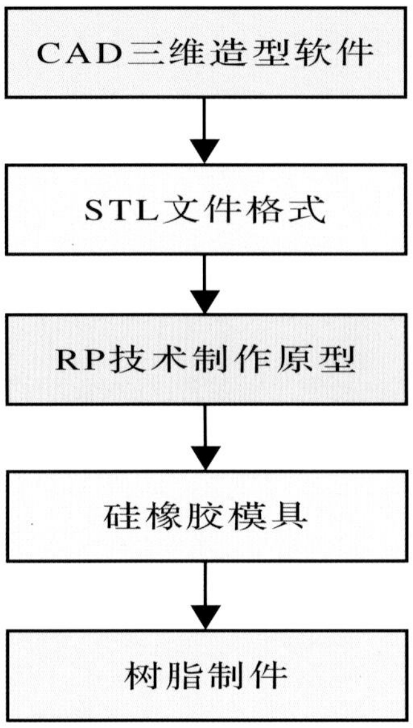

图3

更经济地设计并制造出各种复杂零件的原型，这些原型可以用作设计评估、功能测试及装配试验。但是，这些原型不是最终出售的包装，通常只有通过模具才能架起原型与包装之间的桥梁。而采用RP技术制造则是一种具有诱人前景的方法，尤其当包装容器模具几何形状复杂，传统加工成本很高甚至不可能时，RT法充分显示出其制造时间短、成本低、经济效益好的优点。

利用真空注型技术制作硅橡胶模具时，母样材质可以为金属、塑胶、木材等。

制作树脂样件时，先将树脂与硬化剂

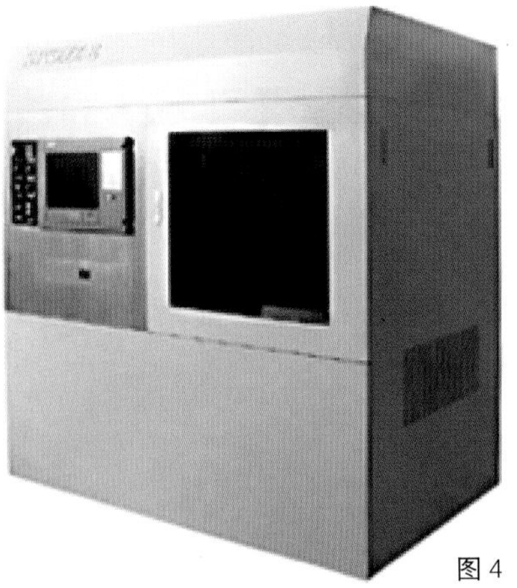
图4

按比例在真空中进行混合搅拌，再注入硅橡胶模具中。将整个模具放置到使用树脂指定完全硬化的时间，就可以拆开模具取出树脂样件。

2. 激光快速成型包装容器模型制作工艺

在计算机上使用Pro/e、UG-II、Powershape等造型软件设计出包装的三维实体造型。可保存为STL格式文件输出到RP系统，直接制作出包装的纸质原型。RP系统制作的纸质原型经过表面的后处理，就可作为硅橡胶模具的母样。组合模框后，将硅橡胶主剂与硬化剂按照比例混合注入模框，经真空脱泡，置于室温下进行硬化，剖切取出母样即可得到硅橡胶模具。在硅橡胶模具的基础上可以浇注出透明或不透明的树脂制件。流程图及成型器如图3、4所示。

（1）RP原型的准备

用于制作硅橡胶模具母样的RP系统原型，是尺寸、外型与用模具加工的零件相同，而在制作硅橡胶模具时又起分隔作用的特制零件，借助于该原型，用液态的硅橡胶混合料，直接浇铸出模具的工作部分——凸模、凹模，用原型的壁厚就可以制出模具的凸凹模间隙。RP原型是制作硅橡胶模具的关键，其

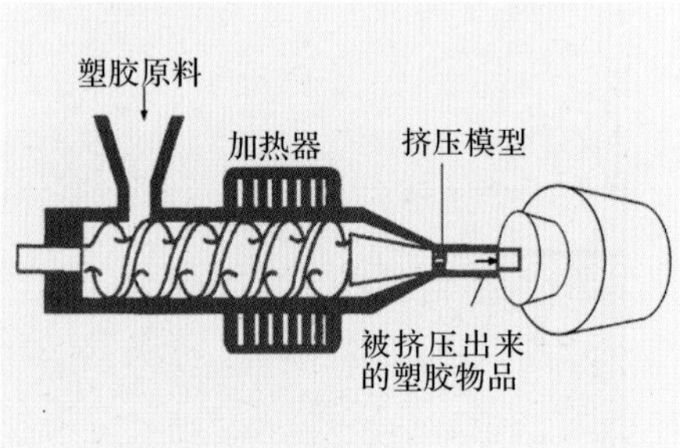

模型挤压成型流程　图1

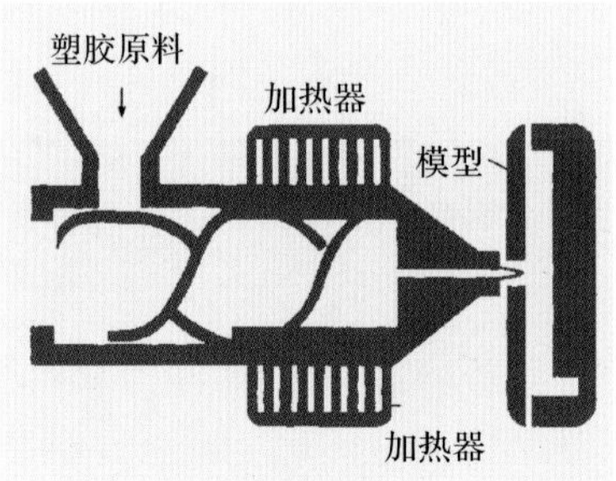

模型注射成型流程　图2

形状、尺寸和表面粗糙度，会直接反映到模具的型面上。

（2）RP原型的设计

进行三维实体的原型设计时，要考虑在利用RP系统制造原型时的各种收缩变形以及原型表面的后处理余量，在实体造型过程中给予必要的补偿，尽可能消除误差，以满足制件尺寸对模具的要求。

（3）RP原型的制造

通过造型软件设计出的三维实体造型，经过STL文件格式转换进行三角网格划分，得到分层处理后的数据即可传输到RP系统，制造出一个三维实体纸质原型来。

纸质原型制作好后，还需经过后处理（包括打磨，抛光，喷漆等）以提高原型的表面光洁度，才能作为母样用于硅橡胶模具的制造。

（4）透明塑料件的制作

制作透明塑料件的硅橡胶模具，建议使用加成型硅橡胶，其硬度、抗撕裂强度、收缩率都优于聚合型硅橡胶。如果使用聚合型硅橡胶制作的模具翻制透明塑料件时，树脂对硅橡胶表面有渗透作用，会使透明件表面拉毛而造成光折射，使效果变差。

制作透明塑料件时，硅橡胶模具不能喷离型剂，只需要用酒精将模具内表面擦拭干净即可，以免离型剂影响透明制件的表面光洁度。

透明塑料件从模具中取出后，可以进行喷亮光漆处理，以提高零件的透明度。

（5）浇注品的表面处理

可以在成型塑料件表面进行喷漆、电镀等表面处理。由于塑料件成品从硅橡胶模具中脱模时，会把硅橡胶材料中的硅油成分及离型剂带到成品样件上，一般情况下，将会造

成表面处理的困难。因此，喷漆前可用蒸汽将样件清洗，或利用清洁剂清洗样件表面，使表面污物清除，这样就可以比较容易地做表面处理的工作。

3. 传统手板与激光快速成型的区别

（1）加工方式的区别

传统意义的手板是材料的减法处理，即对块状材料的切削加工，使之成为所需要的包装形体；快速成型是加法加工，即对材料层叠相加得到包装形体。

（2）材料的区别

传统手板的加工材料非常广泛，包含常用工程塑料、透明与非透明材料、金属材料、特殊材料等；快速成型材料国外有20几种，国内仅少数几种非金属材料

（3）机械性能区别

材料决定最终样机的机械性能：CNC加工的样机，可以达到成品真机机械性能的80%以上，耐冲击以及加工性能良好；激光快速成型样机，国内目前使用的材料，存在不耐潮、容易变形、发脆等特点。

思考题：

1. 包装容器设计应具备的基本因素有哪些？

2. 决定包装容器设计形式的重要因素是什么？

3. 包装容器设计要遵循的步骤是什么？

4. 包装容器设计是如何分类的？

5. 制图应注意哪些问题？

图1
包装容器的挤压塑胶模型制作流程图
图2
包装容器的注射塑胶模型制作流程图
图3
包装容器激光快速成型流程图
图4
包装容器激光快速成型机

图5

图6

图4　图5
"东方之星"包装设计大奖赛 作品

**Packaging
Art
Design**

第五章
纸盒包装结构设计

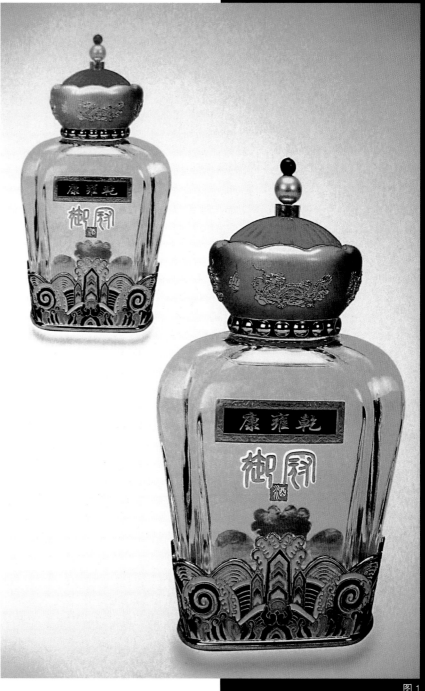

图1

中国是纸的故乡。1885年，英国商人威廉·利弗是标志着商品包装进入市场开端的人物。本世纪初，瓦楞纸箱的发明，之后发生著名的洛杉机"普赖德哈姆案件"，揭开了包装发展史上的光辉一页。在众多的包装材料当中，纸与纸板作为包装材料不仅有着悠久的历史，而且占有相当大的比重。纸材料之所以有如此大的发展潜力，是因为它有着其他材料无法比拟的性能，可以满足各类商品的要求。例如便于废弃与再生的性能、印刷加工性能、耐积重性能、遮光保护性能，以及良好的生产性能和复合加工性能。社会的发展，新产品的繁荣，对纸包装结构形态不断提出新的要求。

图1

"东方之星"包装设计大奖赛 专业组 金奖

"康雍乾御冠"酒礼盒包装

上海雍和形象设计有限公司

第一节
纸包装的分类

一、纸盒类型

按纸的种类分：瓦楞纸盒、白板纸盒、卡板纸盒、茶板纸盒等（图1）。

按材料厚度分：厚板纸盒和薄板纸盒（图2）。

按纸盒的形态分：方形、三角形、多棱形、梯形及特殊异型盒等（图3）。

按结构分：折叠纸盒和固定纸盒（图4）。

图3

按形式分：抽屉式、摇盖式、套盖式、手提式、开窗式、陈列式、组合式等。

按用途分：食品用纸盒、纺织品用纸盒、化工产品用纸盒、药品用纸盒、化妆品用纸盒等。

二、纸箱类型

纸箱是指容积较大的纸包装容器，材料有草纸板、黄纸板、牛皮箱纸板、瓦楞纸板等，使用范围主要为贮藏与运输之用。纸箱种类有开槽纸箱、半开槽纸箱、组合纸箱、纸板折叠箱等。

按结构形状分有：缝合开口袋、缝合阀式袋、粘合开口袋、粘合阀式袋、扁底开口袋、手提袋等。

三、纸袋类型

按结构中用纸的层数分有：单层、双层和多层等。

按纸袋的用途分有：食品类、药品类、文体办公用品类、化工产品类、纺织品类或专用包装袋和通用包装袋之分。

四、纸罐类型

纸罐又称合成罐，主要分为两大类：螺旋形卷绕合成罐和多层卷绕合成罐。

五、纸杯类型

纸杯是盛食品、饮料等用途的器

图1

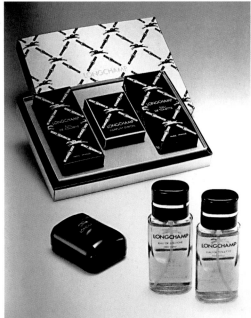

图2

图4

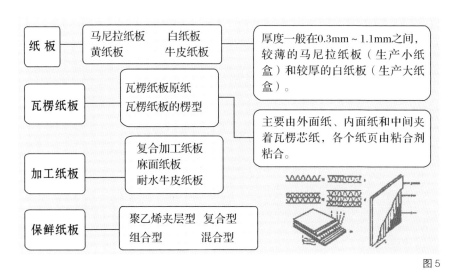

图5

皿，一般分为有盖和无盖纸杯，有把手和无把手纸杯等。

第二节
材料的应用与设计要求

一、材料的应用

在纸材料中，常用的制作纸盒的板纸有白板纸、黄板纸和色板纸三种。在商品包装中，使用涂层白板纸为最多。

白板纸按重量分类有250g、300g、350g、400g、450g等各种规格，它有光滑、平整洁白的表面并适宜印刷加工、机械生产，有较轻的自重与便于保管、运输等优点。可单独加工成型，也可以与塑料、铝等材料复合成型。在纸包装容器设计中，我们尤其要注意了解和熟悉材料的性能，如张力、抗撕力、柔软度、厚度、耐折性、光滑性、承重性等，只有充分地认识和掌握材料性能，才能设计出适合生产的包装结构造型。

在设计中出于成本的因素，还应注意纸板的尺寸和合理利用材料，减少浪费。对材料的认识除了从书本文字资料中得以了解，更重要的是

要通过具体实践，对各种结构进行强度、冲裁等适应性试验。只有这样才能把握结构设计与材料的合理关系。

在材料选用时，首先应当考虑包装物品的形态，是多水分物品、湿性物品、液体物品还是固体物品，是高脂肪物品还是冷冻物品等。必须注意品质保护性、安全性、操作性、方便性、商品性和流通性等事项。另外，还要考虑商品的用途、销售对象和方式、运输条件等因素。（图 5）

二、设计要求

1. 方便性：纸包装容器结构设计必须便于生产，便于存贮，便于陈列展销，便于携带，便于使用和便于运输。

2. 保护性：保护性是纸结构设计的关键，根据不同产品的不同特点，设计应从内衬、排列、外形等结构分别考虑，特别是对于易破损和特殊外型产品。

3. 变化性：纸包装容器造型结构外型的更新、变化非常重要，它能给人以新颖感和美感，刺激消费者选购欲望。

4. 科学合理性：科学性和合理性是

图6

图6
"东方之星"包装设计大奖赛 作品

设计中的基本原则。科学合理的纸包装容器，要求用料少而容量大，重量轻而抗力强，成本低而功能全。

第三节
纸包装结构设计

纸包装的结构设计是保护商品、促进销售的重要环节，紧跟时代的发展，利用最新的材料技术，创造适应社会需求的完美设计是纸包装结构设计的基本出发点。

一、纸盒包装结构

纸包装在原料与成型方法上与其他刚性包装容器有明显差异，所以在结构上有许多与众不同的特点。因此，纸包装结构设计的表示方法就不同于其他刚性包装容器。

在纸盒包装中最常用的是折叠纸盒和固定纸盒两种。折叠纸盒的盒型通常可分为三大类：管型、浅盘型、特殊型。按制作结构分又有：插口或锁口式、粘贴式、组装式折叠盒等。固定纸盒有：套筒式纸盒、镶装纸盒、衬垫盖纸盒、异形纸盒、抽屉式纸盒、有肩纸盒、带铰接盖的纸盒、倾斜盒面纸盒、天地式纸盒、盒中盒、特制品纸盒、有格子板纸盒、有内隔板纸盒等。本章图解部分就最常用的折叠纸盒作以剖析。

1. 折叠纸盒

折叠纸盒是用厚度在0.3mm~1.1mm之间的耐折纸板制造。在装运商品之前可以平板状折叠堆码进行运输和储存。折叠纸盒的优点是成本低，强度较好，具有良好的展示效果，适宜大中批量生产。其具有结构变化多，强度较低，占用空间

小、生产效率高等优点；缺点是只能包装1kg~2.5kg的轻型内装物商品，最大盒型尺寸一般只能在200mm~300mm之间，外观质地不够高雅。

折叠纸盒选用耐折纸板。白纸板和白卡纸是销售包装的重要包装材料，主要用途是经彩色套印后制成纸盒。（图1）

2. 管型结构

管型结构盒是指形态较高、侧面粘合、两端开口的折叠纸盒。

（1）盛牛乳用的管型结构盒，侧面粘合，底端粘合，上端插接式。（图2）

（2）长方形食品盒，上端采用插入封顶，下端采用插入封底，侧面粘合。（图3）

（3）完全封闭盒，四周全用粘接方法结合，盖部与底部也完全密封。（图4）

（4）复合盒，底部、顶部和侧部都以粘贴方式进行封合状。（图5）

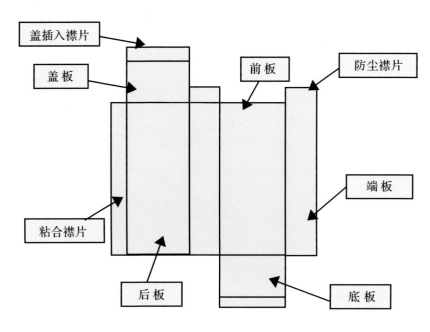

盖插入襟片　盖板　前板　防尘襟片　端板　粘合襟片　后板　底板

图 1

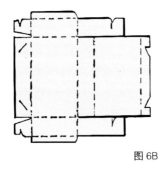

图 6B

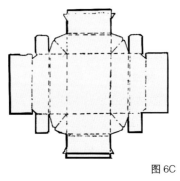

图 6A　　图 6C

图2

3．盘式结构

盘式结构盒是指造型立面较低，似盘型的结构盒。根据成型特点，盘式折叠纸盒是由一页纸板四周以直角或斜角折叠成主要盒型，有时在角隅处进行锁合或粘合，盒底上几乎无结构变

图3

化，主要的结构变化在盒体位置，顶部封合后呈十字形。适合于包装鞋帽、服装、食品和礼品。

（1）盒盖连接的插接式盘型盒，盒角采用锁合法。（图6）

（2）六角粘贴折叠盘型盒。(图7)

（3）四角粘贴盒，该盒中间有椭圆窗口具有展示作用，盖上有虚线，包装时全密封。使用时沿虚线打开即可。（图8）

（4）组装盒，该盒为二至三层侧壁结构，盖面上设有长方形虚线，以便取出食品之用。

4．特殊结构

特殊结构是指不同于筒式与盘式结构盒的造型，它包括变形盒类、复合盒类、积集盒类、敞式易倒盒和振出口盒等。

图4

图5

二、纸箱包装结构

纸箱主要归属于储运包装，其应用范围很广，几乎包括所有的日用消费品。例如水果蔬菜、食品饮料、

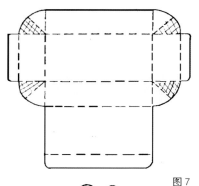

图7

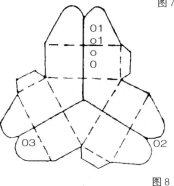

图8

图1

折叠纸盒结构图

图2

管型结构 管型结构盒，侧面粘合，底端粘合，上端插接式。

图3

长方形食品盒，上端采用插入封顶，下端采用插别封底，侧面粘合。

图4

完全封闭盒，四周全用粘接方法结合，盖部与底部也完全密封。

图5

复合盒，底部、顶部和侧部都以粘贴方式进行封合状。

图6

插接式盘型盒锁合方式示意图

图7

粘合式简单盒

图8

盘式折叠纸盒的盒盖结构

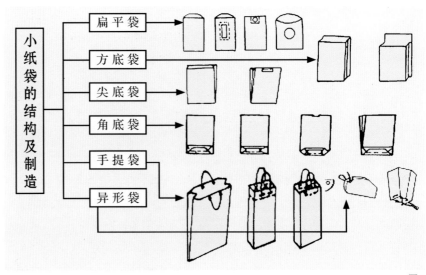

图1

玻璃陶瓷、家用电器、自行车及家具等。随着社会消费的发展，越来越多的商品利用它作为销售包装，这使纸箱的使用范围更广泛了。

纸箱通常采用瓦楞纸板作为包装材料，其中应用最多的是单瓦楞、双瓦楞和三瓦楞等类型。

纸箱设计对于标准化的要求是严格的，因为它直接影响到货场上的整齐码放、货架上容积的有效利用，以及集装箱的合理运输。同时还要充分考虑到在运输过程中的保护功能，例如封口开裂、鼓腰、结合部位破损等问题，都与纸箱结构的设计有关。

1. 纸箱结构要素

瓦楞纸板箱箱型结构，在国际上通用由欧洲瓦楞纸板箱制造商联合会（FEFCO）和瑞士纸板协会（ASSCO）联合制定的国际纸箱箱型标准。按照国际纸箱箱型标准，纸箱结构可分为基本型和组合型两大类。

纸箱结构可以分为箱体造型、内部结构、结合部位和封口等几个部分。

（1）箱体造型

箱体大小要考虑到运输和码放的便利和堆放高度的适合度。不同的尺寸和形态，其强度和成本都不相同。箱体尺寸大小与用料多少成正比，相应与成本也成正比。

箱体的形式按组成方式通常可分为单片、二片和三片式，可以根据商品的不同特点选择。

箱体尺寸主要指长、宽、高的比例，三者之间的比例关系直接影响到纸箱的抗压强度。同样材料如果纸箱的长宽不变，高度越高，抗压强度越低；而高度不变，周长不变，那么长与宽的比例越大，抗压强度越低。

（2）内部结构

纸箱为了形成整体良好的保护功能，在箱体内需要增加各种附件，如衬板、隔板、环套、防潮纸等。采用不同的附件，可改变纸箱的抗压强度、防潮性能、防震性能等各种保护功能。特别对于易碎产品和结构造型比较复杂的产品，设计好内部结构是非常重要的，可以采用定位、隔离、架空等方法，保护产品在运输销售过程中不受损坏。

（3）结合部位和封口

纸箱的结合部位和封口是储运受压后容易破裂的部位，除了采用一定的工艺和材料外，在结构设计上也应当加以重视，不同的结构造型、不同的结合部位、不同的封口方式都可以提高结合部位的强度。

2. 纸箱结构类型

（1）开槽纸箱，又称对口盖箱，是纸箱中常用的最普通的造型结构。它运用于数百种产品，食品尤为多用。当然使用时若需特殊结构保护的话，还可以在设计的基础上进行更改。

（2）半开槽纸箱，典型的用途是组合运输包装容器、货架包装及水果、蔬菜等，结构造型有天叩地式和浅箱结构。

（3）裹包式纸箱坯，包装罐头产品，产品很紧密，以防产品损坏，而且纸板用量最少。

（4）另外，还有大型纸箱、瓦楞纸板折叠组箱、抽屉式纸箱、陈列式纸箱等，这些在纸盒结构中已接触到或与别的纸箱大同小异，所以就不再列举了。

三、纸袋

纸袋是生活中常用的包装容器之一，例如商品包装用的手提袋，工业用品中的多层袋等。在传统的基础上，现在的纸袋在性能上、用途上都大有改进。如将纸与铝箔、塑料或其他材料组合使用，就大大地提高了纸袋的使用性能，拓宽其使用范围。（图1）

纸袋是由纸筒将其一端或两端封闭而成，设有开口，便于盛装产品的一种软性包装容器。

纸袋的结构种类很多，归纳起来，通用的袋型有：

1. 缝合开口袋

缝合开口袋袋底缝合，袋口张开，

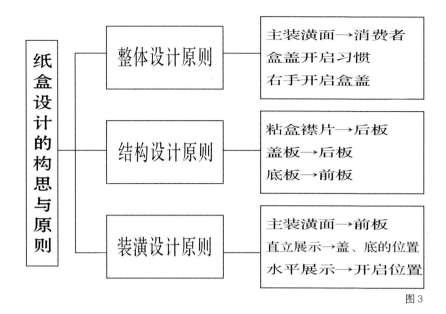

图3

充填物品后，可以缝合，也可以用粘合，结扎或U形钉钉合等方法。此袋型可包装颗粒状产品。

2. 缝合阀式袋

缝合阀式袋袋底和袋顶预先缝合，袋顶角部设阀门，填充和倒出都通过阀门，通常包装小颗粒的产品。

3. 粘合开口袋

粘合开口袋袋底采用折叠和粘合方法，充填方式与缝合开口袋同样。

4. 粘合阀式袋

粘合阀式袋的袋底和袋顶采用粘合封闭，通过阀门进行充填，充填后形成"长方体"结构。

5. 扁底开口袋

扁底开口袋底端的每层材料逐层粘合充填后将袋顶折叠后用粘合剂封闭。

6. 手提袋

手提袋在现实生活中使用量越来越大，尤其是市场竞争日益激化，利用手提袋作为广告宣传等，形式丰富多样。（图2）

在纸包装结构中，我们通常使用的主要是以上这几类。像纸罐、纸杯等类型，随着新材料，新工艺的出现，逐渐被一些复合材料所替代，

结构上基本定型，作为通用包装使用。前面所述内容及结构剖析部分，只是选取了较有代表性的数个造型，更多的造型结构还需要去不断地创新开发。（图3）

思考题：

1. 纸包装结构设计有哪些要求？

2. 纸箱结构设计要注意哪些问题？

作业题：

1. 临摹制作通用的纸盒结构数个。

2. 设计异型折叠式纸盒2个，附使用说明。

3. 设计陈列式纸盒结构2个，附具体产品展示效果。

4. 作业要求：

有针对性，有特点，方便使用，省材料，简练大方，结构合理等。

图2

图1

小纸袋的结构及制造示意图

手提袋在现实生活中的使用量越来越大，尤其在市场竞争日益激烈地形式下，利用手提袋作为广告宣传的手段，其形式亦丰富多样。

图2

图形美观、色彩鲜艳的手提袋

图3

纸盒设计的构思与原则示意图

Packaging
Art
Design

第六章
包装材料与印刷工艺

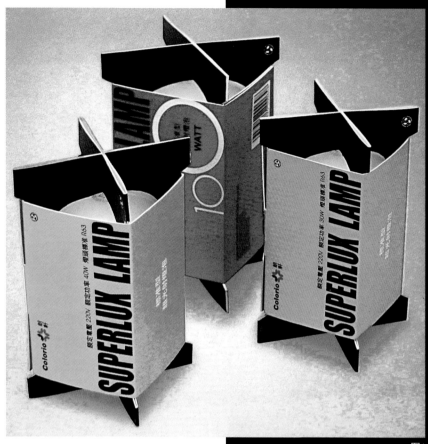

图1

第一节
包装材料

包装材料是指制作各种包装容器和满足产品包装要求所使用的材料，在产品包装设计过程中，使用什么材料进行包装和制作包装容器，要根据产品自身的特性而决定。如果选材不当，便会造成包装破碎，损坏内装物品，给企业带来不应有的损失。因此，研究包装材料的结构和性能，合理地选择包装材料，是进行包装设计的重要条件之一。

包装材料依靠科学技术的发展而日新月异地变化，同时也促进着包装形态的千变万化。铝罐技术的发展使易拉罐得以诞生；复合材料的出现使软包装饮料受到青睐。熟悉各种包装材料的特性，在包装设计中合理科学地加以运用，从而设计出优美独特的形态结构，是包装设计人员必备的专业素质。

一、纸包装材料的设计应用

包装发展到今天，所使用的材料是十分广泛的，从自然素材到人造包装材料，从单一材料到合成材料。在包装设计中对材料的选择，则通常是以科学性、经济性、适用性为基本原则。目前，最常用的包装材料有四大类：纸材、塑料、金属、陶瓷与玻璃等。

1．纸包装材料

纸包装材料是包装行业中应用最为广泛的一种材料，其加工方便，成本经济，适合大批量机械化生产，而且成型性和折叠性好，材料本身

图2

图1

"东方之星"包装设计大奖赛 专业组 入围奖

环保型纸制灯泡包装设计

上海金伦图文设计有限公司 沈路平

图2

"东方之星"包装设计大奖赛 学生组 入围奖

"巧克吧"果酱心牛奶巧克力包装

北京印刷学院 王玮婧

79

也适于精美印刷。

(1)纸包装材料的种类

纸包装材料基本上可分为纸、纸板、瓦楞纸板三大类。纸与纸板没有明显的界线。一般厚度在0.3mm以内，质量小于100g的叫做纸；厚度大于0.3mm，质量等于或大于100g的叫纸板。包装用纸要求强度高，透气性小，含水率低，对包装产品没有腐蚀作用。

纸的种类主要有：牛皮纸、漂白纸、玻璃纸等。了解纸张的性能，合理利用不同纸质的特点，对包装设计最终的视觉效果会起到很大的作用。

（2）纸包装材料的性能

①纸张表面性能：指光滑度、硬度、黏合性、掉粉性等。

②纸张物理性能：指纸的定量、厚度、强度、弯曲性、纹理走向、柔软性、耐折度等。比如说在设计玻璃瓶贴时，通常应使纸张的纹路处于水平方向进行印刷和粘贴，这样才能使瓶贴黏合牢固，否则纵向纹路很容易变形、起泡、脱落而影响美观。

③纸张适印性能：不同的纸质会对印刷效果产生影响，如光滑度、吸墨性、硬度、掉粉度等。

2. 纸板包装材料

（1）纸板的主要种类

纸板与纸一样在包装材料中也占有重要地位。它的性质和生产所用的原料及加工方法，与纸基本相似，可以一次成型，也可以多层粘合而成。它的使用功能和应用范围更为广泛，特别是加工制成箱、盒等容器后，可直接用来做运输包装和销售包装。利用纸箱包装能大量节约

木材。

包装用纸板按其用途及材料性能可分为箱板纸、瓦楞纸板、黄纸板、马尼拉纸板、白纸板、牛皮纸板、复合加工纸板等多种。其中箱板纸、瓦楞纸板和黄纸板用途最广，下面分别介绍。

①瓦楞纸

瓦楞纸板是包装领域中应用最多的材料，它是由瓦楞原纸加工而成的。制造时先把纸加工成瓦楞状，然后用胶合剂从两面将其表面粘合起来，使纸板中层成空心结构，这样就能使瓦楞纸板有较高的强度和缓冲性能。瓦楞纸板可按需要加工成单层板、双层板、三层板或多层板。瓦楞板主要用于制作外包装箱，用以在流通环节中保护商品，也有较细的瓦楞纸可以用做商品的销售包装材料，或商品纸板包装的内衬，以起到加固和保护商品的作用。

瓦楞纸板的种类很多，有单面瓦楞纸板、双面瓦楞纸板、双层及多层瓦楞纸板等。

瓦楞纸板的楞型（GB6544—86）

楞型	楞高(mm)	楞数(个/3mm)
A	4.5~5	32~36
B	3.5~4	36~40
C	2.5~3	48~52
D	1.1~2	94~98

②箱板纸

箱板纸是制造纸箱的重要材料。根据使用原材料纤维比的不同，箱板纸可分为四个品种：

牛皮箱板纸(特号)、强韧箱板纸(1号)、普通箱板纸(2号)、轻载箱板纸(3号)。这四种箱板纸均由不同比例的废纸浆、废麻浆、化学草浆、褐色木浆等加工而成。纸板颜色为原

料本色。

③黄纸板

黄纸板也称草纸板，是以稻草浆为原料制成的。尺寸有1016×695mm，775×648mm、787×660mm等几种。它的重量和厚度与其它纸板不同，是用纸板号来表示。草纸板外观要求纸面平整，不允许有翘曲。草纸板主要用来加工各种纸盒和作为纸隔板来做皮箱的内衬。

二、塑料包装材料的设计应用

20世纪初塑料材料问世以来，已逐步发展成为经济的、使用非常广泛的一种包装材料，而且使用量逐年增加，应用领域不断扩大。

塑料是一种人工合成的高分子材料，与天然纤维构成的高分子材料（如纸和纸板等）不同。塑料高分子聚合时根据聚合方式和成分的不同，会形成不同的形式，也会因为高分子材料加热或冷却的加工环境、条件和加工方法的不同使结晶状态不同，而产生不同的结果，因此最终形成了诸多材料、性能不同的产品。

塑料包装材料按照用于包装上的形式，还可以分为塑料薄膜和塑料包装容器两大类。

塑料薄膜以其强度高、防水防油性强、高阻隔性等特点，已发展成为使用广泛的内层包装材料和生产包装袋的材料。通常，国内把厚度不超过0.2mm作为区分片材和薄膜的界限。薄膜根据使用需求的不同，加工成型的方法也很多，基本上可分为单层材料和复合材料两大类。

塑料包装容器是以塑料为基材制

造出的硬质包装容器，可以取代木材、玻璃、金属、陶瓷等传统材料的包装容器。其优点是成本低、重量轻、可着色、易生产、耐化学性、易成型等，缺点是不耐高温和透气性较差。

1. 塑料薄膜包装材料

塑料薄膜具有透明、柔软、弹性好、防潮、防水、耐腐蚀、耐油脂、耐热、耐寒、强度高、重量轻、化学稳定性强、耐污染、耐药剂、卫生、安全、易热合、易着色印刷、适于做密封真空包装等特点，因此受到各行各业的青睐，应用范围在逐年扩大。

（1）聚乙烯薄膜(PE)

聚乙烯是塑料工业中生产最多的品种之一。根据乙烯单体在聚合时的加压条件，可生产出高压聚乙烯、中压聚乙烯和低压聚乙烯等三种。在国外有的按照聚乙烯各自的比重分为三种：低密度聚乙烯(LDPE)、中密度聚乙烯(MDPE)、高密度聚乙烯(HDPE)。

（2）聚丙烯薄膜(PP)

聚丙烯薄膜在包装领域中应用范围很广，特别是食品包装、药品包装、服装包装方面尤为适用，而且还能和其它包装材料复合，成为多功能的包装材料。

聚丙烯薄膜的特点是透明度好，其透明度超过聚乙烯薄膜和玻璃纸，而且光泽耀眼，不发黄，抗脆裂、抗老化好，防潮性能好，并有良好的耐油脂性、抗冲击性及尺寸稳定性。

（3）聚氯乙烯薄膜(PC)

聚氯乙烯是20世纪30年代出现的品种，产量大；原料来源广，价格低；它是包装工业用途较大的薄膜，可以侧成单向或双向热收缩薄膜，进行收缩包装，如器件、小五金包装。

聚氯乙烯薄膜防潮性好，透明度高，耐油，耐酸碱，化学稳定性好；热合性较好，强度大，印刷方便，而且美观。

（4）聚苯乙烯薄膜(PS)

聚苯乙烯薄膜在开窗式肉类和蔬菜等食品包装方面广泛运用。其特性是吸水率低，室内耐老化性能好，有良好的透明性和光泽，印刷性能好；它的机械强度取决于生产加工时的定向程度。它的抗张强度和破裂强度都比较高，在低温和高湿度环境下，其性能无明显影响。此薄膜互相粘合时需用溶剂和粘合剂。

（5）聚酯薄膜(PT)

聚酯薄膜主要用于作复合材料的表面层，如蒸煮袋等包装容器，并广泛应用于胶卷、录音带和电影胶片的包装。聚酯薄膜耐高低温，可适用于150℃的温度范围，化学稳定性好，适合各种有机溶剂、油类和化学药品包装；保香性能好，延伸性能差，挺硬和尺寸稳定性一般，印刷效果好，有良好的透明度和光泽。

（6）聚酰胺薄膜(PA)

聚酰胺薄膜多用于复合材料；它的特性是耐高温，具有较高的抗张强度和良好的抗冲击韧性，气密性好，耐磨性好，热封性好；抗水蒸气渗透性能较差。

（7）复合薄膜

复合薄膜就是把两种以上的薄膜复合在一起，使之互相取长补短成为一种完美的包装材料。如把塑料薄膜、铝箔、纸等具有不同功能的材料复合起来，改变原来材料的透

图1

图1
"东方之星"包装设计大奖赛 作品

气、透湿、耐水、耐油、耐化学等性能，使其增强和发挥各自材料的固有特点，以满足各类产品的不同包装要求。目前，世界上复合薄膜的种类很多，有的复合达十几层，一般为2~5层。薄膜复合材料的厚度、层数和用料应按包装产品的实际需要而定。其次要考虑材料的料源和加工工艺等情况。复合薄膜主要用于食品、茶叶、土特产及肉类等方面的包装，也可以作为防潮要求较高的精密元器件、军品备用件等工业产品的内包装。

2. 泡沫塑料缓冲材料

泡沫塑料缓冲材料是一种使商品不直接受外力的冲击，减缓或吸收外力能量，藉此达到保护商品的材料。早期的缓冲材料如木丝、稻草、麦杆、毛毡、纸花等，虽然也能起到一定的缓冲作用，但效果不明显，而且存在易吸潮、易霉变等多种弊端，现已逐渐被淘汰。而弹簧等金属材料，尽管具备弹性好、不吸水、不受温度变化影响等优点，但受料源、价格及加工工艺等方面的限制，用量也在逐步减少。目前包装所用的缓冲材料都以各种类型的泡沫塑料为主体，且使用量几乎占据了整个包装领域。

泡沫塑料为蜂窝状的结构，具有成型容易、质轻、密度小、耐冲击、耐化学、隔热性好、温度变化小、成本低、加工运输方便等特点。

（1）聚苯乙烯泡沫塑料

聚苯乙烯泡沫塑料利用聚苯乙烯为原料发泡制成的一种半硬质的泡沫塑料。具有封闭式的泡沫粒状结构，是一种白色透明的材料，但可以加添适当色料，制成各种颜色的泡沫塑料。

聚苯乙烯泡沫塑料能吸收动能，起到良好的缓冲作用；具有重量轻、抗潮性能好、隔音、隔热、易于模塑、成型、耐酸碱等特点，但受日光照射易变色老化。

聚苯乙烯泡沫塑料具有良好的缓冲性能，而且成本低，易于加工，料源丰富，所以应用十分普遍。该材料可作家用电器、仪表仪器及电子元器件的减震垫、防震套和内包装盒。

（2）聚乙烯泡沫塑料

聚乙烯泡沫塑料是一种半硬质泡沫塑料，该材料定型后具有良好的热稳定性、透湿率低、耐老化好、有较高的化学稳定性、优良的二次加工性能、不腐蚀被包装产品等优点。可用一般机械进行切断、切削等。

（3）聚氨酯泡沫塑料

聚氨酯泡沫塑料可分为硬质、半硬质和软质三种。聚氨酯泡沫塑料比重小，弹性好，压缩变形小，抗冲击，抗撕裂，具有抗辐射能力，耐磨，耐油，耐氧化，绝缘性和耐热性能也较好，在130℃时仍可使用。

（4）聚丙烯泡沫塑料

聚丙烯泡沫塑料柔韧性好，耐挤压、耐冲击、耐折、耐磨、耐撕裂性能好，能包裹锋利棱角物品和不规则形体的产品，不易撕裂、折断和破碎，隔热性好，无毒。可作为玻璃器皿、仪器仪表的包装材料，尤其对产品表面装饰和光洁度要求高的电视机、收音机来说是极好的包装材料。

（5）聚氨基甲酸酯泡沫塑料

聚氨基甲酸酯泡沫塑料的硬度变化大，根据硬度可分为有弹性、半弹性和刚性三种。其导热率低，抗拉与抗压强度高，蒸汽渗透力低，抗拉敏压强度低，该材料可用来包装精密仪器的包装，以及对温度限制极严的医药及生物制剂的包装等。

（6）气泡塑料薄膜

气泡塑料薄膜是一种新的缓冲材料，它采用特殊的加工方法，在两层塑料薄膜之间藏夹空气，在其中一面形成一个个气泡，基材一般采用聚乙烯薄膜，基层面薄膜的厚度为形成突出气泡薄膜厚度的两倍。气泡的形状分为闸牲形、半球形和钟罩形。

（7）聚苯乙烯、聚乙烯高发泡片网材

聚苯乙烯（PS）、聚乙烯（PE）是新型的包装材料。PS、PE高发泡片网材等产品，除白色外还可以制成各种颜色的片材。弹性好、价格低、质轻、柔软性好，是隔热、吸音、漂浮、绝缘包装的绝好材料，特别是作为精密仪器、家用电器、通讯产品包装的缓冲垫片更为理想。PE网材还可以直接用于灯泡、灯管、电子元器件等包装的内衬防震和外部防护。

（8）海绵橡胶

防震海绵橡胶是以天然胶和再生胶为主要原料，配以一定数量的辅助材料，并加入促进剂、发泡剂、防老化剂后成型的一种多孔状橡胶制品。这种橡胶具有承重能力强、弹性好、防潮隔热等特点，并能在6℃~30℃的环境中，保持原来特性，2~3年内不老化不变形。海绵橡胶垫块是大、中型机电产品(重量在300kg以上)良好的包装防震材料。

塑料包装容器包装的成型方法主要有三种：①挤塑、②注塑、③吹塑。

三、金属包装材料的设计应用

金属材料的包装在19世纪初期开始得到应用，马口铁皮是最早使用的金属包装材料。铝材用于包装的历史较铁皮要晚一些，但它的出现却使金属包装产生了巨大的飞跃。

金属材料包装起初是为了满足军队远征时长期保存食物的需要。在资本主义国家里金属材料和加工容器占整个包装器材销售量的20％左右，仅次于木材和塑料。随着工业化的发展，制造技术的进步，金属包装逐渐成为深受人们喜爱的包装形式。它可以隔绝空气、光线、水汽的进入和香气的散出，密闭性好，抗撞击，可以长时间保存食品。并且，随着印铁技术的发展，外观也越来越漂亮。在金属材料中，用量最大的是镀锌、镀锡薄钢板和金属箔两大类，其次是铜箔和其他含金箔。另外，还有以金属材料为底料与其他材料复合在一起的金属复合包装材料。现在常用的金属包装材料主要有马口铁皮、铝及铝箔和复合材料等。

在我国，由于料源、价格和加工方法等问题，金属包装材料的用量并不多，特别是铁制包装箱或成型材框架箱，用量也逐渐减少，但食品、油类制品、涂料、胶料及部分珍贵器材和有害物品的包装，金属材料仍占有一定比例。近年来，考虑到金属空罐回收处理的成本，节省资源等因素，复合材料的使用以及罐体材料的综合使用越来越得到重视。在包装容器材料上复合使用塑料膜、铝箔、牛皮纸等材料，具有可以减轻包装容器重量、降低价格、空罐也更易回收处理等优

点。因此，它已大多用于替代一些液态或粉状的家庭日用品和食品的包装。

1. 镀锌与镀锡薄钢板

镀锌薄钢板又叫白铁皮，经过热镀锌处理，使钢板表面镀上厚度0.02mm以上的锌保护层，以此来提高钢板的耐腐蚀能力。用它制成盒、桶等包装容器不再需要进行防腐处理。它还具有良好的耐弯曲和防冲击能力。

镀锡薄钢板又叫马口铁，主要的制罐抗张强度为300MPa～500MPa。常用于树脂、化工原料、油脂和涂料等方面的包装。

2. 铝　箔

铝箔是金属箔中用途极广的一种包装材料。它是采用纯度在99.5％以上的电解铝，经过压延制成的厚度在0.2mm以下附金肤膜。它的优点是：重量轻、运输方便、遮光性好、对热和光有较高的反射能力、有金属光泽、不透气、无毒无味、不易产生公害，因而能防止被包装物的吸潮、氧化和挥发变质。铝箔能和纸及其他塑料薄膜复合成为良好的复合材料。铝箔的缺点是：易撕裂、强度低、不耐碱、怕强酸、易弯曲。铝箔用途极广，作为包装材料可用于食品、轻工、精密仪器、机械工具、钟表零件等。

四、陶瓷、玻璃包装材料的设计应用

陶瓷和玻璃作为包装材料已有几千年的历史。玻璃作为包装容器早在公元前15～16世纪的古埃及时就得到了应用，玻璃的主要原材料是天然矿石、石英石、烧碱、石灰石

图1

图2

图1　图2
"东方之星"包装设计大奖赛 作品

等。玻璃具有高度的透明性及抗腐蚀性，与大多数化学品接触都不会发生材料性质的变化。其制造工艺简便，造型自由多变，并具有硬度大、耐热、洁净、易清理、有可反复使用等特点。玻璃作为包装材料主要用于食品、油、酒类、饮料、调味品、化妆品以及液态化工产品等，用途非常广泛。但玻璃也有它的缺点，如重量大、运输存储成本较高、不耐冲击等。

1.陶瓷材料

陶瓷是以硅酸盐矿物质或某些氧化物为主要原料，经一定的加工工艺，并按用途予以造型，表面再涂以各种光润釉加以装饰，在适当的温度和不同气体(氧化、碳化、氮化等)下烧结成的。

陶瓷与人类的文化史、工艺史和美术史有着极其密切的关系。它标志着人类文明和社会的进步，为人类的生产和生活做出了重大贡献。但这种贡献形式，大多是以容器形态出现的，随着包装材料的不断发展，陶瓷作为容器易于破碎的质量问题，近年来国家已逐渐减少了它在包装上的用量。但它具有独特的优点，故在我国食品、药材和化工等部门仍大量采用。

2. 玻璃材料

玻璃的基本原料是石英砂、烧碱和石灰石。这些原料在高温下熔融后，经冷却后即形成透明体，被称为玻璃。玻璃的稳定性强，能抵抗气体、水、酸液、碱液和其他溶剂的侵蚀。玻璃具有一定的抗压强度，透明度好，但易受紫外线照射而影响包装物的性能。因此，要在制造时加入特定的颜色以防止紫外

线的透入。玻璃的抗冲击力差，不宜用于易碎、易跌落的场合。流通过程中还要求有防震、防压、防撞等措施。玻璃在包装材料中占有相当重要的位置，这是因为它具有耐风化、不变形、造型别致、色彩多样，耐热、耐酸、耐磨等优点，因此适于包装任何液状产品；它还具有便于洗刷、消毒、灭菌、能保持良好的卫生状态、可回收利用(或改做家庭的装饰品)，降低成本等其他材料所不具备的优点。

玻璃按照成分可分为钠玻璃、铅玻璃和硼矽玻璃等三种。

玻璃包装容器的成型按照制作方法可以分为人工吹制、机械吹制和挤压成型等三种。

五、木材与其他包装材料的设计应用

木材与其他包装材料也常被用作包装材料，特别是在土特产品的包装中被经常采用。包装中还经常会使用到各种各样的辅助材料，以起到固定商品和增强保护性的作用。

1. 木质材料

木材具有很多优点，如材质轻、强度和韧性好、纹理美观、易于加工修饰等。但也有一定的缺点，如组织构造不均匀，容易腐朽变形，因环境和温度的变化又会出现收缩、膨胀、开裂、燃烧等。但是，由于不同类型的人造板相继出现，上述的一些缺点已在不同程度上有所弥补。

(1)树木的种类与包装常用材

树木的种类很多。按树叶形状不同，主要分为两大类：针叶材和阔叶材。

针叶材大多为常绿树，树干一般长

直高大，没有明显的孔隙构造，纹理平淡，材质较软，加工性能好；如：红松、白松、落叶松、黄花松、马尾松、沙松、云杉、柏树及一些进口的洋松等。阔叶材一般为落叶树，一般没有针叶树直，加工后纹理美观，质硬耐磨，故又称硬杂木；如；水曲柳、榆木、柞木、桦木、色木、椴木、杨木等。

包装用材最好是红松，但因近些年来红松的储备量日趋减少，国家已把它列入珍贵树种，供应量十分有限。目前国内包装用材以沙松、马尾松、进口洋松及一些硬杂木为主。为了确保包装容器的质量，使其能起到保护产品的作用，要求包装用材不腐朽、无斜纹裂缝、节疤少、含水率小于20%等。

通常讲的木材质量或比重指自然干材质量而言。自然干材三种不同密度的主要树种如下：①榆木、柞木等为最重材；②色木、落叶松、桦木等为重材；③核桃木、油松木为较重材。木材重者，其强度高、变形大、握钉力亦大，但着钉后易开裂；木材轻者，其强度低、变形小、握钉力较小，但着钉后不易开裂。

(2)木材含水率的测定与计算

木材的内部组织由管状细胞组成，每个细胞壁又由许多纤维组成。细胞壁间的空隙含有水分，木材中所含水分的重量与全干木材重量的百分比称作含水率。实践证明，木材的含水率高，强度就会下降，相反，木材含水率低（不能太低，否则要翘曲）强度就会增加。所以木材在使用前一定要进行干燥处理。

(3)木材材积及成材规格

在加工和使用木材时经常要提到木材

的需要量，这样就必须计算出木材的体积，通常称之为材积(以m²为计量单位)。加工后的锯材，因其形状比较规整，容易计算(长×宽×厚)。但对于未加工的原木是要以稍头直径(即小头直径)为准来计算体积。

2．人造板材

人造板材是由木材或木材下脚经加工复制而成，它不仅补充了木材的货源不足，而且还具备木板材所缺少的功能。近几年来它的发展速度很快，应用范围也在逐步扩大。人造板材品种较多，其中用于包装材料的主要的是胶合板和纤维板。

在木包装容器加工中需要大量的板材和方材。宽度比厚度大3倍以上的成材称为板材；宽度不足厚度3倍的成材称为方材。板材按厚度可分为：薄板：厚度18mm以下；中板；厚度19mm~35mm；厚板：厚度36mm~65mm；特厚板：厚度66mm以上。

3．菱镁混凝土包装材料

菱镁混凝土具有一定的强度和耐久性，具有能锯、刨、钉、钻孔、油漆等特点，给包装构件的二次加工创造了方便条件。作为包装材料可替代以往木材包装，具有较高的经济性。目前它已由包装箱的底盘、底楞发展应用到大型装配式组合包装箱的制作。应用范围也从机械行业的机床、电机，扩大到大中型机电产品、金属材料、电瓷、通讯设备等方面。

4．胶带

胶带通常是由底带和胶粘剂两种材料构成，可将胶粘剂涂复于底带的一面，也可涂复于带的两面，分别称为单面胶带和双面胶带。粘合剂材料多为橡胶、人工合成橡胶及树脂等。胶带按工艺可分为水粘性胶带(即在胶带面刷水后再进行粘贴)、自粘胶带(即将带胶面直接粘在被粘物上，也称免水胶带)两种。按涂胶面可分为单面胶带和双面胶带。按基材可分为纸质胶带、布质胶带和塑料胶带。

单面纸胶带多用于低强度封合、中强度封合、瓦楞纸箱及纤维板箱的封装。

布胶带的张力强度高，布胶带表面增加一层塑料层后能起抗水、抗油、抗化学的作用。

塑料胶带有防水、抗化学腐蚀、透明性好、强度较高、耐磨、抗湿等特性。因此，塑料胶带用途极广，主要用于仪器、仪表、机械零件的封装。

5．保护膜

把丙烯酸脂类共聚成的压敏乳液胶粘剂均匀涂布在防粘桑皮纸基材上而形成的纸胶膜称为保护膜。该膜所用的粘结剂以水为分散介质，不含有机溶剂，具有无色、无味、透明、无腐蚀性、不污染环境、耐高低温(可在−20℃~60℃使用)、粘度适中等特点，是机械设备、仪器仪表、家用电器的面板、塑壳、标牌、铭牌等防尘、防划伤、防油污的好材料。保护膜也可作为电子元器件、精密零部件和镀件的生产周转保护。

第二节
包装印刷的工艺流程

当我们的设计作品被客户认可后，最后都要通过印刷等工艺进行大量复制，包装设计与其他工业类设

图1

图1
"东方之星"包装设计大奖赛 作品

计一样，会受到不同工艺条件的制约，而对包装来说，最大的制约条件就是印刷。一个良好的设计方案，要采取与其相适应的工艺条件来实现预期的效果，因此，对于一个包装设计师来说，仅掌握一般的设计规律与应用软件是不够的，对于一些有关印刷的工艺与原理不仅要知道它，还要学会利用它，使设计符合生产。设计师要在有限工艺条件下，无限地发挥自己的表现力，做到既不超越工艺条件，又便于制版印刷。要减少印工、节约版次、缩短工时，在达到理想效果的同时，又节约了制作成本。反之，如果不了解这些工艺条件，首先是我们辛辛苦苦的劳动成果无法完美地实现，难以制版印刷，让我们精心设计的"杰作"最后都成了无用的垃圾，影响了生产，对企业生产者和国家都会造成不必要浪费。

前面我们已说过，当包装作品在客户认可后，最终要通过印刷进行大量复制，因此我们对印刷工艺要熟悉，让我们的设计方案能符合最终的工艺条件。

一、印刷的种类

印刷的种类有很多，根据工艺原理的不同，大体可分为凸版印刷、平板印刷、凹版印刷和丝网印刷四类。

1. 凸版印刷

凸版印刷是最早发明的活版印刷，并且是目前普遍使用的一种印刷技术。凸版印刷的原理就像盖章一样，有文字与图像的部分向上凸起，没有图像的部分凹进，然后将凸起的部分上色后直接印在纸上，印刷时，至少需要 $30kg/cm^2$ 的压力。凸版印刷的特点

是印刷版面上印纹突出，非印纹凹下。当油墨辊滚过的时，突出的印纹蘸有油墨，而非印纹的凹下部分则没有油墨。当纸张在承印版面上承受一定的压力时，印纹上的油墨便被转印到纸上。

活版印刷是由我国古代发明的胶泥活字和木刻活字发展而来的。活版印刷主要是以铅字进行排版，插图、美术字、照片等则通过照相制版，然后制成锌版、铜版或树脂版。活版排完后复制成纸板制成的整体性印版，然后再浇制成铅版，用轮转机进行印刷。凸版印刷的特点是油墨浓厚、色彩鲜艳，字体及线条清晰。但是受铅字与锌版的限制，印刷质量不易控制，而且速度较慢。

活版印刷由于印刷时的压力较大，所以印刷成品的油墨厚实，文字及线条清晰，色彩鲜艳。但凸版印刷的制版比较难，上色时，油墨的均匀度难以把握。印张不宜过大，最好不要超过四开，而且随着印刷次数的增加，版面也会不断磨损，使印刷数量受到很大的限制。

凸版印刷适用于一些套色不多的吊牌、明片、信封、信纸、标签、请帖、宣传品、图表、小型包装盒、信封信笺以及烫金、压凸等加工工艺。设计时，应注意以下几点：

（1）套色不宜过多，一般以3～4套色为宜。

（2）利用油墨与纸张的性能来增强艺术的表现力，比如印金、烫银、压凹凸。

柔性版凸版印刷又称橡胶版印刷，与活版印刷相似，但不同的是印版是由软胶制成，像橡皮图章一样。

它采用轮转印刷方法，把具有弹性的凸版固定在辊筒上，由网纹金属辊施墨。柔性版可以在较宽的幅面上进行印刷，不需要太大的印刷压力，压力大时则容易变形。其印刷效果兼有活版印刷的清晰，平版印刷的柔和色调，凹版印刷的墨色厚实和光泽。但由于印版受压力过大容易变形的原因，设计时应尽量避免过小、过细的文字以及精确的套印。柔性版印刷对于承印物有着广泛的适用性，适合塑料、软包装、复合材料、板纸、瓦楞纸等多种印刷材料，而且制版印刷成本较低，质量较好，现在已逐渐得到重视与广泛应用。

2. 平版印刷

平版印刷也叫胶版印刷，它是间接的印刷，由早期的石版印刷发展而来。平版印刷的特点是印纹部分与非印纹部分同处在一个平面上，利用油水相斥的原理，使印纹部分保持油质，非印纹部分则水辊经过时吸收了水分。当油墨辊滚过版面后，有油质的印纹沾上了油墨，而吸收了水分的部分则不沾油墨，从而将印纹转印到纸上。

早期的平版印刷是由石版印刷发展而来的，称为平版平压式印刷。此后又改进为用金属锌或铝作版材，由于印刷时版材承受较大压力，使油墨扩张导致印纹变形、粗糙，后来经过改良，加补了一个胶皮筒以缓冲压力。其过程是先将锌版制成正纹，印刷时转印到胶筒上成为反纹，然后再将反纹转印到纸上成为正纹，因此这种印刷方式也被称为"胶印"。

平版印刷套色准确、色调柔和、层

次丰富、吸墨均匀、适合大批量印制，尤其是印刷图片。因此特别适合画册、书刊、样本、包装等印刷，适应范围很广。

平版印刷的有图案文字部分与无图案文字部分没有凹凸的区别，都在一个平面上。它是利用水油不相溶的原理把有图案与文字的部分附着一层富有油脂的油膜，而没有图案与文字的部分吸收水分，形成抗墨作用。

在设色上，平版印刷基本不受什么限制，千变万化的颜色都可以通过CMYK（CYAN蓝、MAGNTA品红、YELLOW黄、BLACK黑）套印而出。平版印刷具有制版简便、成本低、质量好等优点，适合大批量印刷，如今已广泛应用于书籍、杂志、海报、包装的印刷上。

3. 凹版印刷

凹版印刷的原理与凸版印刷正好相反，印纹部分凹于版面，非印纹部分则是平滑的。凹版印刷的文字与图像凹于版面之下，没有文字与图像的部分很平滑，然后把凹下去的部分填上油墨汁，把没文字与图像部分的油墨擦干净，再在纸上印。当油墨滚在版面上后，自然陷入到凹下去的印纹里，印刷前将印版表面的油墨刮擦干净，只留下凹纹中的油墨，放上纸张并施以压力后，凹陷部分的印纹就被转印到纸上。

凹版印刷方式有两种：一种是雕刻凹版，它以线条的粗细及深浅来体现印刷效果，适合于表现文字、图案，多用于印刷票证和线条细腻的包装；另一种是照相凹版(又称影印版)，利用感光和腐蚀的方法制版，适合于表现明暗和色调的变化，常

用于画面精美的包装印刷。

凹版印刷由于受压力较大，因此油墨厚实，表现力强，色调丰富，版面耐印度好，对材料的适用面较广，但制版费用较高，工艺较复杂，不适于小批量的印刷。凹版印刷常用于印刷塑料包装、包装纸、纸盒和瓶贴等。另外由于凹版不易被假冒，图案清晰，也用来印刷纸钱币、邮票、有价证券等。

4. 丝网印刷

丝网印刷又称孔版印刷，它由丝绢、金属及合成材料的丝网、蜡纸等为印版，将图案与文字的部分镂空，再用刮板刮压，使油墨透过镂空部分的丝孔，印在承印物上。

丝网印刷是由油墨透过网孔进行的印刷，丝网使用的材料有绢布、金属及合成材料的丝网及蜡纸等。其原理是将印纹部位镂空成细孔，非印纹部分不透。印刷时把墨装置在版面之上，而承印物则在版面之下，印版紧贴承印物，用刮板刮压使油墨通过网孔渗透到承印物的表面上。

丝网印刷操作简便、油墨浓厚、色泽鲜艳，适用于各种印刷材料。常用于广告横幅、不干胶等印刷品的印刷。丝网印刷不但能在平面上印刷，也能在弧面上或立体承印物上印刷，印制的范围和对承印物的适用性很广。缺点则是印刷速度慢，以手工操作为主，不适于批量印刷。

二、印刷的要素

在从设计到成品的整个印刷过程中，有四个基本的决定性要素，即印刷机械、印版、油墨和承印物。

1、印刷机械

图1

图2

图1 图2

"东方之星"包装设计大奖赛 作品

印刷机械是各种印刷品生产的核心部分，其主要作用是将油墨均匀地涂布到印版的印纹部分，通过压力使印版上的油墨转印到承印物的表面而制成印刷品。根据印版结构的不同，印刷机械可以分为凸版印刷机、平板印刷机、凹版印刷机、丝网印刷机和特种印刷机等五种类型。这些印刷机基本上都是由给纸、送墨、压印、收纸等部分组成。此外按照承印物的尺寸，印刷机械还可分为全开、对开、四开印刷机等。按一次印色的能力又可分为单色、双色、四色、五色、六色、九色印刷机等。按送纸的形态也可分为平版纸印刷机和卷筒纸印刷机。按压印方式还可分为平压平式、圆压平式、圆压圆式(轮转式)等三种。

2．印版

印版是使用油墨来进行大量复制印刷的媒介物。现代印刷中的印版大多使用金属版、塑料板或橡胶版，以感光、腐蚀等方法制成。根据印刷画面的效果可以分为线条版和网纹版，线条版用于印刷单线平涂的画面，网纹版主要用于图片及渐变色等连续调画面的印刷。在印刷过程中，单色画面制一块色版，多色画面则需制多块色版，并分多次印刷才能完成。

(1)线条版与套色线条版也被称作"实纹版"，在印纹部分是满实的，非印纹部分则是空白的，所以线条版一般不能用来表现连续调的丰富变化。

线条版的套色主要是通过重叠方法，即一块颜色或线条重叠在另一块颜色或线条之上，而且印色相叠会产生新的颜色。例如，黄色与蓝色叠印可产生绿色，蓝色与红色叠印可产生深紫色等。但是由于油墨与绘画颜料的特性不同，不能用绘画配色的效果来推断油墨叠色的效果，因此就要求设计者能够充分掌握叠色的特点，熟练应用叠色技术，创造丰富的色彩效果。

由于印刷技术条件的限制，线条版套色叠印时一般很难做到十分准确，因此应尽量避免相同的图形和文字的叠印，以免套印不准影响印刷质量。但在较大面积的底色块上局部叠印文字或图形的效果则较好。

(2)网纹版与分色印刷

①网纹版与连续调

像图片和渐变色变化的连续调设计稿，必须由网纹版来进行印刷。制作网纹版是通过网纹照相方法将图像分解成有轻重变化的网纹。

②照相分色制版

在印刷中，一张印版只能印一种颜色；彩色印刷时，就需要采用照相分色技术。照相分色是按照色彩学中三原色原理，将拍摄的彩色原稿经过滤色镜分摄成蓝、洋红、黄三种印版的分色底片，由这三种颜色重叠就会产生视觉上柔和而色彩自然的图像。为了加强暗部的深度层次，还需加一张黑色的分色片，这样就构成了彩色印刷的四原色。这种技术被称为照相分色，使用分色版进行的彩色印刷也被称做"四色印刷"。

③电子分色

电子分色，也就是电分。电分是在分色原理基础上，运用电子扫描技术设计成的先进的分色方法。将照片、原稿或反转片紧贴在电子分色机的滚筒上，当机器转动时，将分色机的曝光点直接在原稿上逐点扫描，所得到的图像信息被输入电脑，经过精密计算后，再扫描到感光软片上，形成网点分色片。电子分色比传统分色法快捷准确，而且在电脑上可以作多方面的调整和修改，是目前最高水准的分色方式。

如果对图像质量要求比较高，就要对原稿进行电分处理。电分是最快捷而准确的分色方式，其原理是将原稿贴在电子分色仪的圆筒上，通过光电倍增管（即PMT）来扫描，当仪器转动时，图像的像素被逐个提取分色，并将光信号换成与之相对应的模拟电信讯号，利用电子电路对信号进行修正，最后将这种经过修正后的电信号还原成光信号，以逐点曝光的方式把所要分色的图像输入电脑。电分得到的图像色彩是非常准确，几乎可以将原稿完美地加以还原。

3．油墨

油墨是经过特殊加工制成的胶状体印刷颜料，种类较多，按照印刷方式不同可分为凸版油墨、平版油墨、凹版油墨、丝网版油墨、特种油墨等五大类；按照承印物的不同又可分为供纸张、玻璃、塑料、金属等不同材料用的油墨。对于包装印刷油墨一般有以下要求：（1）油墨细腻，墨色纯正；（2）在空气和光照下不易变色及褪色；（3）与同类油墨相互调合不会变质；（4）对于食品、服饰、儿童用品、化妆品等包装印刷油墨，不能含铅或其他有毒物质；（5）对于化妆品、服饰、儿童用品、卫生用品等，包装印刷油墨不能含有异味，必要时可以加入香料。随着科技的进步，新型的油墨不断被研制和开发。

4. 承印物

承印物是包装印刷材料，现代包装材料种类非常多，大多包装都需要进行印刷加工。包装使用的材料中，纸是主要的承印物，此外还有金属、塑料、玻璃、陶瓷、纺织品等，它们对于印刷方式和油墨等都有具体要求，印刷效果也不尽相同。对于不同的承印物的特点，设计人员应该有一定的基本知识，并与印刷环节相配合，才能充分发挥承印物的优点，从而生产出设计制作精美的包装。

三、印刷工艺流程

1. 设计原稿

设计原稿是对印刷元素的综合设计，包括图片、插图、文字、图表等。目前在包装设计中普遍采用电脑辅助设计，以往要求精确的黑白原稿绘制过程被省去，取而代之的是直观地运用电脑对设计元素进行编辑设计。

我们在做创作时，不可能所有的素材都采用原创，很多素材，可以通过拍摄、翻版原稿等途径获得，由于制版时的原稿种类繁多，正片（也称反转片，一般120正片居多）、负片（也就是我们平常拍照时所说的底片，常用的都是135负片）、印刷品、照片等。我们按分色时打光的原则，可将原稿分为反射稿与透射稿两类。

原稿是不透明的，我们称之为反射稿。分色时，当光源照射到原稿时，会被反射回来，利用不同颜色反射的光源不同的原理，进行反射

扫描分色。反射稿包括照片、印刷品、手绘稿以其他图片等。透射稿的原稿是透明的，通过光源照射在原稿的背面，利用透射光进行成像计算。如前面所说的正片、负片等，均属透射稿。

2. 扫描

扫描是最常见分色方法，它主要通过数字化的处理方式，将反射稿与透射稿进行RGB分色处理，然后再通过软件将其转换成印刷所用的CMYK模式。一般的描描仪都有自己的图像处理系统，也有的可以直接得到CMYK模式，但笔者建议，还是先扫描成RGB，再用Photoshop处理，因为扫描仪自带的图像处理系统，还是没有Photoshop专业。

常见的扫描仪一般都是CCD平板扫描仪，CCD（Charged Coupled Device）即电荷偶合器件，是扫描仪头部的一个组件，扫描时，会向被扫描物体发射明亮的光束，头部的光电管检测会自动分析CCD光的RGB成分，要据图像的明暗度反射信息，产生相应的高低电压。这个信息会被数字化，并最终保存到我们的硬盘上。扫描时，一般用300dpi的分辨率就足够了，太大了用途不多，反而还占用硬盘空间。

图1

图2

3. 照相与分色

对于包装设计中的图像来源，如插图、照片等，要经过照相或扫描分色，经过电脑调整才能够进行印刷。目前，电子分色技术所产生的效果精美准确，已被广泛地应用。

4. 制版

制版方式有凸版、平版、凹版、丝网版等，但基本上都是采用晒版和腐蚀的原理进行制版。现代平版印

图1　图2
"东方之星"包装设计大奖赛 作品

刷是通过分色制成软片，然后晒到PS版上进行拼版印刷的。

5. 拼版

将各种不同制版来源的软片，分别按要求的大小拼到印刷版上，然后再晒成印版(PS版)进行印刷。

6. 打样

晒版后的印版在打样机上进行少量试印，以此作为与设计原稿进行比对、校对及对印刷工艺进行调整的依据和参照。

7. 印刷

根据合乎要求的印刷开本度，使用相应印刷设备进行大批量生产。

8. 加工成型

对印刷成品进行压凹凸、烫金(银)、上光过塑、打孔、模切、除废、折叠、粘合、成型等后期工艺加工。

四、印刷加工工艺

包装的印刷加工工艺是在印刷完成后，为了美观和提升包装的特色，在印刷品上进行的后期效果加工。主要有烫印、上光上蜡、浮出、压印、扣刀等工艺。

1. 烫印

烫印的材料是具有金属光泽的电化铝箔，颜色有金、银以及其他种类。在包装上主要用于对品牌等主体形象进行突出表现的处理。

2. 上光与上蜡

上光与上蜡是使印刷品表面形成一层光膜，以增强色泽，并对包装起到保护作用。

3. 浮出

这是一种在印刷后，将树脂粉末溶解在未干的油墨里，经过加热而使印纹隆起、凸出产生立体感的特殊工艺，这种工艺适用于高档礼品的包装设计，有高档华丽的感觉。

4. 压印

又称凹凸压印，先根据图形形状以金属版或石膏制成两块相配套的凸版和凹版，将纸张置于凹版与凸版之间，稍微加热并施以压力，纸张则产生了凹凸现象。

5. 扣刀

又称压印成型或压切。当包装印刷需要切成特殊的形状时，可通过扣刀成型。

五、印前电脑制作

1. 关于分辨率

在电脑辅助设计中，插图的绘制有两种主要制作方法，一种是矢量图，如使用11lustrator，Free hand或Corel DRAW等软件绘制而成，可以把图像放大许多倍而不会影响其清晰度；另一种则是利用扫描或电分的图片和插画，通过用Photoshop、Painter等图形处理软件制作成位图图像，位图是由一个个像素构成的，不能像矢量图那样随意放大。所以，处理好图像幅面大小和分辨率平衡关系很重要，输出分辨率是由长度单位上的像素数量来表示的。分辨率的设置应根据具体设计的需要而定。一般来说，在距离人的眼睛2米以内观看的对象，像画册和包装，至少需要300dpi以上的分辨率，才能展现出精美柔和的连续调。因此在对包装设计的图像进行处理时，应当设置合理的输出分辨率，才能达到精美的印刷效果。

2. 色彩输出模式

对于单色印刷品，输出单色软片就可以，但彩色印刷是通过分色，输出成洋红、黄、蓝、黑四色胶片进行制版印刷的，因此，在图像设计软件中，应将图像设置为与四色印刷相匹配的CMYK四色模式，才能得到所需要的四色分色片。

3. 专色设置

许多包装为了追求主要颜色的墨色饱和度和艳丽效果，就通过设置专门的颜色印版以达到目的。对专版的印刷，就要输出专门的分色片。输出的胶片通常是反映不出色彩的，应附上准确的色标，以便作为打样和印刷过程中的依据。

4. 模切版制作

通常在制版稿的制作中，将包装的模切版制作到同一个文件当中，以便于直观地进行检验，这时应专门为模切版设一个图层，分色输出时也专门输出一张单色胶片，以便于模切刀具的制作。模切版绘制的方法与纸包装结构图的绘制方法基本相同。

5. "出血线"的设置

在制版稿中，包装的底色或图片达到边框的情况下，色块和图片的边缘线应外扩到裁切线以外约3mm处，以免印刷成品在裁切加工过程中，由于误差而出现白边，影响美观。色块外扩到裁切线以外的边缘线称为"出血线"。

6. 套准线设置

也叫做"套色线"，当设计稿需要两色或两色以上的印刷时，就需要制作套准线。套准线通常安排在版面外的四角，呈十字形或丁字形，目的是为了印刷时套印准确，所以为了做到套印准确，每一个印版包括模切版的套准线都必须准确地套准叠印在一起，以保证包装印刷制作的准确。

7. 条形码的制版与印刷

商品条码化使商品的发货、进货、库存和销售等物流环节的工作效率大幅度提高。条形码必须做到扫描器能正确识读，对制版与印刷提出了较高的要求。条码制版与印刷应注意的问题主要如下：

(1)制版时条码印刷尺寸在包装面积大小允许的情况下，应选用条码标准尺寸37.29mm×26.26mm，缩放比例为0.8~2.0倍。

(2)不得随意截短条码符号的高度，对于一些产品包装面积较小的特殊情况，允许适当截短条码符号的高度，但要求剩余高度不低于原高度的2/3。

(3)条码上数字符的字体按国家标准GBI2508中字符集印刷图像的形状，印刷位置应按照国家标准GBTI4257-1993《通用商品条码符号位置》的规定摆放。

(4)印刷时底色通常采用白色或浅色，线条采用黑色或深色，底色与线条反差密度值大于0.5。条码的反射率越低越好，空白的反射率越高越好。

(5)注意条码的印刷适应性。

(6)要求印条码的纸张纤维方向与条码方向一致，以减小条与空的变化。

六、包装印刷设计常用的制作列表

开数、尺寸（单位：mm）

16开　大度：210×285
　　　正度：185×260
8开　大度：285×420
　　　正度：260×370
4开　大度：420×570
　　　正度：370×540
2开　大度：570×840
　　　正度：540×740
全开　大度：889×1194
　　　正度：787×1092

名片：

横版：90 mm×55 mm（方角）
　　　85 mm×54 mm（圆角）
竖版：50 mm×90 mm（方角）
　　　54 mm×85 mm（圆角）
方版：90 mm×90 mm
　　　90 mm×95 mm

IC卡：

85×54 mm

三折页广告：

标准尺寸：(A4)210 mm×285 mm

普通宣传册：

标准尺寸：(A4)210 mm×285 mm

文件封套：

标准尺寸：220 mm×305 mm

招贴画：

标准尺寸：540 mm×380 mm

挂旗：

标准尺寸：8开 376 mm×265 mm
　　　　　4开 540 mm×380 mm

手提袋：

标准尺寸：400mm×285mm×80mm

信纸、便条：

标准尺寸：185 mm×260 mm
　　　　　210 mm×285 mm

图1

图2

图1　图2

"东方之星"包装设计大奖赛 作品

Packaging
Art
Design

第七章
现代包装设计软件
与印前设备技术

图1

随着CG（Computer Graphic 电脑图形）技术的日益发展与成熟，各种软件搭配使用所形成的电脑图形系统已越来越多，设计手法已从传统的手工工艺迈向了桌面时代。设计软件也是成百上千、不胜枚举。计算机可以说是人的手、足、眼和脑的延伸，要想把自己的设计思维完美地表达出来，只掌握一两种软件是远远不够的，设计师要根据自己工作的要求，至少掌握三种以上设计软件。"工欲善其事、必先利其器"，现代社会，对人类的要求是多元化的，我们必须掌握多种软件，才能在最短的时间内把自己创意的完美地表达出来，利用不同软件的优势与长处来提高工作效率。

但作为一个设计师，不可能把所有的软件都掌握，时间与精力也不允许，只要熟练掌握自己工作中常用的几个软件，其他的也就触类旁通了。

第一节
平面类专业软件

一、Photoshop

对于搞设计的人来说，没有不知道Photoshop，作为电脑美术界的核心图像处理后期软件，它那完善的模块、强大的功能、友善的界面，不能让人折服。

Photoshop诞生于上世纪80年代，Adobe公司先在MAC上开发，后来移植到PC机上的（顺便提一下，现在PC系统的色彩管理已日趋稳定与完善，虽然与MAC有一定的差距，但在要求不太高的情况之下，已看不出太大的差距，现在Adobe公司已是先开发PC版，再开发MAC版了（可能是PC的市场占有率的缘故吧，一家之言）。它的诞生导致了图像出版业的一场革命，它长于图像处理与合成，强大的滤镜，能使你的创作在一瞬间化腐朽为

图2

图1
"东方之星"包装设计大奖赛 专业组 铜奖
"高夫"化妆品包装系列
上海家化联合股份有限公司
图2
"东方之星"包装设计大奖赛 专业组 铜奖
"舒心"化妆品包装系列
上海家化联合股份有限公司

神奇。不管把它用作图像处理，还是用作原始创作，它都不会让你失望，越来越多的艺术家与设计师都把它当作自己的"得力助手"，用它创造出不计其数的出神入化的作品。虽然有诸多的后起之秀，诸如Painter、Photostyller、PhotoPainter等软件向它挑战，但其"霸主"的地位却丝毫没有动摇。

Photoshop目前最高版是8.0。作为一名包装设计师，必须熟练地掌握它。

二、Corel DRAW

Corel DRAW可以说是集百家所长为一身，与Photoshop同属一个重量级产品。作为一个老牌图形巨匠，它已成为图形处理的代表。

CorelDRAW本身就是一个集多种软件为一身的套装软件，图形处理是它的拿手好戏，但这并不是说它不具备图像处理的能力，其实，Corel DRAW在图像处理方面也有很多功能，让Photoshop都望洋兴叹。很多Photoshop要靠插件才能完成的效果，Corel DRAW只要一招就能立竿见影。

由于CorelDRAW是图形处理软件，是用几何算法来记录视觉色彩信息，因此文件少，处理速度快，无限放大不会出现"马赛克"。CorelDRAW丰富的绘图工具与图形工具，能让你轻松快捷地实现你想要的效果。从图形处理、文本处理、矢量图到位图、位图到矢量图、图文混排、桌面出版、网络发布，Corel DRAW都提供了完美的解决方案。自带的"BarCode"内置了18种标准条形码，只要通过菜单Edit（编辑）、>>Insert BarCode（插

入条形码）命令，就能一步到位，实现专业条码软件所及的效果，对做包装来说，可是方便万分呀。

CorelDRAW所创作的作品是由形状色彩各异的Objet(物件)组成，可随心所欲地改变它们的位置、大小、色彩以及前后顺序。由于其界面与操作的灵活性与自由性，故倍受图形设计师所青睐。同时，CorelDRAW还专门为色彩中心提供了一个强大的色彩管理系统，用于扫描、显示和输出等三个环节，获得一致可靠的效果，并可以从一种设备正确地传输到另一种设备。CorelDRAW目前最新版本是11，从11开始，它有了一个新的称谓"corel DRAW 11 Graphic Suite(CorelDRAW图形套装)"CorelDRAW、Corel R.A.V.E.(网页动画设计，可直接出FLASH的SWF文件)CorelTRACE(矢量图描绘，可将图位在瞬间矢量化)、Corel BARCODE VIZARD(条形码编辑)、CorelPHOTOPAINTER（与photoshop一样棒，可以处理图像）。其无与伦比的强大，梦幻般的组合，让Corel用户是不是欣喜若狂呢？

三、Illustrator与FreeHand

Illustrator与FreeHand与CorelDRAW一样，同属矢量软件，Illustrotor是Adobe公司的旗下产品，FreeHand是Macromedia公司的产品，目前最高版都是10.0。

由于Illustrator与Photoshop一样同属Adobe公司的产品，所以在操作上，很多与Photoshop一样，如果你是先学会photoshop，那么学起Illustrator来上手会很快，而且Photoshop可以直接打开Illustrator文

件，Illustratrator在做包装时，画角线很方便的，如果与photoshop配合使用，相信会使你的创作如虎增翼（不过笔者还是喜欢CorelDRAW，在描图与做样本时，会用到Illustrator与FreeHand）。

FreeHand在操作上也简单易用，在出版发行与网络发布上都很完善，在文件处理方面，更是它的强项。但图像处理上，没有什么优势可言，值得注意的是，FreeHand所画的线条，会随着画面大小的放缩而变粗细，如果用它做设计，在输出前一定要检查一下线条，因在超出极细线范围的时候，线条的显示与打印都不会有问题，在输出打样的时候，会出现断线，颜色暗淡甚至印刷不出来等现象。

Illustrator在文本处理与多页拼版时要逊色于CorelDRAW与FreeHnad，很多人说FreeHnad在文字处理上可以与专业的文字处理软件并驾齐驱，我认为CorelDRAW在这方面也毫不逊色，首字下沉、首行缩进、字间距、行间距、不同语言间距、段前段后、上下标、制表符、延路径排放、置入图形内、文本绕图等，让你随心所欲，无所不能。在多页处理上，FreeHand要优于CorelDRAW，页面可自由移动，就像你画了很多张画以后，将它们任意抛来抛去一样。

第二节
三维类专业软件

做一名出色的包装设计师，仅仅掌握几个平面软件，有时是远远不够的，在有条件的情况下，尽可能地掌握一点三维软件，不求做动画，

搞后期，因为那不是包装设计的范围，至少要学会一些基本的建模与材质，因为很多效果，用平面软件是做不出的，即便根据自身对透视与光线了解，做出一些假三维，但也是吃力不讨好。在做好一个包装时，肯定要去客户那里提案，如果将做包装的做成一个简单的效果图，我想会比直接拿平面稿去提案更直观、更具有冲击力。当然，这里所说会一些三维，并不是说可以去蒙客户，主要是用它能很快做出平面软件难以实现的效果。

一、3D MAX

目前，在国内一提起三维，想必大部分人心里的概念就是3D MAX，这个获得65个行业大奖的软件，一直是三维设计与动画创作人员的首选。优秀的三维软件很多，如Maya、Softimage、3D softimage XSI、Lightwave等。但笔者在这里第一介绍它的原因是因为：

1、对电脑硬件系统要求不高，能稳定地运行在Windows XP及NT系统上。

2、操作简单，易上手，而且其在国内的相关书籍也较多，用户也多，技术上的问题能很快解决。

3D MAX目前最高版是8.0。新版本较以前的版本，可以说是第三次质的飞跃，从建模、材质、灯光、到角色动画都更加完善。能让你在顺间实现照片级效果。全新光照系统与全局照明，让你对它刮目相看。

二、Maya、Softimage、Lightwave

MAYA是Alias Wavefront公司的旗舰产品，目前最高版是4.5，softimage、3D与XIS的最高版分别是4.0与3.0，一直是世界上处于主导地位的影视数字公司用作电影电视特效、广告与视频游戏的主要工具。Lightwawe是由NewTek公司开发的高性价比三维软件，目前最高版是7.5。Maya、Softimage、Lightwave都是顶尖级软件，由于它们对系统要求要比3D MAX高，有很强的专业性,也不在本书叙述的范围内，所以就不作详细介绍。

三、PD2000包装设计专业软件

当印刷包装企业迈进了21世纪时，人们不难发现生活中那些包装盒也似乎更多了些生气，更加色彩鲜艳和醒目，形状也越来越新奇。那么，此时的生产企业就不仅仅是注重于颜色的设计、印刷，也更要注意盒形的组合、生成。所以，一些有前瞻性目光的企业纷纷在寻求一种专业的包装设计工具及纸盒打样工具上。印刷与包装是不可分割的整体，在数字时代来临之际，印刷与包装同样面临着巨大的挑战与调整。欧美的大型纸盒、纸箱包装厂已经在使用一些专业包装设计软件来生成纸盒，并且利用该软件的3D功能形成折叠成形的纸盒，还可以直接模拟将商品置于盒中，放在超市货架的真实形象，栩栩如生，令人赞叹！于是，客户不仅可以在显示屏上看到了的三维立体图像，还更能直接地、真实地在工厂没有制模切板的情况下，立即拿到几十个、上百个盒子实际包装的效果。

PD2000首先有巨大的盒样库方便用户快速生成盒形；其设计工具方便地对盒形修改、存取；并有专业级的高效拼大版功能，为下一步的模切、粘箱做准备；还有功能强大的

图 1

图 1
"玛雅"咖啡包装
上海应用技术学院艺术设计系学生 施君文
指导老师 汤义勇

专供设计人员与刀模制作人员使用的各式绘图工具。

该软件的功能还有刀、线、压痕条能根据纸板的厚度快速适配，可满足各种苛刻的要求，呈现出完善的饱满的折痕；还有中心定位的运用、补偿刀线智能配给、清废及全清废的功能；纸盒拼大版的连接点以及模切板上的架桥均可瞬间实现；对于轮转模切要求的高难度圆模滚筒，更能即刻绘制，精准快速。

PD2000软件的界面格式与我们熟悉的WINDOWS所附带的工具软件一样，操作较为简易。PD2000含有95％世界级标准纸箱、纸盒库，涵盖了全部工作所需盒型。即使最特殊的要求，从图库中也能调出相似盒型，稍加修缮、粘贴、叠加，就可快速生成客户要求的盒样，甚至是纸盒的提手这样的细部设计，也有丰富多彩的变幻形式可供选择。最有效率的拼大版功能是PD2000的特点，轻触几个功能键，智能拼版瞬间完成，同时也就完成了最优化的拼版选择。PD2000使纸耗降到很低，以获得最大效益。由于PD2000的设计专家了解模切板制造的工艺难点，及纸盒、纸箱生产中的技术要求，所以，其刀模板的设计更加独具匠心。

在用于平压平模切时，基本的做法是从盒型库中找出盒子模型，如果完全一样，只需按提示要求输入纸盒的各种尺寸，生成一个盒子，如果不完全一样，则可以通过几个盒型的相互拼插形成，或者可以删除部分不一样的部分，然后用绘图功能形成，同一只盒子便如此完成。

拼版主要有两种方式：一是输入各个盒子之间的间隙，纵向与横向各

排几个；二是输入纸张或木夹板的尺寸，上下左右处的空白，则能形成最智能化、最优化的拼大版。

用于制模切板时，常用的中心定位、补偿线、压痕底贴、反弹海绵条在该软件都有集成按钮，一步生成。

当工作完成后，PD2000丰富的图像整合功能可得到一个色彩斑斓的彩盒，更由于其选配的3D立体软件，可以让客户和印刷厂共同鉴定这一个个立体的彩盒。然后计算机会提示将作品登记入专用的工作记录卡，有时间、日期、作者、作品号、参考作品号、注意事项等等。登记结束时计算机会自动生成一个国际形式的工作记录卡，而这时您的工作已在计算机内自动形成了重要的备份文件，确保精彩作品的完善保存。

以上只是荷兰BCSI系统公司产品软件部分功能的介绍，PD2000包装设计软件有专门的为模板加工企业服务的专业软件，包括平模与圆模，功能之强大不是寥寥数语可以阐明的。

该机是世界上速度最快、生产最高的纸箱纸盒切割机，它有四个工具：光头、切割刀头、压线轮头、宝珠笔的自动转换，因此快速裁切、压线、画线、标记制作等一次完成；功能头的激光定位器可快速正确定位，在重复工作时就有了统一的准确的规矩，还可配备套准MARK用的摄像头。

该机可安装各式加工工具，并适合瓦楞纸和卡纸以及混合的工作，可更换圆珠笔工具做绘图使用，方便制模切版，也可用于制作局部上光版，并可进行小批量生产纸盒、纸箱。因ARISTO打样机配合PD2000设计软件，在盒形设计时十分容易，一个简单的纸箱设计一分

钟之内便可完成。而完成的盒形设计还可事先通过电子邮件传送给客户在计算机上检查尺寸及形状，更可由ARISTO打样出产品来，快递给客户鉴定。并且一些订单是由几十到几百的小量生产可用上设备来完成，在生产上十分有益，因人工切割无法达到，它却可保证每个盒都一样，而且一些形状都是人工切割不好的，如：异型把手、圆型、星型等。

ARISTO在欧洲、美洲的纸箱、纸盒包装厂已得到了广泛的认同，成为包装业不可替代的重要工具，现在，中国的企业家也越来越认识到这个问题，开始大量引进先进设备，来提高企业竞争力。

当前，世界经济在向全球经、网络化、数字化方向发展的时候，任何一个行业都或多或少地要向这个方面靠拢，那么PD2000这个包装软件与ARISTO打样机的使用，正是符合了这个趋势的要求，是有利于提高企业竞争力的有力工具。我们注意到，现在国内这一软件和PD2000的使用客户都是本地区规模、效益名列前茅的超大型企业，但随着数字化流程的进一步发展与普及，相信会有更多的中小型企业也会加入其中的。

第三节
包装设计的印前设备技术

一、包装设计的印前设备与功能

包装设计的印前主要设备设施有：

1.输入设备： 包括哈苏系列120相机、尼康或佳能系列135相机、数码相机、三脚架、扫描仪、滚筒式扫描仪等。

2.处理设备： 包括G5苹果机、HP图

形图像工作站、MO和光盘刻录机等。

3.输出设备：包括配备PENROD/P8000SD彩色热升华打印机的小幅面输出设备、富士FRONTINER 350/370/390数码彩扩设备、爱普生 Photo Stylus 1290，惠普 Deskjet 1220c和佳能 S800打印机等中幅面输出设备、爱普生PRO 9500和惠普DesignJet 5000/5000ps、爱普生PRO9500的打印机大幅面输出设备等。

产品包装设计不但对印刷和输出篇幅有较高的要求，更重要的是要保证画面纤毫毕现的细节描写和真实的质感。在图像处理过程中，专业软件的应用可以弥补一定的画面缺陷，起到美化修饰的作用。但专业的图像输出设备如热升华打印机、彩色喷绘机可以在提供样张时得心应手。

包装设计可以充分利用数码设计的印前设备如Micintosh机型的计算机、135系统、120系统照相机的翻拍技术和支持120系统的高精度底片扫描仪，配合高端图像处理设备如中篇幅热升华打印机、大幅面照片级喷墨打印机、大型喷绘仪等，并配合操作印前图文处理设备如高精度扫描仪、分色输出的高档PC机或苹果机的操作技能。

二、包装设计的印刷技术

包装设计印前设备的产品主要是包装印刷品的设计、打样及印制。在小幅面输出印刷方面，彩色热升华打印应该说是目前各种以"打印"方式输出数码照片的手段中效果最好的一种。在中幅面输出方面，爱普生在中小幅面彩色打印机中，以

其独有的微压电打印技术，在彩色喷墨打印的图像输出质量方面屡拔头筹，虽然和爱普生的其他喷墨打印机一样有着工作噪音大、耗材贵等不足，但其打印质量却不由你不用它。而在大幅面输出方面，采用爱普生PRO 9500和惠普DesignJet 5000/5000ps打印机，效果较好。爱普生的打印机最大幅宽为1102mm，可以输出60英寸照片，色彩逼真，成像细腻，但耗材较贵。而惠普DesignJet 5000/5000ps同样具有打印质量细腻、层次好、速度快等特点，由于该款打印机的墨点小，形状规范，定位准确，所以在采用600dpi的分辨率进行打印时同样可以得到照片效果的较好质量。

三、包装设计的印前设备操作流程

1. 印前图文处理操作：可以细化为印前制作和分色输出包装生产。

2. 包装特种印刷的技能：包装特种印刷器材和设备的使用技能。

3. 提高胶印包装印刷能力：提高在没有温湿度控制状况下的实际操作能力。

4. 包装生产仪器测试：利用测试仪器进行数据监控和生产数据管理。

5. 软件应用包装生产：提供了全方位的数码图像处理及后期制作功能，充分发挥设计师的创造力和想象力，使其从传统的制图和暗房中解脱出来。

6. 色彩管理包装生产：使得印刷的各个工艺环节在进行颜色转移时，将误差降到最小，确保印品质量。需要增加色度计、印刷打样设备以及专业色彩管理软件等。

图1

图2

图1　图2
"东方之星"包装设计大奖赛 作品

Packaging
Art
Design

第八章
现代包装设计发展
动态与趋势

图 1

图 2

第一节
当代包装设计
——生态环保型包装

一、生态环保型包装的概念

20世纪现代大工业生产给人类带来大量的工业废物排放，不断地引起全球性生态环境恶化。人们既希望有大量功能与形式完美结合的各类新产品，又期望拥有一个良好的生态环境。但是，丰富的物质生活所产生的大规模废弃包装物，将不同程度地影响和破坏人类的生态环境。在能源短缺的21世纪，随着现代工业的高速发展，人们物质生活水平的提高，工业品包装将大量生产，大量消费，随之而来的是废弃物增加和资源枯竭的加速。在这种情况下，一种生态环保型包装（Eco-packaging）便在近年应运而生。

Eco-packaging 研究人类生存、生态环境发展和产品包装三者之间的关系，它是大工业生产、商业竞争和人类重视和关注自我的必然结果。Eco-packaging 至今为止尚没有一个明确的定义。1994年，在全美包装信息研讨会上，有学者认为 Eco-packaging 即用生态材料生产的产品包装，也有学者认为用生态的观念设计产品包装，使用经济型材料。不管如何解释，其本意均是指产品包装设计，应对资源和能源消耗最少，对生态环境影响最小，回收再生利用最高，既经济又利于生态环境的平衡。对于包装界这一材料消耗的大行业而言，称之"生态环保型包装"较妥。

近年来，围绕Eco-packaging这个生态环保型包装主题，国际间进行了广泛的探讨。1994年在筑波日本科学城召开的国际生态平衡大会，1995年国际自然保护协会(IUNMS)的环保用品国际会议，重点研讨了Eco-packaging 问题。与会学者对Eco-packaging 进行了认真的研

图 1
"东方之星"包装设计大奖赛 专业组 金奖
"海螺"服饰礼品包装系列
上海海螺集团有限公司

图 2
"东方之星"包装设计大奖赛 专业组 铜奖
"ANNA SUI"化妆品包装系列
台湾豪门彩印有限公司

究、分析、评价和市场预测，获得了颇有价值的结果。例如在包装设计使用再生材料，既考虑了节约资源，也考虑降低能耗、减少环境污染、节约人力财力、提高产品质量等问题，只有这样，包装废旧材料的再生才是经济型的，有价值的。

二、生态环保型包装的出现

生态环保型包装是一个指导性的原则，其目的是防止产品包装在生产、运输、销售、使用、丢弃、处置时对环境产生危害，在整个商品流通活动中既保护自然资源又保证包装的良好性能。很明显，生态环保型包装与传统包装明显不同，它是赋予传统包装功能材料在生态环境下保持优化、协调性的一类新型包装。

保护生态环境符合人类认识自然的规律。在生产力低下的时代，人类为摆脱环境的桎梏约束，求生存、求发展，把保护人类和征服大自然作为首要任务，大量开采和生产人类必须的各种材料。如今，人类对自然环境的开发和工业生产已导致了严重的环境问题，人们方才认识到自然环境的重要性，进而确定了保护自然、保护环境的思想，生态环保型包装的提出是顺应人类自然发展这一时代潮流的。最近几年出现的生态环保型包装主要有：

德国一位工程师发明的适合欧美消费者喜欢的一种由淀粉做成的盛装奶品的包装杯，这是一种几乎毫无垃圾的零度包装，包装杯遇流质不会溶化，无毒且可给宠物食用，单就德国而言，每年可节约560万吨塑料和少产生400万吨垃圾。

米特兰化学公司研究成功的一种由淀粉与合成纤维合成的胶袋，可以在大自然中分解成水及二氧化碳。这类包装也几乎近似零度包装，极易化解成大自然的一部分，不会制造破坏环境的垃圾。

Auerco公司研制的一种减少氧、增加氮含量、果蔬保鲜，在空运中使用的具有空气调节性能的新型包装箱。这种包装箱有一层特制的薄膜，薄膜纤维能够吸收氧分子而让氮气通过，这样在空气通过薄膜进入包装箱后，箱内氮气含量可高达98％以上，从而使果蔬的呼吸作用减慢达到较长时间保鲜的目的。

Minigrip公司设计的一种带拉链的实用性强、保质性好、可多次开封的速冻软包装袋，这种有效、经济、卫生、使用简便的包装新产品，除拉链外，有一首次开封标记，可随意开封，避免以往未食用完，开口袋子就不易保存的弊端，保持了食品的维生素、盐和各种味道，是一次速冻食品的包装革命。

Evian天然矿泉水推出的一款全新的塑料瓶设计，这个1．5公升塑料瓶的PET含量减少了14％，瓶身旋转式的设计易于用后折叠弃置，不会影响本身的耐用程度和品质。这种方便回收塑料瓶包装的天然矿泉水在法国销售后，现正逐渐引进北美市场。

德国、瑞典和瑞士开始使用的聚碳酸酯(PC)制作牛奶和饮料的包装容器，PC材料结实耐磨、无嗅无味，并且不会被牛奶侵蚀。其有强度高、瓶壁薄、重量轻等优点，可节省原材料和能源，使用50次以上并且完全回收，包装成本低，符合有

关方面对包装容器的各种需求。

Mirrex公司生产的7002ESD抗静电硬质PVC薄膜，适用于透明托盘、抓斗的包装，这种薄膜表面电阻和静电衰变较小，可作为食品包装用的高屏蔽性膜。经巧克力、速溶粉的包装试验，与纸、铝复合包装物对比，优势在于产品的折叠处不存在有破裂导致屏蔽性能失效的现象。

日本山琦公司开发的T-CA特种瓦楞纸箱，该箱具有简易气调(AC)功能，能抑制蔬菜水果的水分蒸发，而且耐湿、强度高，在蔬菜水果运输贮存过程中，能起到很好的保鲜作用，成为当前流行的实用保鲜包装。

Sigma Nex公司设计制造一种防易碎品破碎的包装，该产品采用二层阶梯形的弹簧结构，用热塑性塑料制成，经久耐用。产品附有新型震动指示器，可以测出商品在运输中被碰撞的情况，提醒人们注意及时进行调整，避免发生事故。震动记录器按时测量记录出重力，正确指出碰碎商品的准确时间。

全美主要冷冻食品制造商开始用纸塑托盘代替CPET盘作为冷冻食品包装。这种纸塑托盘可100％的回收，它所用的原材料是一种白色混合的回收物，包括包装牛奶用的废纸盒，包装用的纸废料和纸屑。纸塑托盘亦可放入烤箱烤制食品。

英国Sideawen公司开发的一种由蔗糖、淀粉、脂肪酸、和聚酯组成的、可食用的水果保鲜剂，它喷涂于苹果、柑桔、西瓜、香蕉和西红柿等水果表面，形成一层密封膜，能防止氧气进入水果内部从而延长了水果变质过程，并可同水果一起进食，保鲜期可达200天。

三、生态环保型包装的特征和功能

随着现代科技的迅猛发展和商品竞争的日益加剧，产品的包装设计在商业销售中更显示出空前的功能性和重要性。据业内人士分析，国际上生态环保型包装设计一般有以下特征和功能：

1、生态环境保护功能。生态环保型包装最基本功能在于保护产品在运输流通过程中最大限度地免遭挤压或碰撞损害以及减少对气候、温度、干燥等自然因素的侵蚀，同时也为储存空气问题提供解决方法。

2、传递生态环保信息。生态环保型包装设计应使消费者容易明了其产品性能、使用方法以及何处开启包装。此外，在食品、药物、化学试剂及一些特殊产品的包装上应明确标注其使用日期、范围和必须注明的有关事项。

3、生态环保心理感应。要求通过包装表面或打开包装的刹那间感受，传达给顾客某种设计者所刻意追求的形象，如追求新颖、奇特、自然流畅的现代意识，或追求高贵华丽的豪华风格，或强调情洁而安全的精美品味等。

4、生态环保形象的识别。生态环保型包装设计应建立产品的生态环保形象识别体系，能充分显示出产品的特点，从而有效地树立生态环保形象并扩大消路。生态环保型包装根据国家和地区的特点，其外表应适当突出包装生态环保的功能和使用方法，作醒目的生态环保识别标志，使消费者不细看内容，也能对包装的生态环保特征有所了解，令人有新鲜、亲切和安全的感受。

四、生态环保型包装的设计方法

就产品包装的生态环境保护设计而言，一方面要不断地开发新材料、新工艺，更重要的是要改进设计，使新材料、新工艺得到合理的开发和利用，同时研究新的生态环境的保护方法、开发各种生态环境保护评估系统的计算机软件，建立生态环保型包装的信息数据库，并进行国际联网，实现国际包装信息产业化，促进包装材料开发、包装设计以及包装产业信息化，实现环境协调的目标，达到保护人类生态环境的目的。另一方面，要研究各种方法来处理包装与制造污染的矛盾，其中一个比较理想的办法，就是采用零度包装，这是一种不制造任何垃圾的包装方式。一个很古老的蛋皮包装方式的雪糕筒，孩子们买了雪糕，那蛋筒也可以吃。但这种蛋筒美中不足的地方，是能装载雪糕的时间很短，雪糕溶化了，蛋筒也会被浸破。其实，为了节省资源及保护环境，一些古老的方法，往往还是最有意思的。10～20年前，孩子们为母亲买酱油等调味品，就是拿瓶或碗去买的，可省掉包装上的浪费。这种方法古老变为时尚，PROCTER.GAMBLE公司在德国推销的洗衣剂，如今可以旧瓶补装，而且这种方法在出售洗衣粉、洗洁剂及牛奶方面，已经开始盛行，推行补装的方法，可以节省一部分开支。

新兴的生态环保型包装得到了环保组织、科技工业界的普遍关注。国际标准化机构的专业委员会(1SO／TC207)已开始进行环境标记国际标准化和环境对策的工作，制定了按环境监制标准对企业进行环境保护审查的有关条例，并决定从2005年

图1

图3
特色糕点包装
上海应用技术学院艺术设计系学生　张人杰
指导老师　李京浩

4月开始实施,这极大地提高了生态环保型包装的地位,增加了人们对生态环保的重要性、必要性和紧迫性的认识。在21世纪即将到来之际,包装界和各有关部门应强化生态环境的保护意识,加强对Eco-packaging的研究工作。一方面改造现有包装材料,使其与环境有良好的协调性;另一方面开发新型包装材料,使其具有良好的综合功能和环境协调性,实行"绿色产品"或"环保产品"的标识。

五、生态环保型包装的材料研发

现代包装设计根据保护生态环境的观念,还有许多尚待研究解决的技术问题。如陶瓷包装容器废弃后难以分解再用;金属包装容器再生利用时难以除去杂质元素;塑料包装废弃后一般难以降解,而高温焚烧处理即会产生大量的有毒气体;复合包装的组成较为复杂,不可能进行单项处理;发泡塑料餐盒遍地抛弃,也形成严重的白色污染等等。因此,开发新型的生态包装是时代赋予包装设计者的责任。从保护人类的生态环境出发,研究包装的材料、结构、工艺、物化性能和特种功能与其环境协调性之间的相互关系,是生态环保型包装研究的主要内容。这里,第一是生态环保型包装材料的开发、应用、再生过程与生态环境间的相互作用和相互制约的研究。如:人类对包装的需求引起生态环境的变化及变化规律,环境污染对人类生存所需包装的质量和数量的影响,能保护生态环境的包装材料的范畴,从生

态环境出发的无毒无污染新包装材料的研究等。第二是生态包装的应用研究,如:清洁的、无污染的包装材料(含原料)的生产方法、加工工艺和制造技术,废弃包装材料的综合再生所用的新技术、新工艺,现用包装材料有害元素和有害成分的控制技术和替代技术,自然环境中"稀有材料"的替代技术等。第

图1

三是生态环保型包装的评估系统研究,亦即是自然环境与包装相互作用相互制约以及自然环境对生态包装的设计、制造、应用和再生过程的负担程度方面的研究。

生态环保型包装仅仅是生态产品领域里的组成部分,由于产品包装的生态循环周期较短,更加引起了社

会环保部门的重视,因此,一些国家和地区对生态环保型包装进行了大量的研究工作。

六、生态环保型包装的评价体系

对生态环保包装的循环评估体系,其内容涉及评价项目的选择、表征技术的开发等方面。从包装所耗资的资源,以及包装材料在生产阶段、使用阶段、废弃回收和再生利用阶段对环境的影响来说,包括以下几点:

1、包装资源消耗,包括材料成本、寿命,以及所耗资源的储藏量;

2、包装生产阶段对环境影响和污染程度,以及生产消耗能源情况等;

3、包装使用阶段对环境的污染程度和公害,替代材料的可能性、包装的使用寿命、破损泄漏的情况等;

4、废弃包装的回收、再生利用阶段,包括废弃包装的社会危害性和自然环境污染、废弃包装再生化的难易程度、消耗能源的多寡和焚烧中造成的大气污染情况等。

包装对环境的污染是生态环保型包装评价的重点。而且这种评价贯穿于包装材料开采、制造、信用、废弃或再生的全过程而不光是废弃后的阶段,以及包装结构的利用、资源消耗程度,因为包装结构的不合理性、包装功能的丧失、某种资源的耗竭,破坏了自然环境的生态平衡,当然也是一种或导致一种环境污染。每一项目的评价内容,对每项指标的评价表征方法都

图1

动态包装 UC动画宣称品包装

上海应用技术学院艺术设计系学生 王 斌

指导老师 朱敏芳

图2

动态标志。信息时代的基本特征是互动，即互变异动，它源于一个氢原子与其他两个原子间转换并和其中一个原子形成共介键，是两种或多种化合物相互转变的运动现象。互变异动的化合物相互间始终处于动态平衡之中。

图3

动态服装

图2

有待于进一步研究，特别是在资源开发、利用和回收方面更是如此。

七、生态环保型包装的发展趋势

生态环保型包装的出现只有几年的历史，但一些发达国家在这方面开展了大量工作，对生态环保型包装的容器、材料、结构和利用等进行了大量的研究。例如，对HDPE食品包装袋的研究表明，制造1万个食品袋消耗能源52GJ，排出大气污染物质78Kg，水域污染物质8.6Kg，固态废弃物8.1m，比纸包装制品高出1.5～10倍。准确的数据定下了塑料食品袋的"终身"，这也是禁止使用塑料包装的原因，其中PVC是第一个被淘汰者。因此，包装设计光靠经验设计是不行的，至少应是经验设计和科学设计相结合的产物。

生态环保型包装涉及的内容主要是范围非常广泛的包装材料，它包括金属材料、非金属材料、高分子材料、天然材料、复合材料以及传统和新颖的各种材料。从环境的角度出发，研究包装材料的合理性能、物化性能和特殊功能，制定生态环保型包装材料的生产标准和生态环保型包装标准，是一项非常重要的任务。新的标准不仅考虑材料的构成部分、加工工艺、物化性能和主要用途，最重要的是降低环境负担，研发高性能、多功能、低负担的新包装材料。生态环保这一主题，无疑是21世纪包装材料和包装设计研究的重要方向。

第二节
未来包装设计
——动态包装的发展趋势

一、信息时代互动特征对包装设计革命的启示

在如今千变万化的社会中，设计艺术的互动特征愈来愈突出，动态包装（图1）、动态标志（图2）、动态服装（图3）等不断涌现。包装技术有了观念上的提高，人们的消费水平日益提高，消费者对包装的需求不再局限于质量、环保、美观、

图3

使用等作用上，消费者希望产品的包装在继承原有的功能上能更具有活力，能给消费者更多的信息，于是动态包装——一种全新的互动形式的包装理念应运而生。

比如：手机，这一高科技的产物正逐渐被普通人接受和喜爱，随着手机行业的迅速发展，从手机外壳印刷技术、手机清洗与消毒、手机外套到手机铃声音乐、动态摄像头、精美绝伦的动态图片、优美线条随心所欲的变化，到时下"手机包装"（图1）的美容连锁店更是遍布在韩国的大街小巷。其发展速度之快，经营效益之好，实在令人心动不已。超级时尚手机包装美容制作系统是引进日本、韩国最先进的数码技术，研制开发具有我国国情的新一代商业软件及全套设备只需投

资0.98～1.78万元即可拥有。采用国际先进技术，利用全自动化装置、可视式设计、傻瓜式操作，无须电脑基础让你半天即可学会，开创了数码技术与刻绘技术的完美结合。

日本TORSI公司最近推出一种新型透明玻璃包装纸（图2），用于包装生鲜果品，能适应不同的包装形态，抑制它们的熟化过程，使保存期能延长2倍。该玻璃纸表面涂了一层名叫桧酸的特殊化学物质，这种物质能抑制促使水果、蔬菜成熟的乙烯生成酶的活动，从而延长其保鲜期。使用这种包装纸，不仅使包装形态处于不断变化着的动态状态，同时可长距离运输这类食品变得容易，减少损耗，

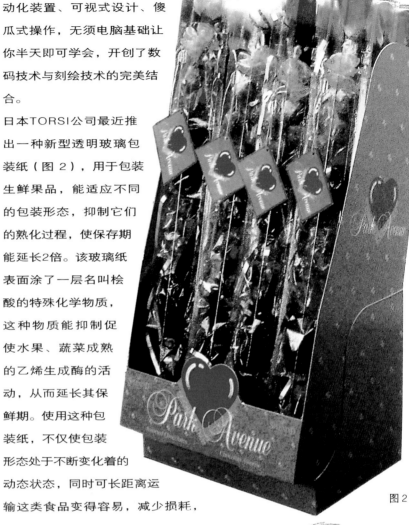

图2

图1

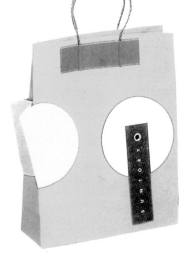

图3

减少防腐剂的使用量，从而降低了成本。

动态纸袋，可作多种富有变化的纸袋成型。纸袋中的搭扣、拎攀、袋中袋可以移动和充盛物之间的空隙，调整盛物摇晃而产生的重量，吸收震动，保护盛物免于在运输中损害，比任何其他的支撑填充保护物的效果更好。（图3）

动态饮料包装，其主要特点是把软包装的开口装置与饮料袋合在一起，既巧妙又实用。（图4）这项发明在饮料界引起很大的反响。鸭嘴动态式软包装是一个上部安装了一个吸管的装置，打开时，先要将吸管轻轻地插入袋口的小圆口一层透明膜，即可饮用。而软包装既可以方便运输，还可大大减少嘴唇受伤的可能性。

又比如：日本前卫设计师三宅一生（Issey Miyake）从一块布变出多款衣着包装的概念其实并不新，但却很契合这个时代提倡的DIY、多功能（Multi-tasking，不就是现代办公的哲学吗？）、多面体、互动的精神，所以更广泛地引起穿戴者的共鸣。这一互动的新理念，改变了人们的思考方式，从以前的线形思考到现今的网状思考，由一体通用到量身定做，从单向沟通到双向沟通，从实体到虚拟，皆为信息时代互动特性所带来的新特性。一个时代的服装包装多少反映出该时代的文化思潮。走在梅雨季节的东京，从涩谷（人气沸腾）、原宿（青春劲爆），到新宿（潮流汹涌），另类服装总让眼尖的记者惊艳。

二、动态包装设计的价值

动态包装就是以一个"变"字为主轴，将人与人、人与物、人与环境有机地联系在一起。它主要意义在于：包装与包装之间、包装与产品之间、包装与生产商之间、包装与消费者之间、包装与环境之间，互动起来。动态包装，关键在一个"动"字。互动，动态包装最大的特点就是具有很强的互动性。

流行是一种时尚，一种不断更换的动态美，一种前沿化的市场消费动态与思潮，蕴含着巨大的市场商机。信息时代的互动特性所带来了包装设计革命的新特性，而互动的包装设计更会引起受众的兴趣，满足人们的参与感。受众不再仅仅是信息的接受者，他们拥有更大的选择自由和参与机会。例如他们可以对包装的某些信息作出自己的反应，并将其加入到包装媒体当中，反过来又成为包装信息的一部分。交互式包装设计的图像或按钮的设计并没有关系，就像图形设计跟字体或边框没有关系一样。它们主要

图4

图1

动态手机。它从手机外壳印刷技术、手机清洗与消毒、手机外套到手机铃声音乐、动态摄像头、精美绝伦的动态图片，再到优美线条随心所欲的变化，令人心动不已。

图2

玻璃纸包装。

图3

动态纸袋。它可作多种富于变化的纸袋成型，可以移动和充盛物之间的空隙，调整盛物摇晃而产生的重量，吸收震动，从而保护盛物免于在运输中损害。

图4

动态饮料包装。其主要特点是把软包装的开口装置与饮料袋合在一起，既巧妙又实用。

是关系着创造经验、传达情绪及信息。光是把多种素材放在一起，但是不提供操纵它们的管道，是无济于事，且无意义。与使用者接口的设计就是一种以符合人体工程学的策略性方法呈现媒体、传递信息的程序。无论这项信息是信息性的、情绪性的，抑或是指引性的，都会有许多使用者接口的共同协议，让你能够经由多媒体的方式达到沟通的目的。

互动性包装设计的好坏，通常与设计者对技术的熟练程度有关，人们通常会求助于专家，以便了解计算机可以做些什么事，但绝大部分你所必须设计的是人，而非技术。一个成功的互动指的是，一个人直接告诉计算机要做些什么，而不是用其他的方式。

鼓励消费者参与产品包装，考虑使用者在每一个不同的时刻会想做些什么动作，是所有互动包装设计的基础。在任何一种情况下，交互式包装设计的优与劣都涉及到发展时间的长短、成本，以及技术资源，你提供给使用者越多的互动控制权，整个发展的过程就越复杂。每一种创造产品的方式或许会有很大的不同，但无论互动的程度如何，交互式包装设计的基本目标是一致的：清晰、简明、容易使用。

三、动态包装的概念设计形式

动态包装从字面上理解就是会动的包装。以往包装上的装饰都是静态的平面或三维图案排版设计。这种静态的包装形式已流行了上千甚至上万年之久，如今科技的不断进步，包装材料和包装技术上了一个

新的台阶，同时消费者对产品包装的要求已不能再用传统的静态的平面或三维的装饰设计来满足，于是商家决定从包装的形势上寻找新的突破，上世纪90年代末，欧洲的包装界提出了动态包装这一全新的概念。

最简单的动态包装就是通过光学的原理，在同一个包装上，从不同的角度看会呈现不同的画面，这种技术早在上世纪80年代已具有，当时小学生的书包、文具盒、玩具和服装上都有，但当时是用来作点缀装饰用的，如今把这种技术运用到包装上。较为复杂的动态包装就是在包装上带有显示器、芯片，芯片里存有产品的信息，当消费者打开包装

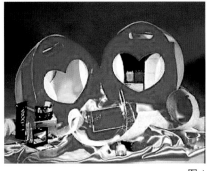

图1

上的开关或是触碰到感应开关时，显示器上就会开始播放芯片里存放的信息内容，更复杂的动态包装就是将互联网与包装相结合。不过，越是复杂的动态包装，包装成本就越是昂贵，一般复杂的动态包装多运用在电子产品上，而较简单的那种动态包装目前运用的范围比较广。

动态包装在我国处于萌芽阶段，在上海可见到动态包装的就是在地铁一号线和二号线交换处，内容是为了宣传打印机，严格地说这是一则广告，但广意上可以说是对商家产品的一种宣传包装，该广告分为左

中右三块，从左侧看是三幅关于介绍打印机性能的宣传招贴，但从右边看，左右两边的宣传画则变成满幅的红色，和中间的那副产品商标组成一幅大的商标展示招贴。中国由于市场制度的不完善，人们的消费水平也不高，因此动态包装在我国迟迟未能推出，甚至连动态包装这一概念都未能提出。

不过，动态包装的潜力相当大，社会在不断发展，科技一天天地在突破，互联网的不断普及，人们的消费水平也一天比一天的好。传统的静态包装在传达信息上很局限，只能在有限的范围内尽可能多地将产品的信息传达给消费者，也就是说，首先一定要将精髓表达清楚，其他的部分有可能的话再加以表达，而如今人们的消费水平高了，商品也多了，消费者希望在商品上可以得到更多的有价值的信息，也就是想多知道一些没表达详细的信息，因为这些附属信息也很重要，但传统的静态包装恰恰在表达附属信息上很薄弱，在传播信息的全面性上很局限。

动态包装在这点上做到了，动态包装运用它自身带有的高科技成分将这一点发挥得相当出色。只要芯片存储量够大就能存放够多的产品信息，如果是与互联网相通的，那动态包装能传达的信息量将会更大，而且随时可以翻新。

举个例子：比方说佳乐乳业，当你买到其产品中的纯牛奶，从传统包装上你能了解到的只有纯牛奶的配料、含各种营养的百分比、保质期、生产期等等一些有限的信息，但当你想知道佳乐乳业除了纯牛奶是否还有甜牛奶、酸牛奶，是否还

图3

有果奶产品或是果奶里有几种口味时，还有想知道佳乐乳业是怎样给牛奶消毒，因为光靠瓶包装上的"100%消毒"之类的字样是不能完全放心的。而这些信息你除了想象就是到附近的超市或商家了解，要不就是打电话询问，有太多的不便。但动态包装可以让你做到不出门就可以知道这些附属的信息。假如佳乐乳业运用了动态包装，芯片里就有大量的关于佳乐乳业的信息，假如有与互联网相通的动态包

会给运输带来很多的问题。不光是这一点，一个产品从出厂一直到消费者的手里，要经过很多的环节。比如运输时要方便，要在有限的空间里尽可能多地放产品，而且还要起到保护产品的作用；还有当产品到了展销柜上时，包装就要有美的观感，能起到推销的作用。这些，传统的静态包装能做的就相当的局限，因为传统的静态包装是静止的，装入产品的那一刻开始，包装的整个外形就被定死，不能再有所

图2

装，那么消费者能知道的就不仅仅是以上说的那些信息。

四、动态包装的概念设计表现
1. 包装与包装之间的动态设计
现在市场上的包装都只能为单一的产品做保护和装饰，而且产品一旦出厂，与之相对应的包装也就定死了，不能改动了。在同一商品的运输上当然是没什么问题，但如果是几种不同的产品一起运输时，包装的外形就

变动，这使包装设计师在设计时受到很大的限制。所以到目前市场上能见到全面的好包装，只能是微乎其微。动态包装是组合展示型的（图 1、2），如同一生产商生产的同一系列的两种不同的产品。当顾客在购买用于送礼时，包装组合与包装展示之间的差异会给人一种不协调感，甚至会给人一种东拼西凑的"便宜货"的感觉。动态包装可以让两种包装的功能衔接得很完美。包装材料用一种具有

图 1
组合展示的动态包装
图 2
"哈利波特"电影DVD包装
上海应用技术学院艺术设计系学生 江书晔
　　　　　　　　　　指导老师 汤义勇

图 3
茶叶包装
上海应用技术学院艺术设计系学生 李　波
　　　　　　　　　　指导老师 汤义勇

图1

记忆色的物质制成，当两种不同的产品相遇时，记忆色材料会进行调节，让原本可能不协调的两种包装变得协调。

2. 包装与产品之间的动态设计

通常我们见到的静态包装的CD盒（图1），而动态包装的CD盒（图2）却能装不同尺寸的CD。但同种电子产品的3英寸软盘就不能用静态包装的CD盒来装，而且现在的CD外形已千变万化，不再仅仅只有圆形这一种形式，还有方的、心形的、多边形的等等，这些各式各样的CD，尺寸小的倒还能用这个CD盒来装，如果直径和图中的CD相同，那就放不下了，这就是传统静态包装在包装与产品之间互动的局限。

静态CD包装，只适用于一种款式的产品。动态包装就不一样了，还是以那个CD盒做例子：动态包装的CD盒外形可能和图中的CD盒没什么两样，但在里面动态包装会采用记忆物质，就像沙一样，当用户将CD放入动态CD盒时，盒内的记忆物质会像沙子一样变成适合此CD外形的安放内盒，当取出CD时，盒内的记忆物质又将变回原先的平整外形。这种动态的CD盒不光可以存放各种外形和尺寸的CD，像3英寸软盘之类的电子产品也一样可以存放，这就是

动态包装在包装与产品之间所表现出的超强的互动性。

3. 包装与生产商之间的动态设计

传统的静态包装，一旦出厂，所有的形式都被框死了。如果生产厂商在不久后更改了LOGO，或是运行什么活动，那么所运行的活动或是印刷新的LOGO，也就只能在最新出厂的一批包装上做文章了，这对生

图2

产商来说可是一笔不小的损失。动态包装可以帮生产厂商解决这一问题，避免一些不必要的损失。

4. 包装与消费者之间的动态设计

社会在不断进步，人们的生活水平也在日益增高。以前对包装的要求有局限性，只要能把产品包好就可以了。而到了今天，人们对包装的要求越来越苛刻，不仅要美观拿得出手，还要便于携带。（图3）

前面"包装与包装之间的动态设计"中举的那个例子，稍加改动互动性就可衍伸到"包装与消费者之间

的动态设计"了。由动态包装的材料选用变形记忆物质，传统的静态包装消费者在购买后一般都需用塑料袋之类的第二介质才能携带走，塑料袋很大程度上破坏了包装本身的美观，而且非常的不环保，纸袋又不耐用。而变形记忆物质就不一样了，它在出厂时，是在包装上就已被记忆了便于携带的结构，但被记忆在包装里，包装上并没迹象。当消费者购得产品时，只要在适当的地方用手轻轻一划，原先被记忆的携带结构就会显现出来。于是一个原本美观的包装就变成了既美观又方便的动态包装。还有的动态包装如：克莉斯汀饼屋的包装盒在产品内部设计成展开结构，便于在冰柜内展示，包装就成了小小的展台（图4），而顾客购买后又可收缩为固定式包装。

传统的包装盒一般消费者在用完内部产品后会就扔掉，而耐克鞋的木质动态包装盒（图5）却可以拿来做储物箱。有的又扁又长的包装盒什么也装不下，所以在再利用上的业绩一直以来都是最低的。而食品动态包装就不一样了，它在每个小包装盒上都暗藏着连接扣，每个包装

图3

图 4

盒的表面上都有开口，可以将包装盒拆开，这样可变形就更大了，既卫生又方便食用。还有就是前面在"包装与产品之间的动态设计"里提到的记忆物质，如果这种包装用于手机之类的产品，当手机被取出使用后，包装盒因为大小适中，而且内部的记忆物质可以起到很好的保护作用，这样消费者就可以用来做收藏盒，将一些比较贵重的物品放入其中。从以上例子可见动态包装更为贴近消费者，贴近我们的生活。

5．包装与环境之间的动态设计

目前市场的包装几乎都与周围的环境没有什么太大的关系，最多也就是保温、制冷或是适应热胀冷缩的功能。动态包装就不一样了，它能充分地利用周边的任何资源为己所用，将自己表现得更适应市场，更具人性化设计。比如有的动态包装利用光学的原理，在包装上呈现不同的平面设计，如具有发射状视觉

效果的LOGO，这种包装给人的感觉很活。还有的动态包装可以根据周围的环境而发生色彩上的变化，比如，夏天人们希望周边的事物都给人一种凉爽的感觉，可以让炎热的天气所带来烦躁的心情得以缓解，

图 1　静态CD包装

图 2　动态CD包装

图 3　动态携带包装，美观且便于携带。

图 4　可收缩包装

图 5　耐克木质包装盒

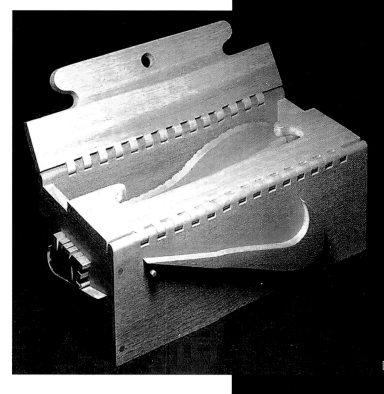

图 5

图1

包装，从字面上可以知道这种销售包装是以静止的形式出现在消费者面前的。静态包装在生活中到处可见，一个好的静态包装也有其不可替代的优点：其表面的平面设计就是一件好的艺术品，甚至可以拿来收藏。在这一点上，目前的动态包装还做得很不够，不过我相信要不了多久，动态包装将会解决这一问题，到时动态包装上设有可下载的功能，那么好的平面设计就可以被消费者下载收藏。（图1）

当到了动态包装流行、普及的那一天，这种技术被一些不法的商家利用，就会伤害到广大消费者的利益。比方说一些具有食用性的商品，其最重要的就是生产日期、保质期和保质条件，在静态包装上这些信息一旦被印刷就很难作改动，而在动态包装上，这一点就变得非常的简单，只要商品没有销售出去只要通过电脑将芯片里的数据加以改变就可以了，或是输入一些会定期自动更改日期的命令，如果是和互联网相通的，那就更加容易。这样一来就大大伤害了消费者的利益。

还有一点，动态包装目前在运输上也存在着很多不便，显示屏要相当的小心，不可以碰坏碰伤，芯片也

动态包装本身设有一个温度上限，达到了或是超过这个上限温度时，包装的整个色调将会变成冷色调，如果温度低于上限温度时，包装就会变成暖色调。还有的动态包装会自行调节色彩，当货柜上摆满了商品时，动态包装会用感应装置感应到周围的色彩（一般以左右各一个为基准），然后自行选出不同于周边包装的色彩或是用补色加以改变，这样该产品在销售柜上就会更加出跳。还有些动态包装在内部设有季节更替性，不同的季节包装呈现不同的色彩和图案。更有的动态包装能感应体温，当消费者感到冷时，尤其在冬季，动态包装就会打开带有的外壳加温装置帮助人们取暖；如果在夏天，由于天热，大多数人的手心温度会过高，这时包装会降温来帮助人们消暑。这样的动态包装不仅给生活增加了更多的色彩，而且拉近了消费者和生产商心灵的距离。

6. 动态包装设计的问题与前景

动态包装的出现也带来一些不可避免的问题。相对于动态包装的静态

不能被震动，因此运输的成本就明显地上去了，原来几百元的商品等到了消费者手里可能就要翻上好几翻，甚至十几翻、几十翻。

动态包装对于今天来说只是一个新兴的事物，虽然少量的动态包装已经在西方国家面市，但远远没有取代传统的静态包装之势。动态包装的互动性的确很适应当今的社会形式，但就目前来看，在动态包装的技术掌握上还很不够。高档的复杂的动态包装多数都含有高科技成分，像上面多次提到的记忆物质，虽然目前已着手大力开发，但远没有普及。像这种含有记忆物质的动态包装光包装的造价就不菲，要用到低成本的产品中就目前来说是不可能的。还有像电子屏幕之类的动态包装，西方国家虽已在大力开发，但使用得很局限，一般都用在高价产品上，而且就目前而言要与全球互联网相通还只是一个想法，所以说动态包装在很大限度上受到科学技术是否普及的影响。动态包装不仅仅受到科技的限制，人们的受教育程度也一样牵制着动态包装的普及。只要是高科技产品，就需要一定的技术含量，前面说的与互联网相通的动态包装，如果这种包装一旦被普及，那么对消费者不仅仅需要具备对网络的了解，语言上也要相通。就目前我国的英语、网络和教育普及程度来看，这种动态包装还远远不能进入中国市场。

成本对一个包装来说很重要，包装再好也只是产品的附属品，动态包装的互动性再强也只是为了促销里面的产品。所以一个包装再好，其成本也不能超出里面产品的造价(除

了中国的月饼包装，值得商榷)。目前动态包装还有一个弊病就是自身的价格昂贵。在今天，虽然科技已经相当发达，但是一些新科技、高科技还未能普及，这不光影响到动态包装自身的价格，前面提到的运输也受到局限，所以在目前动态包装不能得以普及，但我相信不久的将来，这些影响动态包装普及的因素都会一一被解决。从以上可以看出，动态包装的造价就现在而言太高，也只有一些高精致的电子产品可以用得上动态包装。还有一点，就现在市场上的商品而言，如果都用上了动态包装，那将会出现喧宾夺主的状况，因为目前市场上的产品其本身的使用性不是很全。再者就是再回收和利用上，像纸制的包装在这点上问题不大，但像那种带有显示屏的动态包装，再回收就要下大本钱了，要有专门的人员进行验收和再利用。

社会发展到今天，万千事物都在不断地更新进步。传统的静态包装最早出现于人类的原始社会，距今已有上千年之久，虽然静态包装从捆扎的草绳开始一直发展到今天以金属、纸张、塑料和玻璃作为主要的制作材料，其包装平面设计也由原始的彩绘到今天的数码设计，但是从种种迹象可以看出静态包装已经到达了顶峰，再运用新的材料包装形式始终还是静止的，况且到今天包装的装饰设计也已经到达一个顶峰，要想有新的发展就要有所突破。

要想使包装起到对商品更好的促销作用，就要改变包装原先的形态，改静为动。人们的生活水平在不断的提高，对商品的需求不再仅仅只

图2

图1
"音乐故事"CD封套包装
上海应用技术学院艺术设计系学生 奚仁杰
指导老师 朱敏芳

图2
"东方之星"包装设计大奖赛 作品

是局限在质和量上，一个产品从里到外都要物有所值，甚至物超所值。面对这样的社会发展趋势，静态包装已经走到了尽头，改由一个新的事物出来传承接代。但也不能全盘否定静态包装，静态包装也有其不可替代的特点，如成本低、重量轻、结构简单等。事物是相互联系的，没有静的概念也就不会有动的概念出现，动态包装的很多形式都是在静态包装的基础上加以改变和更新才得到的，所以两者相辅相成，缺一不可。

动态包装是一个全新的概念，在动态包装尚未完全进入市场前，动态包装已经在包装教育中出现。大学生们敢于创新的动态包装概念设计作品（图 1）富有前瞻性。我们深信：不久的将来，动态包装必将取代静态包装的主导地位，引领社会潮流。取代并不代表动态包装会对静态包装全盘的否定，随着超级市场和自动化商品陈列销售的发展，动态包装会吸取静态包装的长处，并改善其自身不足的地方，将销售包装推向一个全新的领域。

第三节
未来人们的生活消费需求——绿色包装

提高包装容器自身价值及功能，促进其再循环使用。一杯茶水的价值不一定高于盛水的杯子；一个煤气罐的价值不一定低于一罐煤气的价值；一个装了酒的景泰蓝坛子，其价值绝对高于一坛酒。虽然它们三者不属于商业意义上的包装，但却能说明重复包装的意义——凡能重

复使用的包装容器，它本身不仅是一个附属于商品的包装物，同时还是一个独立与商品之外的器皿或商品，它有高于包装价值之外的其他价值或功能。仍以上面的"茶杯"、"煤气罐"、"景泰蓝"为例，它们三个容器在功能和价值上各有两个共同点：一是具有可重复使用的罐装功能；二是其自身价值相对大于盛装物品的价值；除此之外还有各自的独特功能和价值。茶杯利于人喝水是一种饮水工具，煤气罐有缓慢释放气体以利燃烧的功能，而景泰蓝更是材料独特、造型精美、色彩高雅。由此我们可以看出凡是重复使用的容器其功能和价值都是多重性的。可重复使用的容器，其功能也不仅是包装，它已经上升到一种具有生活用品意义的，可长期使用的商品。我们到商场去买它就如同买茶杯一样，但是要想提高它的使用寿命和周期，必须先提高其使用价值或增加它的使用功能，这样才有可能被人们长时间的使用。

包装容器使用寿命周期的公式：

包装容器寿命周期 = 一次性使用的寿命周期 + 一次性使用的寿命周期（其他功能因素 + 材料因素 + 结构因素 + 造型设计因素 + 表面设计因素）。

显然这里的使用寿命周期是定性的，没有具体的数的含义。对于"复用盛装器"，一次性包装功能是它的基本功能，重复使用是它的主要功能，是其他因素的支柱。如果没有这种复用功能，任何再好的材料、结构、造型也只能使包装容器使用一次，完成它的基本功能

（一次性包装功能）后，则被弃之为垃圾。相反，如果包装容器具有可重复循环使用的功能，再加上高质量的结构，富有感染力的造型与装潢，及其他功能，将无疑使它的重复使用价值大大提高，能长时间使用下去。在众多因素中，材料因素和造型因素是最关键的也是能较好控制的因素，材料自身价值及自身功能都可以提高包装容器的再循环周期。比如，选用高档材料，进行精美又合理的造型设计，消费者是不愿意将其弃之为垃圾的。当然，在提高材料本身价值的同时，也要与材料自身的功能相吻合。众所周知，有些纳米材料有消毒、清洁、卫生的功能，同时纳米材料在目前也算是高档材料，若用来包装日用化工产品及食品等是非常好的，但用在一次性包装的容器上未免有些奢侈浪费，而用在多次重复使用的包装容器上是恰当的，不但能治理垃圾污染，同时也达到了一次性包装容器所要求的干净卫生的标准。

所以在进行再循环包装设计时，一定要以价值工程学为指导，以系统产品设计为基本方法，把每个因素都处理得恰到好处。

产品的使用过程决定了人们的生活方式，因此我们常说产品设计就是生活方式的设计，尤其是与我们生活息息相关的衣食住行等日用产品的构思设计更为重要，新产品规划和新产品设计必须要为人们的生活着想，体验生活，揣摩生活，要预料到未来人们的社会心理和生活习惯。现在全球经济乃至全人类的文明正向着资源利用合理化、废物产生少量化和无污染化的

方向发展，崇尚自然，保护人类自身生存条件是全人类共同的主题。毋庸置疑，未来社会将是一个绿色社会，无论是企业还是设计师都应有高瞻远瞩的目光搞绿色产品，搞绿色设计，同时与之相适应的社会消费也将是绿色消费。国际消费者协会从1997年开始连续开展了以"可持续发展和绿色消费"为主题的活动，引起了世界各国政府和绿色环保组织的极大关注。现在许多消费者已经把购买绿色产品视为一种时尚，视为一种产品质量更高层次的追求，绿色消费的时代已经到来。此外，我国已经加入WTO，各行各业都以国际化的方式调整自己的步伐。绿色产业、绿色设计、绿色消费更是国际化的要求，相信我们的企业、消费者、全体人民会尽快适应这个要求。

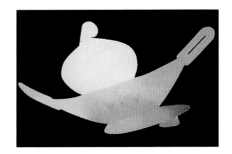

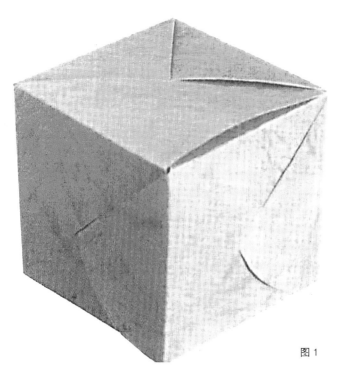

图1

图1
动态包装概念设计 学生作品

图2
"台湾包装之星"作品

图2

Packaging
Art
Design

第九章
包装设计实践

图1

第一节
包装设计的构思实践

一、设计构思思维

设计构思思维的主要任务是调动各种艺术手段塑造一个理想的商品形象。这个"商品形象"不是商品本身的客观模样，而是包含有关商品的属性、档次、情感、风格等多种特征的整体陈述，是在对商品的整体感受和认识基础上进行的创意构想。

设计构思思维必须从整体出发，整体是由局部各要素和内部因素有机维系的，而不是各要素的机械相加和拼凑。商品的主要特征首先是从整体形象中表现出来的，消费者对商品的认识和感受也是首先从整体形象中获得的。整体构思思维，要始终贯穿在设计的全过程中，并随着设计过程不断深化。设计水平的

高低，首先取决于构思思维水平的高低，而把握整体是设计构思思维的关键。如果在设计构思思维过程中，缺乏整体的意识，就不可能塑造出一个完整的商品形象。

整体构思思维就是要用整体的主要特征来支配一切，使所有局部形象都围绕主要特征为其服务，服从整体形象的统一。这就如同音乐中的旋律，乐曲中所有音值不同、强弱不同、高低不同的乐音，都必须在同一旋律下有组织地进行。乐曲的内容、风格、体裁、民族特征等，首先通过旋律表现出来。把握要点为：

1. 表现商品属性；

2. 把握档次；

3. 突出品牌；

图2

图1
"东方之星"包装设计大奖赛 专业组 铜奖
"皇轩"葡萄酒礼盒包装
上海九木传盛广告有限公司
图2
"东方之星"包装设计大奖赛 专业组 入围奖
"轩尼诗"XO礼盒包装
台湾豪门彩印有限公司

4. 选择主体形象。

主体形象是设计构思思维中的一个重点，设计定位所确立的主题内容主要通过主体形象来表现。根据设计定位，主体形象的表现内容包括产品、品牌、消费者三个方面。主体形象的设计构思思维主要围绕这三方面的10个要点来展开：

（1）以商品内容作为主体形象。多用于自身形象赏心悦目的产品和需要让消费者直接见面的产品。(图1)

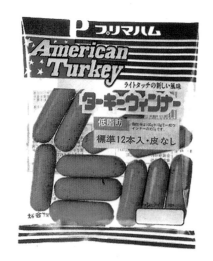

图1

（2）以品牌标志为主体形象。多用于名牌产品和品牌标志图形与产品内容直接有关的产品。(图2)

图2

图3

（3）以品牌的文字字体作为主体形象。多用于不宜直接表现具体形象的产品。(图3)

图4

（4）以品牌的名称内容为主体形象。多用于通过品牌名称能产生美好联想和品牌名称本身包含美好内容的产品。(图4)

（5）以商品的原料为主体形象。多用于产品原料比产品更具有良好的视觉效果和更能吸引消费者关注的产品。(图5)

图5

（6）以产品的产地为主体形象。多用于传统产品和产地享有盛名的产品。(图6)

图6

（7）以产品用途为主体形象。多用于日常生活中使用的产品和需要消费者了解具体用途的产品。(图7)

图7

图9

图8

（8）以消费者为主体形象。多用于对消费者群体有明确指向的产品。（图8）

（9）以消费者喜闻乐见的内容作主体形象。多用于礼品包装和与传统风俗密切相关的产品。（图9）

（10）以抽象图案作主体形象。多用于产品内容适合于以感觉和感受来意会体验的产品。（图10）

图1
商品内容为主体，用于食品类包装。

图2
品牌标志为主体，用于名牌产品和品牌标志图形与产品内容直接有关的产品。

图3
文字字体为主体，用于不宜直接表现具体形象的产品。

图4
品牌名称为主体，用于通过品牌名称能产生美好联想和其名称就包含美好内容的产品。

图5
商品原料为主体，用于产品原料更具有良好的视觉效果和更能吸引消费者关注的产品。

图6
商品产地为主体，用于传统产品和产地享有盛名的产品。

图7
产品用途为主体，用于日常生活中使用的产品和需要消费者了解具体用途的产品。

图8
消费者形象为主体，用于对消费者群体有明确指向的产品。

图9
吉祥图案为主体，用于礼品包装和与传统风俗密切相关的产品。

图10
抽象形态为主体，用于产品内容适合于以感觉和感受来意会体验的产品。

图10

二、包装设计构思思维法

1.从功能构思思维设计：为捐献或义卖而销售设计、参加竞赛设计、发现新用途设计、鼓励包装设计、使包装成为某种物品的部分代替设计、发现第二种用途设计、使包装变成香郁宜人设计、把包装当作用具来卖设计等。

2.从材料构思思维设计：用布设计、用麻设计、用玻璃设计、用陶瓷设计、用竹木设计、用纸张设计、用皮革设计、用复合材料设计、用塑料设计、用马口铁设计、用铝合金设计等。

3.从对象构思思维设计：使包装成为年轻型的设计、使包装成为儿童型的设计、使包装成为壮年型的设计、将包装向男士诉求设计、将包装向妇女诉求设计等。

4.从改进构思思维设计：把要素重新配置设计、只变更一部分设计、减掉包装设计、使包装成为一组设计、使包装化合设计、撕开包装设计、改用另一种形式表现设计、增添怀旧的诉求设计、以性感作诉求设计、把包装除掉设计等。

5.从经济构思思维设计：当替代品卖设计、价钱更低设计、抬高价格设计、以成本价出售设计、提供特价设计、免费提供设计、提升声誉设计、提供维护服务设计等。

6.从销售构思思维设计：置于不同的货柜设计、用不同环境设计、把拼错设计给包装起商号设计、用不同背景设计、把包装打开设计、把包装推开设计等。

7.从容器构思思维设计：把产品放进盒中设计、把产品倒进壶中设计、把产品倒进缸中设计、把产品弄直

设计、把包装褶曲设计、把产品缠起来设计、增加慰藉的诉求设计、使产品变成酸的设计、使产品濡湿设计、使产品脱水设计、使产品干燥设计、把产品冻起来设计、把产品抛出去设计等。

8.从文字构思思维设计：把包装放进文字里设计、结合文字和音乐设计、不要图画的设计、不要文字把包装分割开设计、用简短的文案设计、用冗长的文案设计等。

9.从形态构思思维设计：变换包装的形态设计、把包装变为圆形设计、把包装变为正方形设计、使包装更长设计、使包装更短设计、使包装变成立体设计、使包装变成平面设计、用显而易见的形式设计、运用新艺术形式设计、使包装弯曲设计、使包装成为粉状设计、从大小构思思维设计：把包装缩小设计、使包装更大设计、使包装更小设计、使包装重复设计、使包装凝缩设计、使包装轻盈设计、使包装锐利设计、变更包装的外形设计、把包装框起来设计等。

10.从方向位置构思思维设计：如把包装颠倒过来设计、把包装摆平设计、使包装相反设计、割开包装设计、使包装成对设计、使包装倾斜设计、使包装悬浮半空中设计、使包装垂直站立设计、把包装由里向外翻转设计、把包装向旁边转设计、使包装不对称设计等。

11.从空间构思思维设计：使包装沉重设计、变换气味设计、把包装除臭设计、变更成分设计、增加新成分设计、使用另外的物料设计、把包装捆包起来设计、把包装集中起来设计、拧搓包装设计、把包装填

满设计、把包装弄成空的设计等。

12.从色彩构思思维设计：把颜色变换一下设计、改变色调设计、使包装更冷设计、把包装透明起来设计、使包装不透明设计、使包装更暗设计等。

13.从动态构思思维设计：动态化包装设计、使包装闪动设计、使包装发出火花设计、使包装发萤光设计、把包装插进音乐里设计、结合文字设计音乐和图画设计、电气化设计、使包装活动设计、使包装滚转设计、摇动包装设计、使包装可以折叠设计等。

14.从风格构思思维设计：夸张设计、使包装罗曼蒂克设计、使包装看起来流行设计、使包装看起来像未来派设计、运用象征设计、包装是写实派设计、变为摄影技巧设计、变换为图解方式设计、使用新广告媒体设计、增加香味设计、增添怀旧的诉求设计、使包装富有魅力设计、增加人的趣味设计、把包装封印起来设计、使用视觉效果设计、使包装软化设计、使包装硬化设计、使包装轻便设计、使包装更滑稽设计、使包装拟人化设计、使包装成为被讽刺的设计、使产品无刺激性的设计、使产品单纯化设计、使产品具有刺激性的设计等。

15.其它：可以把以上各项任意合成在一起的组合设计。

三、设计表现

设计表现是设计构思思维的深化和发展，而不是终结。设计的成败取决于艺术构思思维与形式表现两个方面，独特巧妙的艺术构思思维需要一定的艺术形式才能得以充分体现。

设计表现不能局限于产品本身形象，也不能只从功能出发。包装装潢设计塑造的是富有强烈艺术感染力的商品形象，包装必须具有审美价值，符合消费者对商品的心理感受，适应消费者的审美需求。

商品包装的设计表现，可以涉及到材料、技术、造型、结构、形式及画面构成等各个方面。设计表现关键在于表达商品的特有个性，从包装装潢设计宣传商品、促进销售的基本要求出发。设计表现主要从立体造型和平面图形两个方面去考虑。

第二节
表现形式

设计的成败取决于设计构思思维与形式表现两个方面，设计构思思维决定了设计的方向和深度，形式表现则是设计构思思维的具体体现。

在包装装潢设计中，形式具有相对的独立性。例如同样的产品可以用纸盒包装也可以用铁盒包装；展示产品形象可以用绘画表现，也可以用摄影表现，甚至可以通过透明的材料和包装的开窗表现等。正因为如此，包装装潢设计才得以千变万化，多姿多彩。

平面设计表现形式中的基本原理和基本方法，是包装装潢设计必须掌握的基础知识。但在具体应用中还必须考虑商品包装的特殊形式和内容要求，力求形式与内容的完美统一。

材质美、工艺美是包装装潢设计形式美中不可忽略的一个组成部分。材料与工艺是包装的物质基础，是实现包装各种功能的先决条件。随着科学、经济、文化的发展，其重

图1

图2

图3

要性越来越突出。

材料与工艺往往是不可分割的，材料需要有相应的工艺来加工。而工艺还有其相对的独立性，同一材料采用不同的工艺可以获得不同的效果。作为表现形式，材料与工艺传递的肌理、光泽、质感、透明、色彩、精度等品质特征是与商品形象的构成紧密联系在一起的，尤其在塑造商品的整体感、档次感中起着明显的作用。在应用中常有以下三种表现手段：

1.利用材料的原始特性；（图 1）
2.肌理仿制；（图 2）
3.工艺加工。（图 3）

一、立体造型

包装的造型与结构是建立在实用功能基础上的，每一种商品都有其相应的容纳功能、保护功能、便利功能等

图 1
此包装利用材料的原始特性，具有古朴真实的效果。
图 2
以肌理仿制之表现方法设计的包装产品。
图 3
以工艺加工之表现方法设计的包装产品。

具体要求。大部分同类商品包装结构与造型是大致雷同甚至完全相同的，这是基于包装的科学性与合理性考虑的。例如：化妆品的香水包装多采用口小、底小、体量小、细瘦型的玻璃瓶，以显示商品的名贵与高档。而作为礼品包装盒的设计在造型上要尽量扩大主要展示面的面积，在结构上从里到外通过附加各种形式的材料来增加包装层次，以显示大方与贵重。在长期使用中，这些包装的结构与造型得到消费者的确认，形成了一定的商品形象。

然而，包装作为一种促销手段，在形式上应当做到独树一帜、别开生面。改变原有商品包装的造型与结构，可以产生耳目一新的感觉。包装比平面的视觉冲击力更为强烈，对于吸引消费者注意、促进销售、树立商品独特的个性形象是相当有效的。因此，在包装装潢设计中，对于包装的造型与结构应给予充分重视，要尽可能有所突破，立足于创造新形象。

改变商品包装的造型与结构，必须建立在实用功能和消费心理基础上，切不可单从美学角度出发而随心所欲。一般情况下，材料和技术没有大的变革，那么包装的结构和造型均不宜作整体形象的改变，而是通过某些局部的巧妙合理的变化来塑造新的视觉形象。

1、依据原有商品包装的造型结构，进行体量大小和尺寸比例的变化。
例如改变商品的体积容量、改变商品的组合系列、增加内衬、扩大空间等。

2、改变局部结构和包装形式。例如附加彩带、吊牌、提手及采用开窗、嵌插、封口等结构与形式。

3、改变部分材料与工艺。例如真空吸塑、吹塑、草编及不同材料的组合应用。

二、图形设计

图形在视觉传达过程中具有迅速、直观、易懂、表现力丰富、感染力强等显著优点，所以在包装装潢设计中被广泛采用。包装的主要作用是增加商品形象的感染力，使消费者发生兴趣，加深对商品的认识理解，产生好感。

平面图形着重表现的是画面的主体形象，其表现手法有直接表现与间接表现两大类。

直接表现是通过主体形象直截了当地表现设计主题，对消费者进行明确、具体、直观的视觉传达。间接表现是通过主体形象的比喻、象征等方法来表现设计主题的，使消费者由此产生一定的联想和感受。例如设计定位确定为突出消费者主体形象，可以采用消费者形象进行直接表现，也可采用他们喜闻乐见的图形、色彩、字体进行间接表现。

直接表现常采用对比、特写、夸张、归纳等手法，间接表现常采用比喻、联想、象征等手法。

无论是直接表现，还是间接表现，都需要选择一个合适的艺术形式。任何艺术形式都有包装独特的个性，既要考虑对主题内容的正确表现，还要考虑到与商品整体形象和设计风格的谐调统一。

在包装装潢设计中，图形要为设计主题服务，为塑造商品形象服务，要注意准确传达商品信息和消费者的审美情趣。常用图形有两种：

图1

一种作为主体形象以表现设计的主题；另一种作为辅助形象来装饰、渲染设计主题，以增加艺术气氛。具体形式表现可分具象图形、抽象图形、装饰图形等三种基本类型。

在设计表现中，这三种图形可以结合应用。电脑设计的图形表现，较多地把这三种图形融洽地结合在一起，创造出一种新的视觉传达语言。此外，还可以借助生产工艺中的烫金印金、凹凸压印、上光模切等手段来丰富图形的表现。

三、色彩设计

色彩具有象征性和感情特征，包装在包装装潢设计中负有两重任务：一是传达商品的特性，二是引起消费者感情的共鸣。

色彩具有象征性，能使人产生联想。一种是具体事物的联想，另一种是抽象概念的联想。例如红色可以联想到太阳、苹果等具体事物，也可以联想到热烈、喜庆等抽象概念。

色彩具有感情特征，能使人引起感情上的共鸣。色彩是表现商品整体形象中最鲜明、最敏感的视觉

图 2

要素。包装装潢设计通过色彩的象
征性和感情特征来表现商品的各类
特性，例如轻重、软硬、味觉、嗅
觉、冷暖、华丽、高雅等。色彩的
表现关键在于色调的确定，色彩是
由色相、明度、纯度三个基本要素
构成的，通过包装形成了六个最基
本的色调。

1. 暖调——以暖色相为主，表现为
热烈、兴奋、温暖等。（图1）

2. 冷调——以冷色相为主，表现为
平静、安稳、清凉等。（图2）

3. 明调——以高明度色为主，表现
为明快、柔和、响亮等。（图3）

4. 暗调——以低明度色为主，表现
为厚重、稳健、朴素等。（图4）

5. 鲜调——以高纯度色为主，表现
为活跃、朝气、艳丽等。（图5）

6. 灰调——以低纯度色为主，表现
为镇静、温和、细腻等。（图6）

在这六个基本色调的基础上，再通
过各种组合与变化，便可以产生表
现各种情感的不同色调。在具体应

图 3

图 5

图 4

图 6

图 1
暖调效果的包装设计
图 2
冷调效果的包装设计
图 3
明调效果的包装设计
图 4
暗调效果的包装设计
图 5
鲜调效果的包装设计
图 6
灰调效果的包装设计

用中结合包装装潢设计的实际功能，应注意以下几个方面：

1. 从消费群体考虑；
2. 从消费地区考虑；
3. 从产品形象考虑；
4. 从产品的特性考虑；
5. 从产品的销售使用考虑；
6. 从产品的系列化考虑。

四、字体设计

商品包装可以没有图形，但不能没有文字。商品的许多信息内容，唯有通过文字才能准确传达，例如商品名称、容量、批号、使用方法、生产日期等。

文字在商品包装中同时起着两个作用：一是文字对商品内容的说明作用；二是文字字体对商品形象的表现作用。包装装潢设计在通过字体的形象来表现设计内容时，包装的任务也有两个：一是选择或设计适合表现设计内容的各种文字字体；二是处理好包装设计各要素互相间的主次关系与秩序。

文字在包装装潢设计中可以分为主体文字和说明文字两个部分。主体文字一般为品牌名称和商品名称，字数较少，在视觉传达中处于重要位置。主体文字要围绕商品的属性和商品的整体形象来进行选择或设计。说明文字的内容和字数较多，一般采用规范的印刷标准字体，所用字体的种类不宜过多，重点是字体的大小、位置、方向、疏密的设计处理，还有协调与主体图形、主体文字和其他形象要素之间的主次与秩序，达到整体统一的效果。说明文字通常安排在包装的背面和侧面，而且还要强化与主体文字的大小对比，较多采用密集性的组合编排形式，减少视觉干扰，以避免喧宾夺主，杂乱无章。

在包装装潢设计中，文字字体以视觉传达迅速、清晰、准确为基本原则，以采用标准的、可读性和可认性很强的字体为主，不要进行过多的装饰变化。如果把文字当作设计的主体形象来运用时，这时对文字字体可以进行适度的变体处理，注意强调形象的表现作用，力求醒目、生动，并突出个性特征，使其成为塑造商品形象的主要形象之一。如果把文字当作辅助图形来运用，在设计中仅起装饰作用时，这时文字的作用已转换为图形符号，其可读性和可认知性均可忽略，而只注重于艺术装饰效果，此为另当别论。

五、编排设计

编排是一种艺术形式，包装服务于其他形象要素，但并非完全被动。同样的图形、文字、色彩等形象，经过不同的编排设计，可以产生完全不同的风格特点。编排在塑造商品形象中是不可忽视的形式之一，包装依据设计主题的要求，借助其他形象要素，共同作用于整体形象。包装装潢设计的编排形式同一般的平面设计的差别，在于商品包装是由多个面组成的立体形态，因而除了掌握一般的平面设计的编排原则和形式特点外，关键在于处理好各个面之间的关系。

商品包装从陈列方式来分，有立式包装与卧式包装两种。

编排的基本任务是处理各个面和各个形象要素之间的主次关系和秩序，编排的结构与形式感是在此基础上建立的。主次的表现，除了突出表现主体形象外，还必须考虑到主次各个面中每个形象要素之间的对比，例如所有在次面上重复出现的与主面相同的图形和文字形象，均不可大于主面上的形象，否则，整个包装会造成视觉混乱，破坏整体的统一。秩序的表现，是把各个面和各个形象要素统一有序地联系起来，除了把握好各形象要素之间的大小关系，还要确定包装要素各自所占的位置并使互相产生有机的联系。处理好各形象要素之间的有机联系，一个比较有效的方法，是以主面的主体形象和主体文字为基础向四面延伸辅助轴线到各个次面上，次面上各形象要素的位置安排在这些延伸的轴线上，然后通过次面所确定的形象要素上再延伸辅助轴线到各个次面上，从而确定各个形象要素的位置。通过这种方法来安排各个面的每个形象要素，包装设计各要素之间便产生了一种互联，加上主次关系处理恰当，便可产生统一有序的秩序感和形式感。

包装装潢设计中，有一种特殊的编排

图1

图2

形式，称作跨面设计。它是把主体形象扩大到两个面或多个面上的一种编排形式。这种编排多用于体积较小的立式包装，目的在于商品陈列展示中起到扩大展示的宣传效果，增加视觉冲击力、感染力的作用。跨面设计既要考虑到把多个面组合为一个大的展示面，还要考虑到每个小面的相对独立性和相互之间的主次关系，做到无论是单个包装陈列还是组合起来陈列，都能达到完整统一的视觉效果。（图1）

包装装潢设计从单体设计走向系列化设计，是产品发展的需要，也是消费与市场竞争的需要。

系列化设计的主要对象是同一品牌下的系列产品、成套产品和内容互相有关联的组合产品。包装的基本特征是采用一种统一而又变化的规范化包装设计形式，从而使不同品种的产品形成一个具有统一形式特征的群体，达到提高商品形象的视觉冲击力和记忆力，强化视觉识别的效果。不同品牌、不同档次、不同类别的产品是不能随意进行系列化设计的，因为产品内容缺乏内在统一的联系。

统一的形象特征是形成系列化设计的基本条件，但是形象特征过于统一往往无法区分不同商品之间的差别。因此，系列化设计在统一形象

特征的基础上，通过局部形象的变化来达到区分不同商品的目的。在系列化设计中，统一的形象特征过多，容易造成整体形象的呆板；变化的形象特征过多，则容易造成整体形象的散乱。常用的处理方法有两种：一种是产品包装的材料、造型、体量变化不一，在这种情况下，图形、色彩、文字、编排等形式要侧重形象特征的共性设计，强调形式的统一；另一种是产品包装的材料、造型、体量完全相同，在这种情况下，图形、色彩、文字、编排等形式就必须在形象特征上进行个性变化设计，强调形式上的差异。(图 2、3)

系列化设计中形象特征的统一与变化的关系，是通过共性与个性的转换来调整的。整体统一是最基本的要求。不管共性与个性如何转换，其中品牌始终是作为统一的共性特征来进行重点表现的，这在系列化设计中至关重要。

图3

123

第三节
电脑设计制作稿

电脑作为包装装潢设计的工具，近年来在我国已经普及应用。由于电脑设计精度高，效能强，设计稿可以一步到位，而不需要单独制作草图和墨稿。设计稿完成后，通过软盘输出即可直接用于制版印刷。电脑设计没有必要缩小尺寸，按1∶1制作。如果稿件尺寸大，想要加快运作速度，可采用低分辨率的办法，等到设计定稿后，再用实际需要的高分辨率来制作。也可把电脑设计作为一种设计创意，最后把有关数据及资料全部交付给电脑输出中心或印刷厂，由他们来负责稿件的完成与输出制版。

如果把电脑设计稿直接用于印刷制版，要掌握好文件输出的分辨率与印刷工艺要求的关系。首先确定设计稿图像的面积大小，图像的尺寸在软件上是不能随意放大的。然后根据印刷工艺要求的网线确定输出的分辨率，通常印刷网线与图像输出的分辨率以1∶2较为理想，即印刷为150线时，分辨率应为300dpi。电脑设计稿直接用于印刷制版，同样要考虑到印刷工艺的要求，例如设计稿必须绘制到富余线的位置，两侧也要绘制十字线。但是裁切线不要直接绘制在设计稿上，可另建一个新层绘制或单做一个文件。最好随软盘附上图稿的彩色打印样张，这样就能将裁切线及对印刷工艺有特殊要求的地方均可加注说明。

附：包装设计程序报告

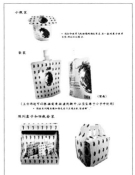

  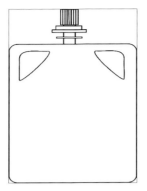

"农夫鲜蔬汁"设计程序报告
作者：中国美术学院上海设计学院
视觉传达设计系　胡卓颖

思考题：

1.挑选几件你认为装潢设计优秀的商品包装，从设计原则、基本功能逐项进行分析论述。

2.从商场陈列的各类商品中，挑选几件最能引起你注意并产生好感的包装设计，说明为什么？

3.从商场中找出几件你认为不符合设计原则和要求的商品包装，说明为什么？

4.在商场中观察化妆品、食品、药品等各类商品的包装装潢设计，比较一下表现形式都有哪些差别？

5.比较白酒、葡萄酒、啤酒等各种酒类的设计风格，说明商品包装是如何来表现产品特征的？

6.观察商场中各类儿童商品，说明商品包装在包装装潢设计中的共性特征有哪些？

7.从商场中选几件你认为形式表现较差的商品包装，说明差在什么地方？应当如何改进？

作业题：

1.包装纸、手提袋设计
要求：以商品和企业形象为主体内容，分别以通用与专业两类进行设计。
（1）包装纸两件，用单色设计。
（2）手提袋两件，色彩自定。

2.标贴设计
要求：自选瓶型，根据瓶型设计标贴。
（1）酒类标贴两件。
（2）饮料、调料类标贴两件。
（3）药品类标贴两件。
（4）自选命题两件。

3.包装盒设计
要求：内外包装配套设计。
（1）酒包装设计一套。
（2）自选命题一套。
分别以通用与专用两类进行设计，并制作成实物。
（3）从以上两个作业中选一套制作墨稿。

4.系列化包装设计
（1）化妆品包装一套。
（2）自选命题一套。

Packaging
Art
Design

第十章
包装设计鉴赏与批评

图1

图2

第一节
包装设计审美概述

现代社会，人们对于商品不仅在于满足其使用需要，更希望在商品及其包装上能获得美的视觉享受。所以，商品包装的造型与装潢设计，要符合美学规律和人们的审美情趣。而且，人们对于美的审视还存在个体差异，特别是审美意识还具有时代性、民族性和国际性。因而，包装设计者要熟知美学原理，懂得美学规律，尽量使自己的设计适合于社会美、大众美和时代美。

一、包装设计美学的现代概念

包装设计是人的需求，即人的生活资料和环境的需求，包装设计是对人及其观念的满足。现代人类学方法论强调一切以人为中心，包装设计所关注的问题也从以往的解决物与物之间关系问题的工程技术包装设计，转到了探讨人与物之间关系的包装设计艺术。包装设计是解决问题的方法和手段，即应用科技文明的成果使人类的生存、生活环境得以优化。

包装设计是时尚和潮流的风向标，也是材料物化的预想和创造。包装设计不仅是一种实践的形态，解决实际问题并使之审美化，在人类的生产活动和日常生活中少不了包装设计和规划；而且包装设计又是一种文化的形态，即是一种文化创造行为和一种审美活动。

包装设计是以大包装生产为背景的技术包装设计和艺术包装设计两者的自觉结合。在大规模包装化生产中实现了的包装设计，把审美因素寓于实用产品中，以其特有的形式——包装产品，介入到人们的生活中，对人们施以审美影响。

包装设计是以实物形式呈现在人们面前的，它利用包装技术手段按照功用规律和审美的规律来创造，在

图1
"东方之星"包装设计大奖赛 专业组 银奖
"屈臣氏"蒸馏水百周年纪念设计
香港靳与刘设计公司
图2
"东方之星"包装设计大奖赛 专业组 银奖
"兴国宾馆"月饼礼盒包装
上海戎翔礼盒有限公司

当今包装化社会中渗入到了生活的全部领域。从茶杯、汽车到整个都市都是包装设计的物化形式,包装设计的独特表现形式使美学这个主题更加广泛、深入地介入到了人们的生活之中。

"包装设计"这个观点本身包含了"审美"的观念。包装设计对象的满足,实质上是对观念的满足。钟表包装是时间和空间的观念;食品包装是餐饮与烹饪的观念;娱乐包装是消费和心理放松的观念,诸如此类,以此类推。

二、包装设计的审美文化

审美文化是以主体精神体验和情感享受为主导的社会情感文化。一般地说,审美文化是建立在现实文化基础上的,以艺术文化系统为核心的更高级的精神文化形态。伴随着社会整体文明的不断进步,人类的审美视野和审美活动的范围在不断扩大和不断延伸,在市场经济条件下,人们对市场上商品本体及商品包装的美的要求,推动着美冲出纯意识形态的艺术殿堂,越来越渗透到日常的市场交换活动中来。随着社会物质财富的日益丰富和人的文化素养的提高,人们的消费心理和需求观念已经发生了深刻的变化。人们在购买商品时,不仅看重商品的使用价值和价格,而且十分讲究由商品和包装的审美价值、情感价值、社交价值等文化价值所提升的商品附加价值。这正如日本经营之神松下幸之助所说的:"当今社会,纯以产品性能来满足官能需求的时代早已过去了,必须在运用之外,加上美观,这是一种'美'的

文化标准,也是时代消费的大趋势。"如今,因为商品包装质量低劣而积压滞销或在出口创汇方面造成巨大经济损失的实例不胜枚举;相反,因为商品包装稍作美学质量改进即获得积压商品畅销或出口创汇增加的情况,也不乏其例。商品包装设计,从构图上看,离不开对比的运用、比例的运用、对称的运用、平衡的运用、韵味的运用、空间的运用、调和的运用等多方面形式美规律的运用;从造型结构上看,离不开安定与生动、对称与均衡、对比与调和、比例与尺度、重复与呼应、节奏与韵律、模拟与概括、变化与统一等多方面美学关系法则的处理;从装潢心理感受上看,离不开适用感、特色感、质量感、廉价感、名贵感、新奇感、柔美感、群体属性感等各种心理感受的美学表现。包装设计师如果没有审美文化功底,就难以在设计中创造出寓于商品包装中的完善的美学功能及其所体现出来的美学价值。

三、包装设计的审美风格

包装设计凝练的一种审美风格,促动着人的心理变化与发展。包装设计风格的展现与其所包装产品的属性应该始终保持一致。同时又与展现人们的商品个性保持一致,这就给现代包装设计提出了更高的要求。除了外观的图案、色彩、质地等与功能的完善结合外,还要体现人们内心的理想与追求,为不同的生活方式提供各具特色的消费导向,展示不同的意境,将情感、技术、社会信息、审美意愿等诸多因素综合在一起,力求创造出既有独

特的艺术风格又能表现艺术个性的优美包装设计。包装设计只有符合人类生理、心理的需求和超越经验、惯性的探索,才能带来艺术的美感与震撼。便利、适宜、安全的包装设计将从生理的需求上产生人类较为直接的美感。例如获2001年德国包装竞赛大奖和最新世界之星包装总统大奖的"制冷桶"设计,这款带有自然的物理制冷系统的小桶是饮料业的一项创新发明。它首次实现了在你需要冷饮时,无论何时何地都可以启动制冷链,冷却饮料,它至少可以充电150次。外部能源可以独立使用,便于独自携带。而在心理上,优雅、华丽的包装图像与地位有关,淡淡的云朵与放松的心情有关,红色的苹果与饱食有关,花朵、树木与春夏的温暖有关,雄性动物与矫健、刚烈的性格有关等等。但人的创造力是不满足于完全符合需求的东西,那些超出人类经验、惯性的探索,也会带来艺术的美感与震撼,但实际上这也是个性化需求的一种表现。当代包装也必须表现出人们内心向往的新面貌。

总体来看,当前流行的后现代包装设计的美学风格,正是现代主义经典美学风格与市场风格融合演变的结果。和谐、优雅的美学内涵是随着时代发展而常新的,打破单一主题、反对绝对的简洁,以多维层面、多种手法表现功能信息及个性特征是当前包装设计出现的新趋势。从心理学的角度说,所有的人都渴望摆脱束缚,享受多彩人生。个性化的包装意味着不断地出新,实现包装的个性化设计,是实现人

性化设计的重要方面。高科技的材料无论是环保型的，还是生态型的，都离不开让人心动的形式。因此，我们看到心理学对包装产品的艺术化发展也起着至关重要的作用，同时，人类心理的发展复杂而又延续，科技社会的发展又对人类心理产生新的作用。

第二节
包装设计美学的基本建构

一、高级功能美——显示现代人类"以人为本"的理念

包装设计强调形式与机能的统一，赖特说"形式与机能是一体的"。科学的发现，不断改变人们的认识，变未知为已知。新的科学技术不断生产出新的具有高级功能效用的产品，同时，也就需要造型设计及时地提供与之相适应的形态美。（图1）

包装设计强调实用和使用功能的统一，只有将两者完美地结合，才能赢得大众的青睐。如产品线型的选择，通常与产品的性能相适应。不同功能类别的产品往往选择不同的线型，如交通包装的线型因保证其运行时阻力较小而选用了流线型；机器设备则应考虑机体的稳定和操作的方便而多选用直线型。另外，为使某产品得到更多消费者的青睐，往往在产品具有的特定功能之外，增加附加功能，"一物多用"，以满足人们"求多"的消费心理。

现代包装设计强调生态的功能美。现代包装设计经历了一个从形式到内容、从产品到环境，愈益明确地指向自然美的过程。设计更加适应经济时代的需求，并扮演着在生活中的主角。我们的包装设计需要有环境意识，我们的生活也需要有设计来美化，艺术与设计是不同的主题，设计具有功能性、可理解性、可再生性、可用性，设计应以反映人性为根本，考虑环境因素，演化出设计的合理性和理性化思维，切入人性的功能美。当一个设计达到功能的完美时，这一设计便是一个成功的作品。

从最初的视觉形式的外在装饰(以自然曲线矫正机械轨迹)，到内在的功能美，产品不是仅仅满足人的欲望而需要美，而是更内在精致地将产品实用功能与其自然质料属性（柔韧、坚硬、光滑、弹性等）加以吻合，此即"人尽其才"与"物尽其用"。

现代包装设计强调智能化设计，随着高新技术的快速发展和各门类学科的交叉、融合，智能化设计已成现实，许多过去只作为幻想的东西将会魔术般地变成现实，"智能包装"就是其中之一。如"智能包装袋"采用高新技术合成纸张加工而成，具有一种特殊的感觉和视觉，可以随温度而改变颜色，也可以随紫外线的变化而改变颜色，甚至

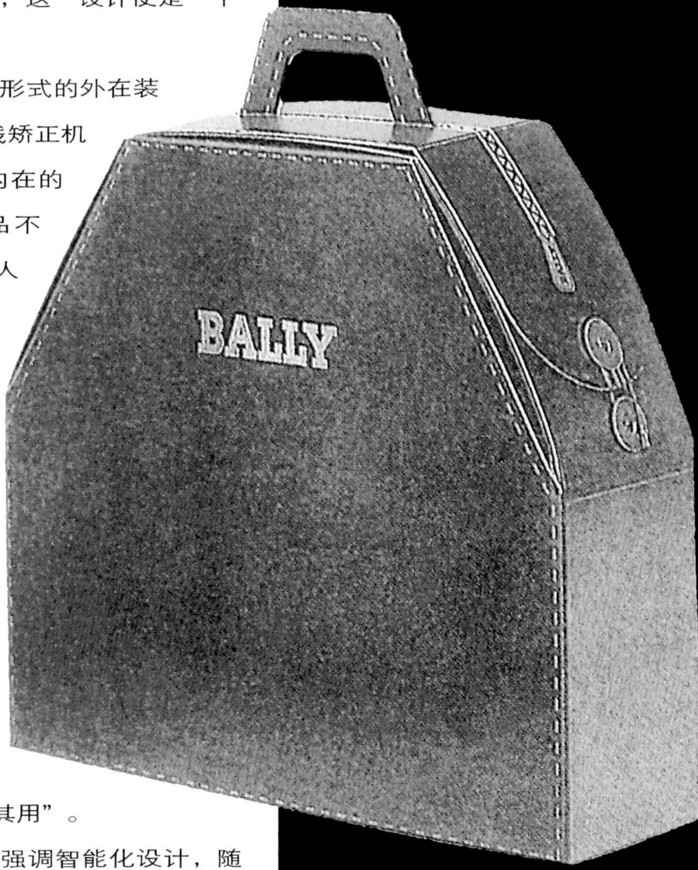

图1

现代包装盒设计的多功能形态。

图1

可以随着音乐的节奏而改变颜色。更有意思的是，它可以根据气温情况，外界温度和湿度情况，调节袋内最合适的温度。冬天，可以增强所装物品的保暖性能；夏天，则可以增强所装物品的保质、保鲜程度，感觉舒适凉爽。

二、材质肌理美——应用最新材质和巧用传统材质

包装设计制作、加工的物质基础是各种物质材料的运用。可供制造产品包装的材料很多。选用不同的材料，产品的质感就不一样，给人的心理感受也大不一样。如塑料给人以温柔轻盈感；木材则给人以朴实自然感；金属给人以坚硬沉重感；纸材给人以华丽轻快感。同时不同形状、质地的材料又会给人产生冷、暖、刚、柔等不同的心理感受。恰如其分地选用材质，就能使其与产品的功能、形象协调，给人以和谐、舒服的感觉。新材料和新工艺相伴随，是当代科学技术发展的一个重要标志。现今的新材料和新品种繁多，是过去任何历史时期所不可比拟的。如可代替木材、金属、陶瓷等的塑料，不仅具备这些材料的理化性能，还可以模拟出它们的天然质地美，用于汽车和飞机的碳纤维等也会给人一种新颖的质地美。在包装设计中，能充分地发掘并利用这些天然或人工合成材料（如复合材料）的材质美，可使包装设计锦上添花，更趋完善。（图1、2）

包装设计的立体造型与其各展示面的平面处理，必须与功能、材料相结合。形式首先应适应内容物的保护性、使用性要求，同时还要注意形式变化与所选用材料的理化性质相结合。应当防止在包装设计中自觉地陷入到盲目的形式游戏中去，为形式而形式，不恰当地运用形式，反而会削弱形式的力量，甚至产生相反的作用。

我们在观赏一件包装设计作品时，并不是简单的视觉接受，而是必须伴随视觉传达所产生的心理反应，使人产生如"生动"、"高贵"、"精致"等的感觉。首先取决于被观赏对象的客观状况，这种状况不仅是图形与色彩，它还包括立体形状、材质肌理、结构样式、加工工艺等，这些多方面的因素共同构成了一件包装设计作品的视觉感染力。如果其中有一方面搞得不好，就会削弱这种感染力。因此，为达到装潢美、形态美、结构美、材质美、工艺美的多样性表现，就要求包装设计师要有多种形式的处理手段，具有一定有关材料与工艺的知识，并力求及时了解新的信息。

图1

三、视觉色彩美——标志现代光科技成果和光的艺术构成

包装设计艺术的色彩直接关系到造型的美学问题，色彩的选择必须与包装设计的功能、周围的环境、人对色彩的心理感应、需求等诸多因素相结合。

现代光学的发展，使色彩学冲破了传统概念。爱因斯坦的光是波动性和微

图2

粒性的统一论,给印象派的光色反映提供了无可置疑的理论依据,它也使得造型包装设计的色彩美进入了一个新的境地。例如:用新型的荧光印刷油墨印制包装盒,色彩华丽,它利用某些单色从不同反光角度可分析出不同的色彩光线和原理,能给人以如虹似幻的美感。

用色彩来表现美感是多样的,如色光的波动美、微粒美、幻觉美、光亮美、互动美,和色彩的色调美、响亮美、调和美、秩序美、空间美等。(图3)

四、比例尺度美——符合数理逻辑法则和变化的规律

优良的包装造型都具有良好的尺度关系,按数理逻辑配置的形体比例和尺度关系均能收到赏心悦目、自然脱俗、新颖美观的效果。

数学美自古以来就吸引着人们的注意力,亚里斯多德说:"哪里有数,哪里就有美。"数学美不同于自然美和艺术美,数学美是一种理性的美、抽象的美,没有一定数学素养的人,不可能感受数学美,更不能发现数学美。

包装盒、包装袋、包装箱的长宽高比例,往往是被人忽略的事情,但它使感官视觉审美和运输、陈列、销售等合乎美的规律。如三角函数、黄金分割比例能够展现比例的简洁美;如符号美、抽象美、展开式系数、几何图形中心对称、轴对称、放射对称、转换对称、移动对称等能够展现比例的对称美;角形外心垂心重心三点共线、多面体和旋转体多侧面积和体积公式、极坐标系能够展现比例的和谐美;常数

图3

比例、有限比例能够展现包装的统一美;比例的扭曲、比例的变数能够展现比例的奇异美;数列、渐变、节奏、交替能够展现比例的秩序美;整体比例、整体与局部比例关系、局部与局部比例关系、造型物与人的比例关系能够展现比例的尺度美。(图4)

图4

图1
现代包装设计仿笋壳纸所体现的包装肌理美。
图2
现代包装设计用透明纸所体现的产品材质美。
图3
现代包装设计用三原色表现所体现的色彩美。
图4
现代包装容器设计用抛物线所体现的比例美。

五、内外结构美——体现力学解构的最新研究成就

包装设计造型往往由多种结构组合而成，其美化效果亦各不相同。古代的木结构形成大屋顶式的殿堂，近代的框架结构又形成格子式的高楼大厦。力学的许多新成就为包装设计形态结构美的创造提供了新的思路。空气动力学的发展，使一切现代交通包装以及包装设计等在结构上均明显地取鳟鱼形的低阻流线体结构。

解构主义是上世纪60年代，以法国哲学家J·德里达为代表所提出的哲学观念，是对上世纪前期欧美盛行的结构主义和思想理论传统的质疑和批判，建筑和平面设计中的解构主义对传统古典、构图规律等均采取否定的态度，强调不受历史文化和传统理性的约束，是一种貌似结构构成解体、突破传统形式构图、用材粗放的流派。解构主义包装重在对包装容器和装潢画面的打散、分解和重新排列、组合。有限元法和实验力分析可以将包装产品与包

图2

装设计的结构物各部分应力分布情况，精确地计算或显示出来；这样，便可把结构物上不受力部分或应力很小的物件作艺术性的剥削，使原来的粗笨形态，换之以精巧轻盈的结构。（图1、2）

六、单纯简约美——反映宇宙全新形态观念的设计风格

简约是一种按照简单而极为严格的规律发展起来的包装设计风格，它不需要有装饰。随着人们观念的更新，一种"简约就是美"的居住理念，悄然流行于世界。简约风格的外在形式表现简洁，包装形象个性突出，利用有限的信息传达耐人寻味的意味，可以于纷乱之中保持清晰的脉络，更能在观者的记忆里提供精练的索引信号，给人留下深刻整体的印象。因此，简约是简单而有规律的包装设计风格。

包装设计的空白美。白色派的包装设计朴实无华，包装设计各界面常以白色为基调，简洁明确，例如美国包装设计师史密斯的包装设计即

属此例。白色派的包装设计并不仅仅停留在简化装饰、选用白色等表面处理上，而是具有更为深层的构思内涵，包装设计师在包装设计时，是综合考虑了包装设计活动着的人以及透明窗可见的变化着的产品。由此，从某种意义上讲，白色包装设计在装饰造型和用色上不作过多渲染。（图3）

七、互动动态美——反映信息时代互变异动的基本特征

流行是一种动态美，流行是一种时尚，流行是一种不断更换的动态美，流行是一种前沿化的市场消费动态与思潮，流行更蕴含着巨大的市场商机。动态包装更会引起受众的兴趣，满足人们的参与感。互动的设计使受众不再仅仅是信息的接受者，他们拥有更大的选择自由和参与机会。互动性包装设计的意义在于能够让使用者而非设计者，控制整个浏览的顺序、速度以及最重要的意义等，让使用者自己决定想看什么，什么可以跳过不看。（图4）

图1

八、机械规整美——符合标准化、通用化、系列化和批量生产的要求

现代社会是一个机械昌明的社会，所以不管什么包装，不论一般人喜欢或不喜欢，都得配合合理化的生产过程，其结果是不必要的装饰被去除，取而代之以"包装功能为主要目标"，不过，也因此包装创造出了独特的机械美和机能美。

现代包装不是一两个人、一两个专业可以完成设计和生产的，大都以多专业、流水线来完成，所以包装造型工业设计必须采用标准化、通用化和系列化。

现代包装标准化、通用化和系列化虽在一定程度上会影响和限制美学造型的发展，不像手工制作的包装那样，具有温暖的人情味。然而，大量生产的产品不断采用最新的科学技术，并以最高的机能为目标，因此具有规整的机械之美，也创造了另一种美学。

现代包装生产上的特征不可避免地影响着人们

图3

图4

图1

现代包装设计所体现的外构美。

图2

现代包装设计所体现的内构美。

图3

现代包装设计所体现的单纯简约美。

包装设计要做减法，空白美是包装设计简约主义的重要表现形式。

图4

现代包装设计所体现的动态和谐美。

的审美观，能够正确表达包装版面的内涵，这是准确美；又要注意将包装版面编排得符合包装版面的欣赏习惯，这是规范美；还要注意将包装版面编排得整齐、紧凑、匀称，这样才能给消费者的视觉以细腻美。

精致准确美体现在现代包装标准化生产构成的统一美包括：统一形态、统一色彩、统一尺度、统一材质、同一结构、统一加工、统一运输、统一包装、统一销售等。

现代包装生产通用化的大众美包括：雅俗共赏的通俗美、时尚潮流的流行美、规矩严格的规范美、准确无误的准确美、精致纤秀的细腻美等。

现代包装生产系列化构成的系列美包括：程式化的规整美、变化丰富的多样美、秩序排列的组合美等。（图1、2、3）

第三节
包装设计评价与设计批评

一、评价的概念

评价是对一切包装设计活动的价值分析，是对设计的形与质的形式载体的判断。包装设计评价是相关机构组织对设计方案在决策实施前和实施后所产生的各方面效应的综合评审与判断的活动。

包装设计评价可以在其功能方面分为物质的和精神的两个评价系统，而且更着重于物质方面的评价。

包装设计评价的目的是力图通过科学的、系统的评价方法使其达到预期的目的。不同国家拟定优良设计评价标准是各具特色的，我国现在还未制定

图1

有关优秀设计的评价标准。

每一个国家拟定的设计评审标准都反映着该国家在某一时期的设计目标，也反映出对设计的不同理解和类别区分，有的国家在考核良好造型、创意性、安全性的基础上，更强调环境保护、售后服务、产品维修和节约能源等，同时更反映着他们在设计实务中的不同侧重点。

1. 经济评价的指标

（1）成本：首先估算出各方案的成本，然后进行比较，改进方案的成本预测可按细划分的成本项目进行计算，也可按材料费、人工费和管理费等粗的项目进行计算。

（2）利润：利润是销售收入扣除销售成本和税后的余额。对企业来说，利润大的方案价值就高。但影响利润的因素很复杂，要注意处理好许多相关的问题。

（3）其他一些指标：如适用期限、数量、措施费用．损坏费用和节约额等。

2. 在进行经济评价前，应明确以下几个因素：

（1）企业经营因素：即产品与这个企业的经营方针是否吻合；

（2）技术因素：指产品的市场规模、销路及竞争状态；

（3）时间因素：指产品投产后企业的

盈利如何；

（4）经济因素：指产品开发的动态及其时间的紧迫性。

二、经济评价的方法

1. 总额法——根据盈亏公式（销售收入 – 总成本 = 利润），对若干方案的利润进行比较，利润最大的方案为最有利的方案。在确立最经济的方案时，还要考虑不可控制的使用费。

2. 差额法——当两个方案销售收入没有差别，只是总成本差别时，可根据总成本的差额判断哪个方案有利。如果情况相反，总成本没有差别，但销售收入不同，这时就可以根据销售收入的差额来判断那个方案有利。有利的方案是销售收入高，总成本低的方案。

3. 机会成本法——机会成本法不是根据货币支出来测定成本，而是具有思考方面的特性。它是在选择方案时，将不选择的方案的预测利润计入被选择的这个方案的成本之中，作为机会成本。因为为了选择这个方案而失掉了选择那个方案所获得的利润。

4. 盈亏分析法——盈亏分析法就是通过确定方案的盈亏平衡点，对方案进行盈亏分析，以对方案进行经济评价。盈亏分析法可用公式计算进行，也可用图解法进行。

三、包装设计评价的内容

1. 包装设计评价的内容有：设计题材与设计内容，具象与抽象形态分析，对作品动势、动向、动作和变形、变态、变色、变调等方面的阐释，艺术表现的速度感、紧张度、创造性，艺术设计的风格，设计的

历史分析与设计师。

2．包装设计批评的评价体系包括：
美学评价、功能评价、技术评价、材质评价、经济评价、安全评价、创造评价、人机工程评价、生态评价、品质评价、视觉评价、耐久评价、环境评价、价格评价、适用评价等。

3．包装设计审美批评的形式有：博览展览式批评、集体式批评、个体式批评、审查批评、消费批评、媒体批评等。

4．包装设计的形式美感包括：简洁明快、造型造意、视觉冲击力、艺术共性和个性、字体与图形创意、构图结构与骨骼、主题与客体相互衬托等。

四、包装设计优良评审的参考标准

1．英国包装设计的优良评审标准
组织名称：包装设计师协会（Pack designer's association）

"包装设计师英国设计奖"选拔
参选产品类别：工程产品、零件和动力工业产品、医疗设备、消费品、工商产品、电脑设备、电脑软件，合约订购的产品、食品、化妆品、消费品包装等。

评审标准：产品具有国际性的创新设计理念；生产效益，特别注重于包装材料与资源的利用效益；杰出的外形，符合人体工程学的设计，优良的文字解说和使用手册；易于使用、维修；经使用者的报告证实确有其优异的功能表现及合理可靠的保存时间；好的销售成果及提供消费者有利的价值。

2．日本包装设计的优良评审标准
组织名称：日本包装设计协会(JIDP)

"优良产品设计"选拔
参选产品类别：休闲、娱乐、食品、化妆品、自制产品、视听类、日用器、餐具、家庭用品、室内装饰、家具类、居家环境类、办公室和商店用品、教育和医疗保健类、资讯设备、工业器械等包装。

评审标准——
外观：包装造型、图案、文字、色彩、式样等必须完善结合，并为原则设计；
功能：所具备的功能必须方便运输，易于陈列、销售；
品质：材料应用必须恰当，并要提高效率；
安全性：对产品安全性要全盘考试；
其他：是否适合生产、价格是否合理等因素。

图2

图1
现代包装设计所体现的机械规整美。
图2
现代包装设计标准化所体现的统一美。
图3
现代包装设计所体现的系列美。

思考题：

1、从包装设计审美批评理论的演变，谈谈包装设计美学的意义与价值。

2、从当代艺术的多元化发展，谈谈对包装设计审美批评的影响。

3、以组织结构图来归纳包装设计审美批评的程序与方法。

图3

后　记

"包装设计"是直接装饰美化商品的一门艺术，是直接为大众消费服务的，是日常生活不可分割的一部分。20世纪80年代以来，中国高等设计院校的艺术设计学科专业一直将"包装设计"作为本专科专业的必修课程。开设本课程的目的主要是让学生学习、了解商品包装的概念、类别、功能、历史及包装结构与材料等知识，掌握现代包装的设计特点，以及包装设计与市场销售、消费心理、材料、生产工艺等之间的关系；进一步认识包装对产品的重要性，理解产品与商品的特性，把握整体设计的理念，通过对包装设计的了解与实践，使学生能够准确地设计定位，具有综合思考分析能力和独立把握整个设计过程；了解包装结构、纸张材料与加工工艺等方面的知识，并能运用相关知识进行包装结构设计；掌握包装设计的方法，包括各类构图骨架结构、各种设计表现技巧（如各种字体、图形以及与特定产品相关的包装编排方案的设计与运用等），从而具备包装设计师的基本能力，提高包装设计的素养。我从事包装设计与教学工作已近三十年，在这期间，我既设计过大量的包装作品，也多次担任过国家和地方包装设计展的评委，而更多的则是在大学从事"包装设计"专业课的教学。承蒙上海画报出版社对中国当代设计教育的关心与支持，使这本教材得以立项，使我有机会对"包装设计"这门专业课进行较为全面的总结和重新认识，有机会对"包装设计"的课程建设进行系统的整理与研究。接到任务后，我全力以赴地投入到本书的写作中，并又一次体验了由教案到教材编著的艰辛。由于本人的经验和掌握的资料有限，不足之处还望得到各方面专家和同仁以及广大读者的指正，以此共同推动我国设计教育事业的发展。

本书选用的国内外包装作品，主要来源于国内外画册资料、设计年鉴以及设计院校提供的学生作品，但由于资料中有些是佚名作品，故无法标明姓氏，在此特向作者致歉并表示由衷的感谢。关于书中设计师以及作品的译名，主要来源于有关包装设计的历史资料，有些仍沿用了早已为人们熟悉的中文译名，如有差错，还望读者指正。

本书在编著过程中得到了各方面专家、同仁和艺术设计院校的大力支持。在此，我首先要感谢靳埭强先生在百忙之中为本套教材作序，感谢主编汤义勇先生热情邀我撰写此书，感谢责任编辑叶导先生认真负责的精神和高效率的工作作风，促成了本书的顺利面世。此外，我也要感谢上海市包装技术协会和上海应用技术学院等单位为本书提供了设计师、教师和学生的作品，感谢我的研究生金泠泠小姐为本书部分配图所作的辛勤努力。

范凯熹

2005年12月于上海

参考书目

1.赵延伟 孙诚 主编：《包装结构设计》，湖南大学出版社，1989年

2. M. 贝克 主编，孙蓉芳等译：《包装技术大全》，科学出版社，1992年

3.孙诚编 著：《纸包装结构设计》，中国轻工业出版社，1993年

4. 王国伦 著：《纸容器包装设计》，黑龙江美术出版社，1995年

5. 杨宗魁 著：《包装造型设计》，中国青年出版社，1998年

6. 于向东 著：《罐形容器包装与设计》，黑龙江美术出版社，1999年

7. 华表 译：《包装设计150年》，湖南美术出版社，1999年

8. 孙诚、金国斌等 著：《包装结构设计》，中国轻工业出版社，2002年

9. 陈擂 著：《走进包装设计的世界》，中国轻工业出版社，2002年

10.赵黎明 译：《包装图形设计手册》，辽宁科技出版社，2004年

11.爱德华·丹尼森 著：《绿色包装设计》，上海人民美术出版社，2004年

12.杨帆编 著：《Inside Photoshop CS——包装设计完全攻略》，中国电力出版社，2005年

图书在版编目(CIP)数据

包装设计 / 范凯熹 编著. 一上海：上海画报出版社，2005

（中国高校通用设计教材丛书）

ISBN 978-7-80685-524-9

Ⅰ.包… Ⅱ.范… Ⅲ.包装 — 设计 — 高等学校 — 教材
Ⅳ.J524.2

中国版本图书馆CIP数据核字（2005）第145408号

策　　划：邓　明
　　　　　张仲煜
主　　编：汤义勇
责任编辑：叶　导
技术编辑：鲍　屹
封面设计：汤义勇

中国高校通用设计教材

包 装 设 计

范凯熹　编著
出版：上海画报出版社
地址：上海长乐路672弄33号
发行：全国新华书店
印刷：上海财经大学出版社印刷厂
版次：2006年1月第1版　第1次印刷
　　　2009年9月第4次印刷
开本：889 x 1194　1/16
印张：9　　印数：10001-11800
书号：ISBN 978-7-80685-524-9/J.525
定价：45.00元